TAKE
SHOBO

鋼の元帥と見捨てられた王女

銀の花嫁は蜜夜に溺れる

小出みき

Illustration
森原八鹿

猫
MitsuNeko

鋼の元帥と見捨てられた王女

銀の花嫁は蜜夜に溺れる

contents

イラスト／森原八鹿

鋼の元帥と見捨てられた王女

銀の花嫁は蜜夜に溺れる

序章

記憶にある母の笑顔はいつも寂しそうだった。

とても美しく、優しい人なのに、そのたおやかな美貌は悲しみと憂いに覆われていた。薄い灰青色《かいせいしょく》の瞳はまるで霧に閉ざされた湖のよう。そんな風景を、わたしは見たことがないけれど。

ただ、母が話してくれた故郷の湖を思い浮かべて、そんなふうに想像してみただけ……。

母は〈魔女〉だった。昔は魔女はたくさんいたそうだ。森にも村にも街にも、魔女はいて、人々を助けていた。でも、何代か前の王様が魔女を毛嫌いし、片っ端から火あぶりにしてしまった。流行《はや》り病《やまい》や不作が魔女のせいだと言って。

逃れた魔女たちは船に乗って旅立った。魔女たちの女神、太母神アシェラに守られた秘密の島へ行ってしまったのだ。

『……でもね、おばあさまは船に乗らなかったの』

母はわたしの髪を撫《な》でながら囁《ささや》いた。おばあさま。わたしのお母様のお母様。

『どうして？』

母の膝に抱かれてわたしは尋ねた。アシェラの島は、とても美しいところだと言う。一年中美しい花が咲き乱れ、薬草が豊かに生い茂り、清澄《せいちょう》な水が湧き出る島。涼やかな風が吹き、まばゆい陽光ときらめく月光が降り注ぐ島。わたしだって行ってみたい。

『愛する人と離れたくなかったの』

母は優しく微笑《ほほえ》んだ。悲しみの翳《かげ》が、ほんの少しだけ薄まる。

『……おじいさま？』

『ええ。おばあさまは怪我《けが》をしたおじいさまを放っておけなくて、仲間たちと別れて残ったのよ』

『でも……、魔女は見つかったら殺されてしまうのでしょう？』

昔の王様は命じたのだという。〈魔女〉は見つけ次第殺せ、と。

『それでもいいと決めたのよ。おじいさまにならら殺されてもいい、って。このひとのためなら死んでもいい。たとえ殺されるとしても、このひとの手にかかるならそれでいい、と……。そう決心したから残ったの。それくらい、おじいさまのことを愛していたのね』

『お母様も、お父様のことをそんなふうに愛してるの？』

わたしの問いに、母の美貌はふたたび憂愁に沈んだ。

『……ええ、そうよ』

聞こえないほどかすかな声で母は囁いた。

『あのひとのためなら、わたしは……』

ふつり、と言葉が途切れる。母の美しい瞳にうっすらと涙が浮かんだ。

『ごめんなさいね、ルシエラ。あなたは何も悪くないのに……』

とまどうわたしをきつく抱きしめ、母は何度も髪を撫でた。母の身体がこまかく震えているのが伝わってきた。母は声を殺して泣いていた。

わたしは母の抱擁のなかで考えた。

父を愛しているのなら、どうして母はいつもこんなに悲しそうなんだろう。

愛しているから悲しくなるの？　殺されてもいいほど父を愛したせいで、これほど寂しそうなの？

だったら〈愛〉なんて嫌い。そんなもの、わたしはいらない。

誰も愛さなければ、きっといつも笑っていられるんだわ——。

第一章　残酷なる王命

「春はまだですかねぇ～」

暖炉の火を突《つ》つきながらぼやく少女に、読んでいた本から目を上げてルシエラは苦笑した。

「オルガったら……、まだ二月よ。春の訪れを期待するには早すぎない？」

「だって姫様。このお城、寒すぎです！　底冷えするし、すきま風は入るし」

「仕方ないわ、古いんだもの」

「というか、ほぼ廃墟《はいきょ》ですよ！　人が住むところじゃありませんっ」

「魔女の棲《す》み家にはぴったりでしょ」

「姫様ったら……。全然笑えませんよぉ」

ルシエラは笑って立ち上がり、オルガの側にしゃがんで炎を眺めた。

「ごめんなさいね、オルガ。長々とあなたたち一家を付き合わせてしまって」

「何言ってるんですか、姫様⁉　あたし、そんなつもりじゃ……。ただ、姫様がこんなところにいるのはおかしいって……」

「……仕方ないわ。わたしは〈魔女の娘〉なんだもの」

「姫様……」

うっ、とオルガが目を潤ませる。ひとつ下の十七歳。ルシエラの世話係の両親に連れられてこの城で暮らし始めてまもなく十年になる。今では家族同様、姉妹のような存在だ。

「どうせなら、本物の魔女みたいに役に立てればよかったんだけど……」

「そんなことないですよ！　姫様の作るお薬はよく効くって、村でも評判なんです。おおっぴらには言えませんけど……、みんなこっそりもらいに来てます。お礼にって野菜とかチーズなんか持ってきてくれるんで助かってるんですよ」

「お母様が遺《のこ》してくださったご本のおかげね」

ルシエラの母ソランダはこの国の王妃だったが、十年前〈魔女〉として火あぶりになった。夫である国王を呪詛《じゅそ》したという容疑をかけられたのだ。

八歳だったルシエラは母から引き離され、最期《さいご》の言葉も交わせなかった。本来、魔女の係累として共に火刑にされるはずだったが、まだ幼いゆえ特別な恩情をかけられ、遠隔地の古城に生涯監禁という処遇になったのだ。

ルシエラが母から教わったのは、わずかばかりの薬草の知識だけ。母は王城の片隅に小さな薬草園を作る許可をもらい、ハーブを育てていた。

薬草の世話をしているときだけは母の表情もいくらか明るかったように思う。その薬草園も今はない。母が捕らえられると火を放たれ、燃やされてしまった。

遺品もすべて処分され、形見となるものはひとつも残らなかったが、この城に移ってきてしばらく経《た》ったある日のこと。玄関先にルシエラ宛の包みが置かれていた。なかから出てきたのは母が祖母から受け継いだ貴重な本草書だった。

さまざまな薬効植物が美しい挿絵入りで詳細に描かれている。母や祖母のものとおぼしき書き込みも多数あった。ルシエラは本を参照しながら薬草を集めて母と同じように薬草園を作り、記憶を頼りに一生懸命世話をした。

風邪薬や胃腸薬、傷薬などを作って自分で試し、世話をしてくれるオルガとその両親にも使ってもらった。彼らが近隣の村に出かけたときに、困っている村人に少量分け与えたところよく効くと評判になり、村人たちがこっそりともらいにくるようになった。

今でも魔女禁止令は生きているので、あくまでこっそりとではあるが、ルシエラは村人から頼られる存在になった。この城で一生を終えるしかなくても、誰かの役に立っていると思えばずいぶん救われる。

「……あの本を持ってきてくれたのは誰なのかしら」

「不思議ですよね」

ルシエラが呟《つぶや》くとオルガも頷《うなず》いた。手紙も何も入っていなかったので、誰がどんな意図で置いたのかまったくわからない。

それから毎年、贈り物が届く。手書きの薄い書物に植物の種が添えられ、薬草の効能や使い方、料理への応用の仕方などが書かれている。

政治や地理の本もあった。どうせなら物語の本もくれればいいのに、とオルガは不満そうだったが、それらの書物のおかげで幽閉されているにもかかわらずルシエラはかなりの知識を得ることができた。

最初はもしや母がどこかで生きていて贈ってくれているのでは……と期待を抱いたが、母の筆跡とはまったく違っていた。本ごとに字体もバラバラだ。

それでもこの世のどこかにルシエラを教え導こうとする人がいてくれるのは確かなこと。

（もしかしたら、おばあさまの他にもこの地に残った魔女がいるのかもしれないわ）

祖母はルシエラが生まれる前に亡くなったので会ったことはない。母から聞いた話では、祖母は祖父に守られ、幸せな生涯を送ったという。この地に残ったことを悔いていなかったにしても、まさか自分の娘が火あぶりになるとは思わなかっただろう。

ルシエラはそっと本を撫でた。これも贈られた書物の一冊だ。繰り返し読んだので内容はすっかり頭に入っている。誰が書いたのかわからなくても、美しい植物の水彩画を眺めているだけで孤独感や閉塞感《へいそくかん》が癒《いや》される。

「……お湯を沸かしてチコリのお茶でも飲みましょうか」

本を書棚に戻しながらそう言うと中年の女性が焦り顔でやってきた。オルガの母サビーナだ。

ルシエラの母ソランダが王妃だった頃、彼女は王宮の厨房《ちゅうぼう》で下働きをしていた。流産しそうになったのをソランダのおかげで助かったのだそうだ。彼女は王宮を追われたルシエラの世話係として、夫と娘を連れて付いてきてくれた。以来ずっと一家で面倒を見てくれている。

いつも泰然としている肝の据わった彼女が、青くなって口をぱくぱくさせているのを見て、オルガはびっくりした。

「どうしたのよ、母さん」

「お、お、お」

「お？　――あ、お湯が沸いた？　ちょうどよかったわ。今お茶を飲もうって……」

「違うっ、王様だよ！　王様が来たんだよ！」

「オウサマ……？」

きょとんとオルガが首を傾《かし》げる。

「……もしかして、お兄様のこと？」

ルシエラの問いにサビーナはこくこくと頷いた。

「そ、そうなんです、姫様！　お、王様が、このお城に……っ」

現在の国王アルフレートはルシエラの異母兄だ。ふたりの父である先代国王は六年前に他界した。その前から精神に異常を来しており（それも母の『呪い』のせいだとされている）、実質的な政務は摂政となった兄王子が執っていた。

アルフレートとは王宮を追われて以来、十年間一度も会っていない。王宮にいた頃も話したことはほとんどなかった。二十歳も年上の兄にはきょうだいという感覚も抱きにくい。

彼は母とルシエラを徹底的に嫌っており、ごくたまに顔を合わせるといつも汚らわしいものでも見るかのような冷ややかな侮蔑のまなざしを向けてきた。そんなとき、いつも悲しげな母の顔はいっそう青ざめる。

蒼白《そうはく》な母の横顔を思い出し、ルシエラは胸が痛くなった。

「姫様、お支度を。王様は姫様にお話があるそうです。お付きの人がそう言ってました」

「支度といっても……、どうしたらいいの？」

せき立てられてルシエラがとまどうと、サビーナも目をぱちくりさせた。

「そ、そうですね……」

「そのままで大丈夫ですよ、姫様。どうせ豪華なドレスなんてないんですから。そうだわ、いっそ接《つ》ぎの当たった服で王様に窮状を訴えたらどうでしょう？」

「これ！　なんてこと言うの、この娘は」

母に睨《にら》まれてもオルガはけろっとしていた。

「だって、あんまりだもの。妹姫がボロをまとっていたら王様も考え直すかもしれないわ」

「まっ、失礼な娘だね！　あたしは姫様にボロを着せてるつもりはないよ。いつだって手に入る一番いい生地を使って、一針一針心を込めて縫い上げてるんだからね！」

睨みあう母娘のあいだにルシエラは慌てて割って入った。

「もちろん、これがいいわ。サビーナが仕立ててくれた服ですもの。えぇと……、こちらへお通しすればいいかしら？　たぶんこの部屋が一番暖かいと思うし」

この城で火の気があるのはここと厨房くらいだ。まさか国王を台所に通すわけにもいくまい。

頷いたサビーナがせかせかと出て行く。立ち上がって待っていると、彼女はまたせかせか戻ってきてドアを大きく開け、深々と頭を下げた。

そんな彼女には目もくれず、上背のある堂々とした男性が入ってきた。ルシエラは反射的に顔を伏せた。緊張で鼓動が跳ね上がる。

国王はオルガが急いで用意した椅子に腰を下ろすと横柄に命じた。

「顔を上げろ」

ルシエラを一目見るなりアルフレートは忌ま忌ましげに顔をゆがめた。三十八歳の兄は、もうすっかり国王としての風格を身につけている。

「……ふん。あの女にそっくりだな。いくつになった？」

「十八です……」

ぶつけられる憎悪に怯《ひる》み、ルシエラはおどおどと答えた。この城で暮らした十年間、寂しくはあっても、こんなあからさまな憎悪に晒《さら》されたことはない。オルガたちはいつも温かく接してくれるし、薬をもらいに来た村人たちは素朴な笑顔を向けてくれる。

年を聞くと兄の顔はいっそう厭《いと》わしげになった。

「十八か……。よく育ったものだ」

蔑《さげす》みもあらわに兄は鼻を鳴らした。まるで死ぬのを期待していたのにあてが外れたみたいに。

「おまえにやってもらうことがある」

前置きもなく、兄は唐突に言った。

「……なんでしょう?」

「ザクロスの男爵を知っているな? ザクロス侯ザイオンだ」

ようやく静まった鼓動がふたたび跳ね上がった。今度は前よりずっと高らかに。

「はい……、従兄《いとこ》です」

ルシエラの母は彼の叔母にあたる。母が〈魔女〉の嫌疑をかけられるまでザイオンとは親しくしていた。名家出身という以上に卓越した技倆《ぎりょう》と統率力を兼ね備えた武人だ。十九歳という若さで元帥の地位につき、その強さから〈鋼の元帥〉と異名を取った誉れ高い騎士である。

(わたしより十一歳上だから、今は……そう、二十九歳だわ)

彼が元帥に就任してまもなく母は〈魔女〉として捕らえられたが彼の地位は揺らがなかった。母方の叔母だったし、彼には隣国との戦争を勝利に導いた確固たる実績があったからだ。

幼いルシエラにとってザイオンは王子様のように素敵な騎士だった。艶《つや》やかな黒髪、知的な澄んだ深い蒼《あお》の瞳——。凛々《りり》しく端整な顔立ちは今ではだいぶおぼろになってしまったが、会

うたびにドキドキしていたことを覚えている。

ザイオンはルシエラを一人前の貴婦人のように扱ってくれた。それが嬉《うれ》しくて、誇らしくて。彼はいつでも礼儀正しくて優しかった。

幼いルシエラと目線を合わせて話し、跪《ひざまず》いて花を差し出してくれた。馬上槍試合では、ルシエラのハンカチを穂先に結んでくれた。もちろん優勝したのは彼だ。

どっと記憶が蘇《よみがえ》り、瞳が潤みそうになってルシエラは奥歯を噛《か》みしめた。

「あやつを領地から引きずり出してこい。成功すればおまえの処遇について考えてやろう」

「引きずり出す……？」

「そうだ。あやつは領地にこもったまま、余の再三の呼び出しにも頑《がん》として応じない。我が王国が大変なことになっているというのに無責任にもほどがある」

ルシエラの当惑顔に、アルフレートは不快そうに眉をひそめた。

「まさか知らんのか？　ま、こんなところに閉じこもっていては無理もないか」

閉じこもっているのではなく、閉じ込められているのだが……。毎年贈られる本で世情の移り変わりはそれなりに把握しているつもりだが、直近の出来事はさすがにわからない。

背後に控えているオルガも同じことを考えたらしい。悍馬《かんば》のごとき鼻息が聞こえてきてルシエラはひやひやした。

アルフレートは召使の動向など気にも留《と》めず傲然と続けた。

「二カ月前のことだ。ヴォートがふたたび我が国に攻め入ってきた」

ヴォート王国はルシエラの暮らすカエターン王国と海峡を挟んで向き合う隣国だ。古来、攻めたり攻められたり、和平を結んだりと関係は安定しない。平和な時期にはお互いの王族同士で結婚したりもするのだが、それがまた戦争の原因になったりもする。

先代国王が即位したときから、彼らは自分たちに正統な継承権があると主張して攻め入ってきた。カエターン国内にはヴォートの飛び領地がいくつかあり、それが状況をいっそうややこしくした。

十年前、彼らは決着をつけるべく大軍を率いて襲ってきた。一時は国土の半分がヴォート側に占領されたが、司令官に抜擢《ばってき》されたザイオンの指揮により戦況は逆転。ほうほうの体でヴォートは海の向こうへ引き上げていった。このときの功績でザイオンは元帥になったのだ。

この十年、ヴォートは国内の状況が不安定で、そちらに掛かりきりだった。それが一段落し、元帥を辞したザイオンが内陸奥地の領地に戻ったことを知って、性懲りもなくちょっかいを出してきたのだ。

「ヴォートの国土は耕作に向かない岩山や荒れ地だらけだ。慢性的に食料不足で、我が国の豊かな穀倉地帯を虎視眈々《こしたんたん》と狙っている」

アルフレートは不愉快そうに吐き捨てた。十年のあいだにカエターンの状況も変わった。有能な将軍が相次いで亡くなり、領主の世代交代も進んだ。ヴォートと違ってカエターン国内は安定しており、しばらく戦争はないだろうと楽観視して戦の備えも怠りがちだった。

中央集権化を図る国王の意向で貴族たちは領地を離れて王都で暮らすようになり、宮廷での出世争いに血道を上げるようになった。

アルフレートの誤算は、未《いま》だ強力な国軍が整わないうちにふたたびヴォートとの戦争に突入してしまったことだ。緒戦を制したヴォートは波に乗って王都への進軍を続けている。途中の村や街を略奪・破壊しながら。

「ヴォートの王はザイオンを恐れている」

兄の声は何故か不満げだ。

「……そうなのですか」

「前の戦のときに徹底的に叩《たた》かれ、命からがら逃げ出したのだ。恐怖が刷り込まれたんだろう。だからザイオンが出てくれれば少なくとも進軍を止めることはできるはずだ。あやつもそれはわかっているだろうに、何度使者を送っても応じようとせん。カエターン王国の封臣《バロン》のくせに、王たる余を軽んじておる！」

アルフレートは組んでいた脚を解いて腹立たしげに床を蹴った。

「逆賊として討伐軍を差し向ける余裕がこちらにないのをいいことに、つけあがりおって……。残念だが今は奴《やつ》の力と私兵に頼るしかない。昔からザクロス軍の強さは際立っていたからな」

「……あの。国王陛下の呼び出しにも応じないのに、わたくしが行ったところで応じてくれるとは思えないのですが。従兄妹同士とはいえ、もうずっと会っていませんし……」

「やれるかどうかなど訊《き》いてはおらん！　やれと言っているのだ」

にべもなく吐き捨て、アルフレートはぎろりとルシエラを睨んだ。腹立ちと憎しみのこもったまなざしに恐怖を覚える。

「わかっていないようだな。おまえには選ぶ権利などないのだ。自分が罪人であることを忘れたか？　父上のご意向で処刑は免除になったが、もう父上はいない。今は余が国王だ。いつでもおまえを火あぶりにすることができるのだぞ」

残酷な言葉にルシエラは息を呑《の》んだ。半分は血のつながった兄妹なのに、アルフレートの声にはひとかけらの情も感じられない。

「ザイオンめを王宮に連れてこい。成功すれば待遇を改善してやろう。失敗すればただちに魔女として処刑する」

ヒッ、とオルガとサビーナが同時にかすれた悲鳴を洩《も》らした。国王は唇をゆがめて嘲笑した。

「おまえも死にたくはなかろう？　馬車を用意してある。今すぐ出立《しゅったつ》しろ」

「い、今……ですか……!?」

「時間がないのだ。侍従をひとりつけてやる。着替えも用意した。そのみっともない服よりずっとマシなはずだ。母親譲りの手管であやつの気を惹《ひ》いてみるがいい」

国王は冷笑し、扉の側に控えていた侍従に顎をしゃくった。一礼した侍従が扉を開けると、従僕たちが大きな長持を素早く部屋に運び入れた。

「適当に選んで身なりを整えろ。後のことはこのレギーユ伯に万事任せてあるからおとなしく指示に従え。余は王城に戻る。いつまでも〈魔女〉と同じ空気など吸いたくないからな」

吐き捨てるように言ってアルフレートは別れの挨拶もなくさっさと出ていった。残った侍従が抑揚の乏しい声でぶっきらぼうに促した。

「お着替えください、姫君。廊下でお待ちしますので、お早く」

レギーユ伯は貧相な体型の中年男で、目の下が黒ずんでしなびた皮膚がいっそう不健康な印象を強めている。男は上着のポケットからハンカチに包んだ匂い玉を取り出し、鼻に当てながら廊下へ出ていった。

部屋に残った三人は黙りこくって互いを眺めた。最初に爆発したのはオルガだった。

「何よそれ⁉　いきなりやってきて無茶苦茶だわ！」

「しっ、聞こえるよ」

サビーナが唇に指を当て、急いで娘を制した。

「だって母さん！　その人を王宮に連れていかなきゃ姫様が死刑になっちゃうのよ⁉」

昂奮《こうふん》のあまり泣きだすオルガを見て、ルシエラはかえって落ち着きを取り戻した。

「……ともかく着替えましょう。あまり長く待たせるわけにはいかないわ」

ルシエラの指示で、しぶしぶサビーナとオルガは長持の蓋《ふた》を開けた。なかに入っていたのは数着のドレスや靴、外套《がいとう》、装身具などだった。どれも古着だが状態は悪くない。サテンやシャンタン生地を使った絹のドレスだ。軟禁されてからは木綿や亜麻布のドレスしか着られなかった。絹のドレスなど、八歳のとき以来だ。

「サイズはなんとかなりそうだね。姫様はほっそりしていらっしゃるから」

「ドレスより靴が問題よ。どれも大きすぎるわ。もうっ、なんて適当なのかしら」

「小さいよりかマシだよ。綿を詰めるんだ。そこらのクッションを破いていいから」

サビーナは濃いローズピンクのドレスを選んでルシエラに着付けた。爪先に綿を詰めた短いブーツを履き、毛皮で縁取りされたフードつきの黒いマントをはおる。オルガが溜息《ためいき》をついた。

「こんなに急《せ》かされなきゃ、もっと素敵にできるのに……」

「充分よ、ありがとう。さぁ、もう行かなくちゃ」

「あ。姫様、お待ちを」

サビーナは首に下げていた皮紐《かわひも》付きの小さな袋を服の下から引っ張りだした。袋を開け、掌に中身を出すとそれは美しいサファイアの指輪だった。

「ソランダ様からお預かりした指輪です」

「お母様から……!?」

神妙な顔でサビーナは頷いた。

「姫様がおとなになるまで預かってほしいと。そろそろお渡しする頃かと思っていましたが、まさかこんなふうに……」

サビーナはエプロンの端を目に押し当てた。ルシエラは指輪を宙に翳《かざ》してじっと見つめた。

「……覚えがないわ。お母様、これを嵌《は》めていたかしら？」

「一番大切な人からもらった、一番大切なものだと仰《おつしや》っていましたが……」

（一番大切な人……。――お父様？）

だったらどうして指に嵌めていなかったのだろう。

父のことはあまり覚えていない。滅多《めつた》に会わなかったし、目をギラギラさせて奇妙な笑い方をするからすごく怖かったのだ。父が来ると母はルシエラを乳母に預けてどこかへ連れていかせた。時間を潰《つぶ》して戻ってきたときには母は大抵泣いていた。

かぼそく震える母の後ろ姿をぼんやりと思い出していると、サビーナが言った。

「姫様。ソランダ様はこれを決して人に見せてはいけないとも仰っていました」

「見せてはいけない……？　それじゃ指に嵌めるわけにはいかないわね」

ルシエラは少し考えた。

「サビーナ。その袋もちょうだい。わたしもそうやって首に下げておくわ」

「こんなのですみません。時間があれば、もっと可愛《かわい》いのを作ってさしあげるのに」

指輪を袋に戻し、首にかける。

「大丈夫ね。このドレスは襟元が詰まってるからわからないわ」

ふたりと抱擁を交わし、廊下に出た。従者を従えて手持ち無沙汰な顔で待っていたレギーユ伯は、ルシエラを見るとまた匂い玉を鼻に当てた。〈魔女〉は悪竜のように毒息を吐くとでも思っているのかしら。

敷き石の割れた城の中庭には二頭立ての馬車が一台停《と》まっていた。国王はとっくに去ったようだ。御者はルシエラから顔をそむけ、魔よけのしぐさをした。

馬車に乗り込み、扉が閉められると、こらえきれぬ様子でオルガが走り寄った。

「姫様！　きっと大丈夫です！　姫様なら、きっと……！」

「ええ、オルガ。精一杯やってみるわ」

瞳を潤ませながら頷くと同時に、ガタリと車輪を軋《きし》ませて馬車が動き出した。サビーナとオルガ、それに下男として黙々と務めてくれたサビーナの夫、レイも出てきて、言葉もなく立ち尽くしている。

ルシエラは窓から身を乗り出し、大きく手を振った。三人は城の門まで追ってきて、懸命に手を振り返した。窓枠を握りしめ、次第に小さくなる彼らの姿を見つめていると、斜め向かいに座ったレギーユ伯が嘲るように言った。

「失敗したら逃げようなどと考えないことです。その場合、姫君の代わりに彼らを処刑することになっていますから」

絶句するルシエラに、レギーユ伯は匂い玉を鼻に押し当てながら肩をすくめた。

「覚悟を決めることですね。どんな手段を使ってでもザクロス候を王宮に連れてくるのです」

ザイオンを王宮に連れ出せなかったらルシエラは魔女として処刑。それを恐れて逃亡すれば、身代わりにオルガたちが殺される。

国王の命令にも従わない男を、従妹《いとこ》とはいえ十年も交流のなかった自分がどうやって説得すればいいのか。

わからない。だが、やるしかないのだ。

「窓を閉めてください。風邪をひいてしまいます」

匂い玉を鼻に押し当てたまま、くぐもった声でレギーユ伯が促す。もうオルガたちの姿は見えない。ルシエラは黙って窓を閉め、座席に座った。

整備されていない道で馬車はひっきりなしにガタガタ振動する。暗鬱な曇天が冬枯れの森の上に広がっていた。古城に閉じ込められて十年。初めて外に出たにもかかわらず、解放感など微塵《みじん》もなかった。


ザクロス候領はカエターン王国の都エメリスから見て内陸側の南東にある。

ルシエラが幽閉されていたコルトヴァ城からも方角は大体同じで少しだけ近い。険しい山岳地帯が天然の要害となり、氷河から流れでる水量豊かな河が土地を潤して農耕や牧畜も盛んだ。

領内には質のよい岩塩鉱もあり、大きな財源となっている。

古来、その地を治める土豪であったザクロス家がカエターン王の封臣となったのは三百年ほど前のこと。

他の封臣たちが王によって爵位を与えられ王国に組み込まれていくなか、ザクロス家はあえて最下位の〈諸侯《バロン》〉のままでいた。王に敬意は払っても従属することを代々の当主は嫌った。今ではザクロス家はカエターン王国でもっとも古い『男爵』として異彩を放っている。

独立不羈《ふき》の気概が強いザクロス領は王国のなかにあって半ば独立した小王国ともいえる。有能な軍人を代々輩出し、国王だからと盲信することもない。カエターン王家からすれば、いざというときには頼りになるが、少々目障りでもある。そんな微妙な存在だ。

コルトヴァ城から馬車を飛ばして四日。やっと領主館のあるザクロス湖についた。領名の由来となった湖だ。ほぼ中央に島がひとつあって聖堂が建てられている。

島を挟んで南側が開けた平地で大きな町となり、北側は湖に向かって突き出した崖の上に城がある。領主一族の本拠地、ザクロス城だ。

夕方遅かったので、その日は村の旅籠《はたご》に泊まった。旅籠の窓からは湖越しに町を睥睨《へいげい》する城が見えた。遠くその背後には雪を頂いた険しい山脈が望める。

（あれが、ザクロスのお城……）

ザイオンが生まれ育った城。かつて彼が城勤めの騎士で、ルシエラが幼い王女だった頃によく話してくれた。城の窓から見える蒼く澄んだ湖。小さな緑の島に建てられた美しい聖堂。そこは領主の一族の他は特別な許可を得た者しか立ち入れない。

ルシエラが行きたいとせがむと、ザイオンは笑って頷いてくれた。

（いつか連れていこう。ルーチェがもう少し大きくなったらね）

彼はルシエラのことを異国風にルーチェと呼んだ。すごく気に入って、そう呼ばれるたびに花のように美しい貴婦人になった気がした。

無邪気な時代を思い出し、ルシエラは急いで睫毛《まつげ》を拭った。あれからもう十年以上経っている。そんな約束を交わしたことなどザイオンは忘れているだろう。

あの頃とは何もかもが違う。彼との繋《つな》ぎ目《め》だった母は処刑され、ルシエラも〈魔女〉の烙印《らくいん》を押された罪人だ。この王命が果たせなければルシエラは母と同じく火あぶりにされる。

それを告げれば、彼の心を動かせるだろうか。

（――いいえ、だめ。そんなふうに頼みたくない）

そんな、同情を買うようなまねはしたくない。それはなけなしの矜持《プライド》だ。誇り高き孤高の一族の当主であるザイオンに、死にたくないから王の命令に従ってほしいなんて言ったらきっと軽蔑される。それで願いをきいてくれたとしても、彼に軽蔑されて生き長らえて何になる？

彼は幼いルシエラを貴婦人扱いしてくれた。成長した今こそ本物の貴婦人らしく意を尽くして彼を説得するのだ。

（もうわたしは貴婦人でも王女でもないけど……）

せめて心の有り様くらい自分自身で決めたい。

次第に夕闇に沈むザクロス城を、ルシエラは目を凝らしていつまでも見つめていた。


翌朝、ルシエラは兄が用意してくれた衣裳《いしょう》のなかから蒼いドレスを選んで身につけた。長持は馬車の天井にくくりつけてここまで運んできた。宿の女将《おかみ》に着付けを手伝ってもらいながらそれとなく領主はどんな人か尋ねてみた。

恰幅《かっぷく》のよい女将はドレスの背中の紐《ひも》を調節しながらニコニコと答えた。

「そりゃあもう、頼りになる御方《おかた》ですよ！　気さくな方でね。お供も連れずにふらりと町に現れて、あたしら庶民の話も分け隔てなく聞いてくださいます」

困ったことを訴えれば、なおざりにせずきちんと調べて手を打ってくれるという。揉《も》め事《ごと》を収めるのも公平だ。犯罪は厳しく取り締まり、夜間の巡回も欠かさない。おかげでザクロスの町は夜の一人歩きも恐ろしくないという。

「もちろん、町の外は別ですよ。湖をちょっと離れればもう深い森ですからね。狼《おおかみ》や熊、大山猫もいます。ご領主様のご威光でこの辺りでは山賊は出ませんけど、たとえ馬車でも暗くなる前に町に入らないといけません」

「ここからお城まではどれくらいかしら」

「ぐるっと湖を回らないといけませんからねぇ。お城は崖の上にあって、かなりきつい上り坂です。馬車でも小一時間かかりますよ」

「あのお城、とても見晴らしがよさそうね」

「ええ、町の後ろのほうまで見えますからね。何かあったらお城で鐘が鳴らされることになってるんです。火事のときなんかも」

女将はドレスの具合を確かめ、満足そうに頷いた。

「お嬢様はお城に行かれるので？」

「ええ……、男爵様にお目通り願えれば、と」

ルシエラが曖昧に微笑むと、女将は意味ありげに含み笑った。

「ご領主様はご立派なだけでなく、素晴らしい美男子なんですよ～。町の娘たちの憧れでね。ご領主様が町へいらっしゃると、なんとか目に留まろうとみんな必死になっちゃって。あたしももう少し若かったらねぇ」

けらけらと女将は笑った。

「あの、奥方様は……？」

「それがまだいないんですよ。やんごとなき方々は結婚相手を選ぶのもいろいろと大変なんでしょうね。お嬢様はとってもお可愛らしいから、ご領主様に一目《ひとめ》惚《ぼ》れされるかも」

冗談まじりのお世辞にルシエラは赤くなった。

「わたし、そういうつもりじゃ……」

「まぁ、本当に可愛らしいこと。さぁさ、ドレスはこれでいいと思いますよ。出発前に、うちの自慢の朝ごはんをたっぷり召し上がっていってくださいね」

女将に促されて階下に降りると、レギーユ伯は従者とともにすでにテーブルに着いていた。相変わらず陰気な顔つきだ。

朝食を済ませ、馬車に乗り込んで出発する。湖のほとりを進みながらレギーユ伯は匂い玉を鼻に押し付け、不景気な溜息をついた。

「あらかじめ言っておきますが、従妹だからといって歓迎されるとは思わないことです」

「わかっています」

ルシエラは平静に頷いた。この十年まったく音沙汰なかったのだ。母が魔女容疑で牢《ろう》に入れられるとルシエラは別の塔に閉じ込められた。

ザイオンは一度だけ差し入れにお菓子を持って会いに来てくれた。母にかけられた容疑を晴らそうとがんばっている、と言ったが、会えないまま母は火刑に処され、ルシエラは古城に幽閉となった。

恨んではいない。母はザクロス家の娘ではないのだし、ザイオンが自分たちと親しくしていたのは母が亡くなった姉——ザイオンの母親——の看病をずっとしていたからだ。彼は母を看《み》取《と》った叔母に感謝して、何かと気を配ってくれたにすぎない。

　彼は彼自身の一族を守らなければならなかった。父の後を継いで当主となって二年、元帥に抜擢されたばかりでもあった。きっと精一杯奔走してくれたことと思う。だから恨んではいない。ただ少し寂しかっただけ……。

（去るものは日々に疎《うと》し、って言うもの。きっともう忘れられているわ）

　それどころか迷惑がられるだけかもしれない。

「……あの。今さらですけど、わたくしが行ったらかえって逆効果なのでは……？」

「わかってますよ、そんなことは」

　腹立たしげにレギーユ伯は舌打ちした。気を鎮めるように匂い玉越しに深呼吸を繰り返し、忌ま忌ましげにルシエラを睨む。

「そのようなことは、国王陛下とてわかっておられる。それでもあえてあなたを遣わすことにした。この意味がおわかりでしょうね？」

「……はい」

　つまり、それだけ切羽詰まっているということだ。藁《わら》をも掴《つか》む心境で、少しでも可能性があることならなんだってやる、といったところだろう。

「説得の期間は、国王陛下があなたを訪ねた日からきっかり一カ月です。それまでに王宮へ到着しなければなりません。ということは、すでに五日使ってしまったわけです」

「え……!?　あの、ここから王宮までは……」

「馬車を飛ばして五日かかります。つまり、残された時間は二十日間。二十日目の朝、迎えに伺います。もちろん、その前に、男爵を王宮に連れてきていただくぶんにはかまいません。早ければ早いほどけっこうです」

絶句するルシエラにレギーユ伯は冷笑を浮かべた。

「できれば私の迎えなど待たないでいただきたいものですね」

露骨な厭味《いやみ》をどうにか耐え忍び、ルシエラはこわばった顔で頷いた。馬車の外からは御者の掛け声や馬に鞭《むち》を当てる音が響いてくる。いつのまにか上り坂に差しかかっていた。坂を登り切ると木立の向こうに高い塔がいくつもそびえる城が見えた。

馬車が止まり、降りるとそこは頑丈な石造りの門の前だった。侍従の指示で従者が大声を張り上げた。

「王妹殿下、ルシエラ姫のおなりだ。門を開けよ！」

同じことを何度も繰り返していると、門の上から無愛想な声がやっと返ってきた。

「誰が来ようと同じだ。我が殿は招喚《しょうかん》に応じるつもりはない。帰れ！」

レギーユ伯は忌ま忌ましげに舌打ちをした。彼は前に進み出て嗄《しゃが》れ声《ごえ》を張り上げた。

「私は代々王家の献酌侍従長官を務めるレギーユ伯爵だ。こちらにおわす王妹殿下は単なる使者ではない。国王アルフレート陛下の代理として全権を委任されておるのだぞ。カエターンの封臣ならば歓待するのは義務である。今すぐ門を開けてお通しせよ」

「それほど我が殿に会いたくば、国王自身が来ればよい」

嘲り声と複数のせせら笑いが返ってきて、レギーユ伯のしなびた顔がどす黒く染まった。

「この慮外者めら……！」

さらに怒声を張り上げようとしてレギーユ伯は噎《む》せた。何度も咳《せ》き込《こ》み、匂い玉を鼻と口に押し当てて、充血した目で門の上を睨《にら》み付《つ》ける。

レギーユ伯は煩わしげに手を振り、従者がふたたび口上を述べ始める。返ってきたのはやはり「帰れ」という鬱陶しげな一言だけ。そんな反応すらすぐになくなった。

怒鳴り続ける従者たちも疲労困憊《ひろうこんぱい》と寒さで青くなっている。レギーユ伯はルシエラに声もかけず、さっさと馬車に戻ってしまった。

従者たちの声がひび割れ出し、ルシエラは意を決して彼らの前に出た。途端にドスッと矢が足元に突き刺さった。硬直するルシエラの頭上から冷たい声が降ってくる。

「それ以上近づくな。警告を無視すれば女だろうと容赦はしない」

「王妹殿下に弓を引くか！　王家に対する反逆と見做《みな》すぞ⁉」

馬車のなかからレギーユ伯が怒鳴る。門上から嘲笑が響いた。

「はて。国王陛下の妹君は十年前に亡くなっているはずだが？　ということは亡霊か。ならば弓で射てもすり抜けるであろうな！」

弓弦を引き絞る音が、かすかに聞こえた気がした。従者が駆け寄り、立ちすくむルシエラの腕を掴んで後ろに引く。ふたたび足元に矢が突き刺さった。

「帰れ」

にべもない声が命じる。ルシエラは従者の手を振り払い、身を乗り出した。自分が死んだことにされていたのはショックだったが、そんなこと今はどうでもいい。

「聞いてください！　わたくしはザクロス男爵ザイオン様の従妹、ルシエラと申します。わたくしの母はザイオン様の母君の妹でした。王妹としてではなく、従兄妹として一目会ってはいただけませんか。お城に入れていただかなくて結構です。いいえ、出ていらっしゃらなくてもかまいません。せめて直接ザイオン様とお話ししたいのです」

しばし沈黙を挟み、いくらか穏やかになった声が返ってきた。

「お帰りください、姫君。我が殿は王宮に伺候する気はありません。どうしても我が殿のお力が必要ならば国王陛下御自ら当地へお運びいただきたい」

「くっ、何様のつもりだ⁉　山賊あがりの田舎者めが、調子に乗りおって！」

馬車を降りてきたレギーユ伯がぜいぜいと喉を鳴らしながらわめいた。門からはなんの反応も返らない。なんとなく冷笑されているような気配だ。レギーユ伯もそれを感じ取り、怒りと悔しさとで顔色が奇妙な緑色をおびた。

伯は八つ当たりのようにルシエラを睨んだ。

「血は争えませんな！　やはり〈魔女〉の係累だけのことはある！」

「そんなっ……」

「このような異端の輩、我々まっとうな宮廷人に説得できるわけがない。——いいですか、姫君。ザクロス男爵を説得するのはあなたの責務だ。自分がカエターンの封臣であることを思い出させてやらねば……！　なんとしてもあの不遜な男を王宮に連れてくるのです」

彼はしなびたキュウリのような顔をぐっと近づけ、血走った眼球をぎろぎろさせた。

「あなただって今さら火刑になどなりたくはないでしょう。どんな手段を使っても男爵を引っ張ってきなさい。そうすれば国王陛下が特別なお許らいをくださる。ありがたくも王女としての待遇を得られるかもしれませんよ……？」

卑しい笑みに嫌悪を覚え、ルシエラは唇を引き結んだ。レギーユ伯は後ずさり、匂い玉を鼻に押し当てると従者たちに荷物を下ろすよう命じた。

馬車にくくりつけられていた長持がルシエラのもとへ運ばれてくる。その上に、水とワインの入った革袋、旅籠の女将がチーズとパンを詰めてくれた籠が置かれた。

「——では、せいぜい頑張ってください」

「置いていくの……!?」

「私の役目は事情説明と送迎だけです。男爵の説得はあなたの仕事。同情を引くなり色仕掛けなり、頭を絞って考えることですね。期限に間に合うよう迎えに来ますからご安心を」

レギーユ伯は厭味なほど丁寧な挨拶をしてさっさと馬車に乗り込んだ。御者がぴしりと馬に鞭を当て、馬車が動き出す。後部に立ち乗りした従者たちが気の毒そうな視線を送った。

馬車はあっというまに速度を上げて逃げるように山道を下っていった。

棒立ちになって放心していたルシエラは、寒さに身震いしてマントをきつく身体に巻き付けた。まだ昼前なのに厚い雲に覆われた空は暗い。ひゅう、と耳元で風が鳴った。雪が降りそうだ。ルシエラは二本の矢が突き刺さった場所まで行って門を見上げた。

「……お願いします。どうか男爵様にお目通りを」

一言も応答はなかった。矢狭間の向こうは暗くて、誰かいるのかどうかもわからない。それでも諦めるわけにはいかなかった。ルシエラは何度も何度も懇願を繰り返した。

声が嗄《か》れると革袋から水を飲んで喉を湿し、パンとチーズを少し齧《かじ》った。時々長持に腰掛けて休んだが、じっとしていると寒いので声を振り絞って目通りを願った。

そのうち喉がおかしくなって声が出づらくなった。それでもかすれた声を張り上げ続け、気がつけば辺りは夕闇に包まれていた。

雲に覆われた空には月も星も見えない。日が落ちると寒さが急激に増した。少しは温まるかと手さぐりでワインを飲み、チーズを食べた。

「……お願いです……男爵様に……会わせて……」

必死に訴えかけたが、もはやほとんど声は出ていなかった。これではきっと聞こえない。闇が落ちてルシエラの姿も見えなくなった。諦めて町へ引き返したと思われるだろう。

こうなったら朝まで待つしかない。籠城しているわけではないのだから、いつかは誰かが城から出てくるはず。そのとき脚に取りすがってでも、土下座してでも頼むのだ。

背後の山から狼の遠吠《とおぼ》えが聞こえてきて、ルシエラは恐怖におののいた。城のすぐ側までは出てこないだろうが、火の気もなくこんなに暗くては不安で仕方がない。

この山には熊や大山猫もいると旅籠の女将が言っていた。町に引き返そうにも、松明《たいまつ》もなく山道をひとりで下るなんて恐ろしくてとてもできない。

寒さと恐怖でガタガタ震えていると頬《ほお》にひやりとしたものが落ちた。触れると指先を冷たい雫《しずく》が伝った。雪だ。ついに雪が降ってきた。ルシエラは絶望で呻《うめ》いた。

喉が痛い。寒い。脚はもう棒のよう。もう一口ワインを飲むと、喉がひりひりして噎せてしまった。咳き込んでいると涙が出て、たまらなくみじめな心持ちになった。

兄はきっとわたしに説得できるなど最初から期待していなかったのだ。そう、これは形を変えた死刑執行に違いない。素直に従おうとしないザイオンに対する嫌がらせのようなもの。彼がわたしの亡骸《なきがら》を見て後悔すればいい、と——。

闇空から次々に雪片が舞い降りてくる。きっともう地面は白くなっているだろう。ルシエラはフードを深くかぶり、マントを身体に巻き付けて足踏みをした。

こわばった指に息を吹きかける。すっかりかじかんで、痺《しび》れたように感覚がない。このままでは凍えてしまう。仕方なく長持のなかに入り込み、蓋を閉めて古着にくるまった。これなら雪が積もってもなんとかしのげる。

（こんなところで死にたくないもの……）

どうせ死ぬなら、せめて一目、憧れだったザイオンの顔を見てから死にたい。

長持のなかで脚を折り曲げて横になっていると、だんだん眠くなってきた。うとうとしかけるたびに強く首を振ったが、寒さと疲労とで次第に意識が朦朧《もうろう》としてくる。

（眠っちゃ……だめ……）

こんなところで眠ったら凍死してしまうかもしれない。だが、眠気は抗《あらが》いがたいほど強烈になって、ついにルシエラはカクリと古着のなかに頭を沈めた。

夢うつつに蹄《ひづめ》の音が聞こえたような気がした。それは次第に近づき、長櫃《ながびつ》の前で止まった。やがて蓋が開かれ、誰かがなかを覗《のぞ》き込《こ》んだ。いつのまにか雪はやんで星が出ていた。覗き込む人の顔は翳《かげ》になって見えなかったけれど、ひどく驚いているようだった。

その人は何かルシエラに話しかけたが、すっかり頭がぼんやりとして何を言われたのかわからなかった。答えようにも喉は嗄れて声が出ない。

力強い腕がルシエラを抱き上げた。横抱きにされて運ばれる。光が見えた。固く閉ざされた門が開いて、なかから灯が射《さ》している。松明を掲げた人々が飛び出してくる。ルシエラの意識はそこで途切れた。

第二章　〈鋼の元帥〉との再会

目を覚ますとルシエラは暖かなベッドのなかにいた。

一瞬、夢を見ていたのかと思う。奇妙な夢。兄の命令でザイオンを説得するため彼の領地へ行き、門前払いを食わされて凍えそうになって――。

「目が覚めたか」

憮然《ぶぜん》とした男の声に我に返る。慌てて寝返りを打つとベッドの側に男が立っていた。上等なチュニックを身にまとい、艶やかな黒髪を後ろで軽く束ねている。怜悧《れいり》な深い蒼の瞳が不機嫌そうにルシエラを睨んだ。

ハッと身を起こした途端、喉に不快な痛みが走った。唾を飲むと噎せてしまい、枕に突っ伏して咳き込む。なだめるように男が背中をさすった。

「今朝からずっと、俺に会わせろと叫んでいたそうだな。喉が嗄れて当然だ」

突き放すようなぶっきらぼうな声音に、生理的な涙以上に睫毛が濡《ぬ》れる。

「ザ……イ、オン……？」

がらがらの声を振り絞って囁くと、男は無愛想に頷いた。かつて幼い自分に向けられた微笑みの影すらない。

「ぁ……、わた、し……は……」

「ルシエラだろう？　そう名乗ったと聞いた。確かに若い頃の叔母によく似てる」

煩わしげに訴えを制し、ザイオンは蒼い瞳でルシエラを凝視した。冷ややかなまなざしだった。あの湖のように、美しく、冷たい。血縁の情は感じられなかった。

「国王の命令で俺を説得しに来たんだな。誰が来ようが答えは同じ。――断る」

腕を組み、傲然と顎を反らしてザイオンはきっぱりと言い放った。ルシエラが絶望に目を見開くと彼は口の端を皮肉っぽくゆがめた。

「本人が頭を下げて頼んでくれれば、考えてやってもいい。帰ってそう伝えろ。――しかし、かよわい女性を門前で凍えさせたのは悪かった。領内の見回りに出ていてな……。戻ってきたら門前に不審な長持が置いてある。何かと覗《のぞ》けば女が入っていて驚いたぞ」

彼が城にいなかったのだと知ってルシエラはがっかりした。喉を嗄らしてまで訴えたのは無駄骨だったのだ。だったらそう言ってくれればいいのに、と門番が恨めしくなった。

「無駄にわめかせた詫《わ》びに、喉がよくなるまでは客人として扱ってやる。ともかく何か温かいものでも腹に入れろ。その喉では呑《の》み込《こ》むのもつらいだろうから、スープでも」

彼は戸口を振り返り、控えていた従者に食事の支度を命じた。

「朝になったら町に遣いを出す。供の者におまえを数日預かると伝えておこう。とりあえず暖かくして休むことだ」

そっけなく告げて男は背を向けた。反射的にチュニックの裾を掴むと、彼は軽く目を瞠《みは》って振り向いた。誰も待ってはいないと告げようにも声が出ない。

「心配するな。よくなったら町まで送り届けてやる」

彼はルシエラの手を上掛けのなかに押し込み、子どもをあやすように叩いて出ていった。

ほとんど入れ替わりに召使が食事を運んでくる。ニンジンとカブ、ベーコンをやわらかく煮込んだショウガ風味のスープに、香辛料と蜂蜜を入れたホットワインが添えられている。喉が腫れて呑み込むのに苦労したが、食べ終わると身体がじんわりと温かくなった。

召使たちは親切に食事の介添えをし、ベッドの足元に入っていた湯たんぽを熱いものに取り替え、寒くないかと尋ねてくれた。

大丈夫だと微笑んで頷き、彼らが出て行くとルシエラは目を閉じた。

(焦っても仕方がないわ)

ザイオンを説得しようにも、この喉ではろくに喋《しゃべ》れない。

ルシエラは自分を見下ろしていた端整な男の顔を脳裏に思い描いた。最後に会ったときは二十歳前の若者だったのが、今ではすっかり堂々とした大人の男性だ。幼い頃の無邪気な憧れがよみがえって切ない気分になり、ルシエラはどきどきする胸を押さえた。

彼はますます素敵になったが、自分たちは以前のような気安い関係ではなくなってしまった。あの冷ややかなまなざしを向けられたとき、はっきりとそれを思い知らされた。

（ばかね。何を期待していたの）

王女だった頃のように、彼が笑いかけてくれるとでも？　そんなことあるわけないとわかっていたはず。ルシエラは〈魔女〉の娘。ザイオンが可愛がってくれた幼い従妹は、母が火あぶりになったとき一緒に死んだのだ。

彼の情に訴えることを国王《あに》は期待したようだが、この様子では見込みは薄い。命が惜しいという気持ちももちろんあるが、それ以上にカエターンの危機を救うために何かしたかった。

『できるかどうかなど訊いてはおらん。やれと言ったのだ』

腹立たしげに吐き捨てた兄の言葉が思い浮かんだ。そう、できるかできないかは関係ない。自分に与えられた選択肢はやるかやらないか、それだけだ。

兄に従ってほしいわけではない。カエターンの危機を救ってほしいのだ。ザイオンにならきっとできるはずだから。

一方的に元帥職を辞して領地に引きこもるような反抗的な男を、プライドの高い兄はできれば頼りたくなどないはずだ。それでも何度も使者を送り、ついには忌まわしい〈魔女〉の娘である異母妹を使ってまで説得しようとしている。

（お兄様のためではないわ。この国のために、戻ってきてほしいの）

ザイオンは気高い騎士だ。カエターンの封臣である以上に自国の領主であるとの思いが強くても、カエターンが他国に蹂躙《じゅうりん》されてもかまわないとまでは思っていないはず。

(説得……するのよ……)

うとうとと眠りに落ちながら、ルシエラは心のなかで何度も繰り返した。

冬も終わりに近づいているとはいえ、朝から暗くなるまで戸外に立ち尽くしてむなしく声を張り上げていたのが心身に相当堪えたらしい。翌朝召使が起こしに来るとルシエラは高熱を出してぐったりしていた。

ただちに医者が呼ばれ、とにかく身体を温めなければということで暖炉の火を大きくした。喉の痛みはさらに増し、薬湯《やくとう》を呑み込むのも大変な苦労だった。絶え間なく暖炉で火を焚いて、湯たんぽを三つ入れてもらっても悪寒でガタガタと身体が震えて止まらなかった。

ひっきりなしに悪夢を見た。火刑台で母が炎に取り巻かれて絶叫している夢だ。嗚咽《おえつ》を上げ、母を呼びながら泣きじゃくる自分の頭を誰かがそっと撫でてくれた気がしたが、それも夢だったのかもしれない。

ようやく熱が引いたのは三日目の朝だった。蜂蜜を垂らしたオーツ麦のミルク粥《がゆ》を少しずつ口に運んでいると、食べ終わる頃になってふらりとザイオンが現れた。

「具合はどうだ」

　枕元の椅子に座り、手を振って召使を下がらせると彼は尋ねた。相変わらずぶっきらぼうな物言いだが、最初のときほど冷たくはない。ルシエラはぎくしゃくと微笑んだ。

「おかげさま、で……」

「無理に喋らなくていい。どうせ喋りだせば王宮に来いとせっつくのだろう。だったらずっと黙ってろ」

　単なる軽口なのか本音なのかわからなくて困惑に眉を垂れる。ザイオンは一瞬気まずそうな顔をしたが、すぐにまたしかつめらしい表情に戻った。

「供の者はおまえを置いて帰ったのだな。旅籠の女将が言うには、あの日の昼頃戻ってきて食事を取ると慌ただしく出発したそうだ。おまえはしばらく城に滞在することになったなどと勝手に吐《ぬ》かしおって……」

　腹立たしげな舌打ちに身を縮めると、ザイオンは鋭い目つきでルシエラを睨んだ。

「おまえも承知の上か？　帰る手だてがないからと、俺に王宮まで送らせる算段だったか」

　驚いてルシエラはぶるぶるとかぶりを振った。

「……!?　ちが、ぃま……ッ」

　こほこほと咳き込み、潤んだ瞳で必死に訴える。まさかひとりで放り出されるなんて想像もしていなかった。説得するのは自分の役目でも、レギーユ伯が側で監視すると思っていた。

切れ切れにそう告げるとザイオンは憮然と肩をすくめた。いちおう信じてはくれたらしい。

「二十日後に……迎えに来る、と……言ってまし、た……」

「ということはあと十七日か。あれから三日経ったからな」

ザイオンはうんざり顔で嘆息した。

「仕方がない。まぁこの際だ、ゆっくり養生していくがいい。いちおうは従妹だからな、それなりに遇してやる」

彼は立ち上がり、ふと思い出したように部屋の隅を指さした。

「あの長持、運び入れておいたぞ。調べたが怪しげな仕掛けは見つからなかった。蓋に王家の紋章がついていたから、いよいよ切羽詰まって王家の宝物でも寄越《よこ》したかと思ったが……」

彼は皮肉っぽい笑みを浮かべた。

「……開けてみたら美女が入っていて驚いた。ずいぶん気の利いた贈り物だと感心したが、懐かしの従妹《いとこ》どのとはね……。相変わらず厭味な男だ」

嘲るように呟いてザイオンは出ていった。ルシエラはベッドの上でうなだれた。

従妹《わたし》でなければ彼は心を動かされたのだろうか。お世辞ではなく本当に美しい女が長持のなかに入っていたら……？　だとしたら国王《あに》は人選を間違えた。縁が切れたも同然の従妹ではなく、国一番の美女を寄越すべきだったのだ。

急に悲しくなった。本物の美女が甘く囁いたら彼は心を動かしたのだろうか……。

そう思うとひどくもやもやした気分になった。失望……だろうか。彼が美人好きらしいこと？　それとも自分にがっかりされたこと……？

そうじゃない。たぶん……昔のように笑いかけてもらえなかったからだ。期待してはいけないと自戒しながら、淡い期待を消せなかった。ザイオンが親しみを込めて『ルーチェ』と呼び、目線を合わせて微笑んでくれなかったから。

仕方がない。自分はもう彼にとって赤の他人も同然なのだ。

ならばどうやって彼の心を動かしたらいいのだろう。残された時間は半月あまり。その間に彼を説き伏せ、元帥職への復帰を承知させるなんて、できるのかしら……。

動けるようになるとルシエラは意を決してザイオンの後をついて回った。まだ喉には違和感が残っているが、喋るのに支障はない。多少耳障りでも、そんなことを気にしている余裕などなかった。

いちおう正式の使者らしく会見を申し入れてもみたのだが、話すことなど何もないと撥《は》ねつけられてしまった。やむをえず、彼を不快にするのを承知の上でくっついて歩いた。苛立ちと困惑が入り交じった顔で睨まれ、怯みそうになるのを必死で踏ん張る。

「お願いです。ほんの五分、いいえ、一分でもいいんです。お時間をいただけませんか」

「しつこいな。俺はアルフレート王のために動く気はないんだ。どうしてもというなら本人に出てくるように言え」

「あなたはカエターンの封臣でしょう？　ザクロス家はカエターンの貴族のなかで最も古く由緒ある家系のひとつではありませんか」

懸命に訴えるルシエラに対し、ザイオンはせせら笑うように鼻を鳴らした。

「おだてても無駄だ」

「事実を言ったまでです。ザクロス家は代々カエターン王家を支えてきた。なのに何故その力を貸そうとしないのですか？　国が重大な危機に陥っている、今このときに」

ザイオンは食い下がるルシエラをいっそう激しく睨み付けた。

「俺はな、アルフレートが大嫌いなんだ。奴のためになることなんぞ、誰がしてやるものか」

ルシエラは唖然《あぜん》とした。

「嫌いって……。国の大事を、好き嫌いで決めるんですか⁉　国王が嫌いだからって、そんなことで手を貸さないなんて……っ」

「そんなこと？」

蒼い瞳が不穏な光をおびる。腰に手を当ててしげしげと顔を覗き込まれ、ルシエラはひくりと喉を震わせた。

「そんなこととおまえが言うのか！　おまえが……っ」

苦い声音に憤怒が混じる。どうしていきなり激怒したのか理解できず、ルシエラは青ざめた唇を引き結んだ。ザイオンは悔しげに眉を寄せ、ふいと顔をそむけた。

「ともかく、王の要請には応じない。自分でなんとかすればいい。五年前、元帥を辞めるときにそう言ってある。奴はザクロス家の助力など必要ないとせせら笑った。それを今さら……」

「どうして辞めたんですか……？　五年前って、お兄様が国王に即位なさったときですよね」

勇気を奮い起こして尋ねるとザイオンはそっけなく肩をすくめた。

「愛想を尽かしたのさ」

彼は吐き捨て、大股に去っていった。その背中は完全な拒絶を示しており、ルシエラはそれ以上追いすがることができなかった。


成果が得られないまま日々は過ぎ、あっというまに一週間が経った。ザイオンは頑《かたく》なな態度を崩そうとしない。

最初は迷惑そうな顔をしていた家臣たちも懸命なルシエラの姿を見て次第に同情を覚えるようになったらしい。話を聞いてあげては……と口添えをして主に睨まれたりした。

「うちの家臣をたぶらかすな！」

「たぶらかしてなどいません」

「――殿」

言い争うふたりを黙って観察していた家臣が、ゆっくりと口を開く。ザイオンの祖父の代から仕えているというザクロス家の重鎮、ヤーキム・シュヴェーツ卿《きょう》だ。浅黒い肌と対照的に雪のような白髪と白髯をたくわえた、立派な風采の老騎士である。

「一度くらいじっくりと姫君の話を聞いてさしあげても殿の恥とはなりますまい。度量の広さをお示しになることも領主の務めかと存じます」

ザイオンはムッとしたようにヤーキムを睨み、しぶしぶ頷いた。赤子の頃から世話になっている古参の家臣だ。その意見を無下にはできない。

「……わかった」

ついてこいと横柄に顎で促され、ルシエラはヤーキムに会釈して急いで後に続いた。彼は私的な謁見にも使う居間に入り、どかりと椅子に座って長い脚を組んだ。

「どうせ今までの使者と代わり映えしないと思うが、じいの顔を立てて一度だけは聞いてやる。ただし手短に済ませろ。俺はそう気の長いほうではない」

ルシエラは緊張にこくりと唾を呑み、ぎゅっと手を組み合わせた。

「カエターンの現状はご存じですね」

「もちろん知ってるさ。ヴォートに攻め込まれて苦戦している。王都から遠く離れた僻地《へきち》でも、情報収集はちゃんとやってる」

彼は皮肉な笑みを浮かべた。ならば何故、と感情的に責めたてそうになるのをルシエラは必死に抑えた。

「お願いです。国軍元帥に復帰して、ヴォートの兵を追い払ってください。あなたならそれができると、兄は信じているのです」

「実に光栄なことだが、元帥を辞めるとき、俺の力なんぞ必要ないとアルフレートは大口を叩いたのだぞ」

「それは……わたくしから謝罪します。人間誰しも間違うことはあるでしょう」

「確かに。だが、間違っていたと認めたなら、一言くらい詫びてもよいのではないか？　ところがアルフレートはただちに王宮へ参上せよと高飛車に命令するだけ。今までの使者どもは誰も彼も似たりよったり。王の権威を笠《かさ》に着て、高圧的に要求する一方だ。まさに虎の威を借る狐《きつね》。ザクロス家の称号が〈男爵《バロン》〉だからといって、貴族の序列の最下位だと見下しているようだが……、そのような無知な輩《やから》のたわごとなど拝聴する義理はない」

「わたくしは違います。ザクロス家が誇り高き一族であること、王国最古の由緒ある家系であることは母から聞いています。母はザクロス家の人間ではありませんが……、姉が嫁いだザクロス家を第二の家族とも思い、とても誇りにしていました」

「おまえもか」

「もちろんです」

真剣に頷くと、ザイオンの表情がほんの少しやわらいだ気がした。だが相変わらず皮肉っぽく彼は言った。

「そのおまえが、国王の名代として俺に命令するわけか。国王に従えと」

「わたくしはお願いに参ったのです。この国はあなたの力を必要としています。その力を示すことはザクロス家の名声をますます高めることになるはず。……それとも怖いのですか?」

「なに?」

ぎらりとザイオンの目が光る。気押されながらも必死にルシエラは訴えた。

「引退して臆病になったのですね。それとも臆病になったから引退したのでしょうか。弱冠十九歳でカエターンの元帥となり、戦神と讃《たた》えられた輝かしい無敗の騎士は死んだのですか」

ザイオンは眉を吊《つ》り上げルシエラを睨み付けた。

「……小賢《こざか》しい娘だ。そのような見え透いた挑発に俺が乗ると思うか」

「だったら何故その力を示そうとしないのです? 臆病者呼ばわりされてもいいのですか」

「言っただろう、俺は前王も今の王も嫌いなんだ。ザクロス家をないがしろにした奴らのために大切な一族の命を賭けるなんてごめんだね。少なくとも本人が頭を下げて来ない限り、アルフレートのために戦う気はない。大体、ヴォートに占領された家臣の領地を取り戻すのは王の務めだ。自軍を温存しておいて、王都よりも遥《はる》かに前線から遠いザクロス家に戦いを命じるなんておかしいだろう」

「そ、それが臣下の務めではありませんか！　王を守ることが……っ」

「守るに値する王ならな」

　露骨に嘲る口調に泣きたくなる。

「兄の無礼は妹であるわたくしが謝罪します。兄に代わって、わたくしがどんなことでもしますから、どうか兄を——いいえ、カエターンを守ってください！　お願いします……！」

「どんなことでも、ねぇ。言うは易し、口先だけならなんとでも言える」

「本当です！　わたくしにできることならなんでもいたします」

「それじゃ、下女として働けと言われたら？」

「もちろん働きます！　わたし、料理も編み物もできますし、掃除や畑仕事だってできます。コルトヴァ城では自分のことは自分でしてましたから！」

　ザイオンはムッとしたように眉をひそめた。

「おまえは王女だろう。世話をする召使もいないのか？」

「いますけど……、わたしに付きっ切りというわけにもいきませんから。あの、本当にわたし大丈夫です。もう風邪も治りましたし、働けます」

「けっこうだ、人手は足りてる」

「じゃあ、何をすれば……」

　呆《あき》れたように眉を上げたザイオンは、ふいに何事か思いついた風情でニヤリとした。

「なんでもすると言ったな?」

「は、はい……」

「では、服を脱いで裸になってみろ」

言葉をなくすルシエラを傲然と眺め、ザイオンは唇の片端を皮肉っぽく吊り上げた。

「できないか。ま、そうだろうな。幽閉され捨ておかれても王家の姫だ。わかったか、なんでもするなどと迂闊《うかつ》に言わぬことだ」

「——裸になったら考えてくださるのですか」

低い囁き声に、椅子から立ち上がりかけたザイオンが不審そうな顔を向ける。ルシエラは、毅然《きぜん》と彼を見つめた。

「でしたら脱ぎます」

「おい……」

ギョッとする男の目の前でルシエラは服を脱ぎ始めた。それほど凝った作りのドレスではなく、ひとりでも脱ぎ着できるものだ。

前で編み上げていた胴衣《コルサージュ》の紐を解き、床に投げ捨てる。チュニックドレスの襟元をぐいと引っ張ってくつろげ、たくしあげると、唖然としていたザイオンが慌てて制した。

「おい、ちょっと待て!」

かまわずドレスを脱ぎ捨て、麻の下着《シュミーズ》も頭から抜いて放り投げる。羞恥よりも屈辱に唇を噛みしめ、握りしめた拳をわなわなと震わせる。身につけているのは靴下止めと靴下だけという、ほとんど全裸に近い恰好《かっこう》だ。

暖炉に火は焚かれているものの、室内は暖かいとは言えない。薄く鳥肌がたったが、それ以上に憤懣《ふんまん》で身の内がカーッと熱くなった。

呆気《あっけ》にとられた面持ちで裸身を眺めていた男は、ハッと我に返ると床に散らばった衣服を急いでかき集め、ルシエラに押し付けた。

「冗談を真に受ける奴があるか！　さっさと服を着ろ。また風邪をひくだろうがっ」

冗談、と聞いてルシエラの瞳に涙が盛り上がった。抑えきれずぽろぽろと雫が頬をつたう。ますます焦ってザイオンは怒鳴った。

「泣くな！　そういう卑怯《ひきょう》な手は、俺は好かん！」

「ごめ、なさっ……」

下着を顔に押し付けてすすり泣く。涙で同情を惹こうとしているなんて思われたくないのに、いくら押さえ込もうとしても涙は次々あふれて止まらなかった。

困惑していたザイオンの手が、ためらいがちに頭に触れた。そっと撫でられると幼い頃を思い出してますます泣けてくる。

母が捕らえられ、塔にひとり閉じ込められた自分にお菓子を持って会いに来てくれたザイオン。母に会いたいと泣いて訴える自分を膝に載せ、優しく頭を撫でてくれた。あのときの武骨で優しい手の感触がよみがえる。

「……からかって悪かったよ。泣くのはやめてくれ。すごく……困る」

シュミーズに顔を埋めてコクリと頷く。

「早く服を着ろ。本当に風邪ひくぞ」

ぶっきらぼうに言って彼は暖炉に歩み寄り、薪《まき》を足して炎を強くした。彼が背を向けているあいだに急いでドレスを身につける。

気まずく突っ立っているとザイオンは肩ごしにちらりと振り向いて手招いた。

「こっちに来て火に当たれ」

おずおず近づいていくと、彼は椅子を持ってきて暖炉の側に置き、座るよう促した。ぱちぱちと音を立てて燃える薪をぼんやりと眺める。自分は何をしているのかと情けなくなった。

暖炉に片手をつき、同じように炎を眺めていた男がぼそりと呟いた。

「それにしても育ったものだ。あの小さな姫君が」

赤くなってルシエラはうつむいた。裸体を晒したことが、今になって恥ずかしくなる。

「用心しろ。もう子どもじゃないんだ。従兄妹とはいえ、俺だって男なんだからな」

「……従兄妹じゃなかったら、考えてくれたんですか」

「何を言ってる」

「わたしがもっと美人で色っぽかったら、頼みを聞き入れてもらえたんでしょうか」

「あのなぁ……」

ザイオンは困り果てた様子で嘆息した。ルシエラは急に意固地な気分になった。

「だって、言ってたじゃない！　気の利いた贈り物だと思った、って。長持のなかから本物の美人が出てきたら――」

「本当に冗談の通じない奴だな。なかから出てきたのが美女だろうが刺客だろうが同じことだ。王に力を貸す気はない」

「どうしてですか！　兄は、いいえ、この国はあなたの助けを必要としてるんです！　なのに、どうして……っ」

ザイオンは一瞬たじろぎ、ふいっとそっぽを向いた。

「……なんでそんなに必死になる」

「と、当然じゃないですか。国が危機に陥っているんだから……」

「ご立派なお姫様だな。朽ちかけた古城に十年ものあいだ閉じ込められていたというのに。アルフレートは幼いおまえを助けようともしなかった。十年間放置した挙げ句、勝手な都合でおまえを利用しているのだぞ。腹が立たないのか」

ぐっとルシエラは詰まった。いっそ打ち明けてしまおうかと強い誘惑に駆られる。断ることなどできなかったのだと。この役目に失敗すればただちに〈魔女〉として処刑されるのだと。

（だめ。それを知ったら彼はますますお兄様を嫌いになるわ）

そして意地でも力を貸すまいと決意するだろう。やむなく手助けしてくれたとしても、感情的な齟齬《そご》はますます大きくなる。もともと独立の気風の高い一族だ。本気で袂《たもと》を分かってしまうかもしれない。

そんなことになったら本末転倒だ。なんとしてもカエターン王国に留まってもらわなければ。

ルシエラは息を整え、改めて切り出した。

「……あなたはカエターンの騎士です。元帥を辞してもそれは変わらない。あなたの先祖はカエターンの王に忠誠を誓い、封臣となった。この国を守るために働くことは現在の当主であるあなたの義務ではありませんか」

「それは違うな。そもそも我が父祖がカエターン王家と交わしたのは相互扶助契約だ。互いの危機には助け合うと」

「だったら――」

ザイオンが人指し指を立て、ルシエラは口をつぐんだ。

「ザクロス家がカエターンの封臣となったのは、無用な争いを避けるため。先祖代々受け継がれてきたこの土地を守るためだ。ザクロス家が一歩引いて臣下に下ったからこそ、カエターンの一族は真の王家となれたのだ。そのときカエターン王は感謝して天に誓った。王家が存続する限りザクロス家を重んじ、その意向と誉れを尊重すると。……王家のほうではもうすっかり忘れているようだがな」

「そんなことは……っ」

「ない、と？　どうしてそう言える？　奴らはおまえの母、俺の叔母であるソランダを無実の罪で焚刑に処したのだぞ！」

ザイオンは腹立たしげに暖炉の上を掌で叩いた。息を呑むルシエラを、探るように凝視する。

「……母親の罪状は、もちろん知っているだろうな？」

「父を……先代陛下を呪詛した、と……」

「信じているのか」

「まさか！　母がそんなことするわけないわ！　誰かが母を陥れたのよ」

「そのとおり、ソランダは嵌められたんだ」

「……っ、誰、に……!?」

「彼女を邪魔に思っていた人間さ。ソランダが処刑された後、その後釜に座ったのは誰だ？」

「次の……王妃様……？」

「当時は寵姫《ちょうき》だった。背後についていたのはその兄、ヴォンドラーク卿――現在のカエターン王妃ユディトの父親だ」

ソランダが処刑された後、ヴォンドラーク家の娘は三番目の王妃となった。しかし、王妃を通じて国王を操ろうという企《たくら》みはうまくいかなかった。肝心の王が精神を病み、国政は摂政となった王太子アルフレートが執ることになったからだ。

「……叔母が無実の罪で殺されても、俺は元帥として王宮に留まった。本当はとっとと蹴って領地に帰りたかったんだが、叔母に頼まれたからな」

「お母様……が……？」

「そうでなければ、とっくに辞めていたさ。アルフレートは無実だと知りながら叔母を助けようとしなかった。見殺しにしたんだ」

ルシエラは憎しみに凍った兄の目を思い出した。そんなにも兄は義母《はは》を憎んでいたのか――。

ザイオンはいらいらと室内を歩き回った。窓辺で足を止めて憂鬱そうな溜息をつく。

「……ソランダは俺にとって姉のような存在だった。十歳しか違わなかったし、俺の母とも仲がよかった。母が病気になると王都に上がって看病してくれた」

その頃ザクロス家は王都に館を構えていた。ザイオンが小姓として王城に上がったため、できるだけ近くにいたいと母が望んだのだ。

母はまもなく病床に臥《ふ》し、数年間寝たり起きたりの生活を送った末に亡くなった。

ソランダは姉の没後も館に残り、女主人の代理として館の維持管理を行い、領地から上ってくるザイオンの父や家臣たちの世話をした。

ザイオンの父は亡妻の妹であるソランダを娘のように可愛がった。自分の子は息子のザイオンだけだったというのもあるだろう。ザクロス家の令嬢として扱った。

「さっさと領地に帰るべきだったんだ。居残ったばかりに国王に目をつけられて……」

忌ま忌ましげにザイオンは舌打ちをした。

すでに王妃を亡くしていた国王は、ソランダを後添えに望んだ。ソランダはそれを受け入れ、王妃となってルシエラを産んだ。だが、ルシエラが物心つく頃には国王はヴォンドラーク家の娘を寵姫とし、王妃を捨ておくようになっていた。

そしてルシエラが八歳になると、母は国王を呪詛したと告発され、火刑にされたのだ。

「それじゃ、お母様のこと、信じていてくれたの……？　お父様を呪ったりしてないって」

背を向けたままザイオンは腹立たしげに怒鳴った。

「あたりまえだろう！　ソランダはそんな女じゃない。だいたい彼女は——」

中途半端に言葉を切り、ザイオンは目を瞠った。

ぽろぽろと涙をこぼすルシエラに苦り切った表情になる。

「おい……、またか」

「よかった……！　お母様も、わたしも、嫌われてしまったんだとばかり……」

「言い掛かりだとわかってるのに嫌うわけないだろう！」

「だったらどうして会いにきてくれなかったの⁉　わたし、あなたに見捨てられたんだと思って……、かな、しくて……っ」

ザイオンは低く唸《うな》り、ルシエラに歩み寄ると乱暴に袖口で涙をぬぐった。

「悪かったよ！　それもソランダに言われたんだ。ザクロス家も加担していると思われたらまずいから、かかわらないでくれと……」

元帥とはいえ当時のザイオンはまだ十九歳。ザクロス家の当主になって二年しか経っておらず、軍事以外では王宮での発言権も立場もそう強いものではなかった。

「直接会いにいくことは控えたが、気にはかけてたし、それとなく見張ってもいた。だが、叔母の処刑が決まって……、なんとか判決を覆せないかとあちこち当たってるうちに、おまえはどこかに連れていかれてしまって」

やっとコルトヴァ城にいることを探り出したものの、面会は固く禁じられていた。それに、会いにいけば母が処刑されたことに触れないわけにはいかない。それを思うと気が重く、会わないほうがいいのだと自分に言い訳した。

「誤解させたことは謝る。見捨てたわけではないと知らせたくて毎年本を送っていたんだが」

「本……？」

濡れた睫毛を瞬き、ルシエラはハッとした。

「……っ！　あれ、送ってくれたの……あなただったの……⁉」

「ああ……、まぁ、な」

ザイオンは照れ隠しのようにしかつめらしく頷いた。

「だったら手紙くらい、入れてくれたって……」

「いや……なんとなく恨まれているような気がしてな。それに、ソランダのものだった本を見

れば察しがつくかと」

ルシエラは腹立ち半分に男を睨んだ。あれがザイオンからの贈り物だとわかっていたら、孤独感や寂しさがずいぶん紛れただろうに。

「ともかく、俺は別におまえのことを嫌ってるわけじゃない。だからといって王の呼び出しに応じる気にはなれないが……。俺がアルフレートを嫌う気持ちもわかるだろ？」

ルシエラは頷いた。姉にも等しかった叔母。従兄妹であるその娘を冷酷に扱い、利用する王に対して彼が反感を抱いても不思議ではない。

もしかしたら、彼がずっと不機嫌な顔をしていたのはルシエラが気に食わないのではなく、ルシエラを使者として差し向けた王に対して腹を立てていたのかもしれない。

「……でも、あなたに助けてほしいと兄が願っているのは本当よ」

呟くと、彼はとたんにムッとした顔になった。

「あんな奴をどうしてそう庇《かば》うんだ。兄らしいことを、一度でもあいつがしてくれたか？」

「別に庇っているわけでは……。兄に嫌われていることはわかっています。できることなら頼りたくなどないでしょうに、それでもわたしを使者に立てたからには、相当切羽詰まっているんだと思うの。レギーユ伯も、そのようなことを言っていたし……」

「レギーユ伯？　ああ、おまえを送ってきたのはあいつだったな。あの男はヴォンドラーク卿の腰巾着だ。そもそもおまえを使者に立てようなどと思いついたのは王ではなかろう。十中八九ヴォンドラーク卿の差し金だ。奴は内務大臣で国王の義父にあたる。王宮はもうすっかり奴に牛耳られていると見て間違いない」

　ザイオンは凄味《すごみ》のある微笑を浮かべた。

「俺がいた頃から兆候はあったが……、今や完全に伏魔殿《ふくまでん》だな。二度と関わりたくないね」

「でも、このままではヴォートに国を奪われてしまいます！」

「奴らが欲しているのは安定した食料供給源だ。そのためにカエターンの豊かな穀倉地帯を支配下に置きたい。追い払いたければ、奴らの財布がさほど痛まない程度の値段で穀物を売ってやればいい。今回、侵攻してきた要因のひとつは、小麦の売値が跳ね上がったせいだ」

「小麦……？」

「不作のせいではなく税金が高くなったんだ。王家の財源が乏しくなったのを補填《ほてん》するためにな。王族や宮廷貴族の贅沢三昧《ぜいたくざんまい》と無駄遣いの尻拭いさ」

　国王が嫌いだから手を貸さないなどと子どもじみたことを言っていたが、そんな理由ではなかったらしい。もちろん感情的なものもあるのだろうけど……。

「俺はな。カエターンが本当に危機に陥っているなら封臣として駆けつけるつもりでいる。だが、今言ったとおり、この戦は納得いかない」

「お兄様は……、継承権争いが原因だと……」

「表向きはな。食い詰めてやってきたとは言いづらいだろう。ヴォートの王族だって面子は取り繕いたい。もともと両国の王家は親戚だ。見栄《みえ》っ張《ぱ》りなのも共通してるんだろうよ」

くくっと嘲るようにザイオンは含み笑った。

「危機に援助する用意はあっても尻拭いの代行はしない。帰って王にそう伝えろ。迎えが来るまでは従妹として丁重に遇してやる」

ザイオンは召使を呼ぶと、ルシエラを部屋まで送るよう命じた。思いがけないことを聞かされてすっかり頭が混乱してしまい、どうやって説得したらいいのか見当もつかない。ザイオンは拒絶するようにこちらに背を向けている。

しばらくその背をよるべなく眺め、ルシエラはしおしおと召使に従って部屋を出た。


扉が閉まるとザイオンは肩ごしにちらりと振り向いた。

「……まいったな」

憮然と呟き、彼は溜息をついた。ほっそりとした白い裸身が脳裏に浮かび、慌てて頭を振る。

(ばか！　従妹だぞ)

己を叱りつけるように何度も言い聞かせた。わかっている。頭ではわかっているのだが……。

最後に会ってからもう十年。少女がおとなになるには充分すぎた。

八歳の面影しかなく、長持のなかで眠っている彼女を見たときは誰だかわからなかった。雪に積もった黒い長持は、まるで奇妙な柩《ひつぎ》のようで。寒さをしのぐため服に半ば埋もれるように縮こまっていた美しい女の顔は血の気が失《う》せ、死んでいるのかと思った。

青ざめた雪白の肌。月光のような銀の髪。

……そう。美しいと、感嘆したのだ。柄にもなく見とれ、ふと誰かに似ている気がした。

叔母《ソランダ》を思い出し、まさか……とハッとした。慌てて揺り動かすと長い睫毛が震え、ぼんやりと開かれた翠《みどり》の瞳が松明の灯を反射してきらめいた。

急いで抱き上げ、城内に運び入れた。家臣の話で彼女が王妹《おうまい》のルシエラと名乗ったこと、国王の使者として遣わされたことを知った。

ザイオンは一昨日から城を離れており、留守役の家臣たちは彼の命令どおり使者を突っぱねた。領主の従妹だと言われて迷いも覚えたが、勝手に入れるわけにはいかない。

やがて彼女ひとりを残して馬車は去っていった。同情を引くつもりかと家臣たちは警戒を強めた。彼女は細い声で必死に嘆願を繰り返していたが、夕闇が迫るにつれて声はかすれて小さくなり、ついに聞こえなくなった。

諦めて町へ引き返したのだろうと誰もが思った。雪雲が低く垂れ込めて何も見えなかったし、しんと静まり返って物音もしなかった。

やがて雲間から射すおぼろな月光と雪明かりとで、門前に長持がぽつんと置かれているのが見て取れたが、まさか彼女がその中で凍えているとは思いもしなかった。

（まったく……、危ないところだったな）

すっかり身体が冷えきって、ルシエラは意識も朦朧としていた。急いで風呂に入れて温め、手足をさすり、ショウガと蜂蜜を入れたホットワインを呑ませて休ませると、ようやく顔に血色が戻ってきた。

彼女が目覚めたときには安堵《あんど》して胸をなで下ろしたくらいなのに、どんな顔を向けたらいいのかわからなくて、無愛想に応じてしまった。彼女が傷ついたのが伝わり、焦ってますますぶっきらぼうになった。

本当は、幼い頃のように『ルーチェ』と呼んで笑いかけ、頭を撫でてやりたかった。だが、ひとりぼっちにした後ろめたさと、恨まれているのでは……という危惧とでできなかった。それに、今の彼女が頭を撫でられて喜ぶとも思えない。菓子に目を輝かせた無邪気な幼女ではもうないのだ。

（……アルフレートを責める資格なんぞないか）

古城に幽閉されたルシエラを十年ものあいだ捨てておいたのは自分も同じだ。少しでも外の世界のことを知らせてやりたくて、薬草や医術の本に加えて地理や政治の本も送った。彼女はそれを読んだだろうか。はたして喜んでくれたのか。

（希望も聞かず一方的に送りつけておいて勝手なものだ）

本の送り主が自分だと知って、彼女は怒っていたようだ。やはり気に入らなかったらしい。

宮廷の貴婦人が好むような恋愛物語でも送ってやればよかったかと、今さらながら溜息をつく。

夢物語で現実逃避するよりも、外界と繋《つな》がっている感覚を失ってほしくなかったのだ。

幼い『ルーチェ』は祖母や母親のような善い魔女になるのだとよく言っていた。

『ほんとうの魔女は、みんないい魔女なの。だからルーチェもしっかりお勉強して、ほんとうの魔女になって人助けをするの』

たどたどしい口調で真剣に告げる幼いルシエラの、ぷにぷにした薔薇色の頬が可愛らしかった。騎士のザイオンはいっぱい怪我をするから……と差し入れてくれた傷薬。

『作ったのはお母様だけど、ルーチェもお手伝いしたの……』

照れたように、期待するように瞳を輝かせる彼女と目線を合わせて微笑んで、ありがとうと髪を撫でるとパッと花が咲くように彼女は笑った。

無邪気だったその笑顔が、今は気後れしたようにひっそりと微笑むだけ。深い淵《ふち》のようなダークグリーンの瞳は美しく澄んでいるのに寂しげで、諦めたようで。

先王の妃になることを承諾したときの叔母を思い起こさせて、どうにも腹が立つ。しかもその瞳が懸命な光をたたえるのは、兄の命令に従ってほしいと頼むときだけと来る。

(どうしてあんな奴のために必死になるんだ⁉)

ますますむかむかしてアルフレートに嫌悪を感じた。絶対に従うものかと意地になった。

『お願いよ、あのひとを守ってあげて。何があってもけっして見捨てないで』

必死に訴えるソランダの面影が脳裏に浮かび、ザイオンは顔をしかめた。

「……これ以上は面倒見きれないよ、叔母上」

アルフレートは変わってしまった。親しかった頃の彼はもういない。今玉座に着いているのは冷酷無残な暴君だ。ソランダを見殺しにし、今度はルシエラを使い捨てようとしている。

情に訴えようと目論《もくろ》んでアルフレートはルシエラを送り込んだ。ザイオンが母娘と親しかったこと、疎遠になっても決して見捨てたわけではないことを知っていて利用するつもりなのだ。

それはいいが、やり方がどうにもゆがんでいる。十年間放っておいたにしても、使者として遣わすならそれにふさわしく着飾らせ、王の権威を誇示しようとするのではないか？

なのにルシエラは、最低限の体裁を取り繕ってはいても今までの使者に比べて格段に見すぼらしかった。ドレスもマントも使い古し。長持に入っていた着替えも同様だ。

ろくな宝飾品も身につけず、供には置いて行かれて危うく凍死するところだった。ザイオンの帰りが一日遅くなっていたら、間違いなく彼女は死んでいただろう。

ザイオンがたまたま城にいなかったのは計算外だったのだろうが、もしかしたらそれすら見越していたのかもしれない。そう考えると嫌悪感で吐き気がする。

(奴は俺を頼りたくなどないんだ)

国難を憂えて感情を抑え、下手に出て機嫌を取ろうという気もない。それどころか怒らせて燻《いぶ》りだそうとしている。王命を無視したからとザクロス領に討伐軍を差し向ける余裕は今の国軍にはないからだ。

（身内の窮状を見せつけて、義憤に駆られた俺が出てくるのを期待してる、といったところか……）

もしもルシエラが居城の門前で死んでいたとしたら、むろん黙って引っ込んでなどいられない。彼女を置いて引き上げたレギーユ伯を捕まえて縛り上げ、玉座の前に蹴りだしてやらねば気が収まらないだろう。

そして彼女の死を無駄にしたくない一心から奴の望みどおりヴォート軍と戦うはめになる。

アルフレートは自分と和解する気など端からないのだ。ただ、この煩《わずら》わしい現況をどうにかできればいい。そう考えている。

（つくづくいやな野郎だ）

いっそのこと面前で秘密をぶちまけ、呆然《ぼうぜん》とする顔を見てやろうか。真相を知ればアルフレートは必ず後悔し、絶望する。そんな顔を見れば、長年の鬱憤も少しは晴れるかもしれない。

（そういうわけにもいかないが……）

絶対に誰にも言わないと誓わせたうえでソランダは秘密を打ち明けてくれた。約束は守らなければ。

『守ってあげて』

涙ながらにソランダはそう頼んだ。

『お願いです、兄を――この国を助けてください』

彼女によく似た面差しのルシエラが、こちらがたじろぐほどの懸命さで訴えかける。

「……くそっ、面倒くさい」

イライラと頭を掻き回し、ザイオンはもう何度目かわからない溜息をついた。


ルシエラはそれからも機会を見つけては伺候を訴えたが、ザイオンは煩わしげに鼻を鳴らすばかりだった。返事はくれないが、従妹として遇すると言ったとおり、ルシエラは客人として丁重にもてなされている。専任の小間使いがひとり付けられ、城のなかを歩き回るのも自由だ。

(間諜《スパイ》の疑いはかけられていないみたいだけど……)

城の人間はみな丁寧に接してくれる。ルシエラは王妹だが、それ以上に領主の従妹だという気持ちのほうが強いらしい。

跡継ぎがなく絶えてしまったが、母方は昔から領主に仕えていた家系だ。『最後の魔女』と呼ばれた祖母は当時の領主にも信頼されており、母ソランダは領主に嫁いだ姉に付いてこの城に来て一緒に暮らしていたことから、領主一族の一員と見做されていた。

母が今でも領民に慕われていることを知って、ルシエラは嬉しくなった。

古い使用人たちが言うには、領内にはわずかながら今でも魔女がひっそりと隠れ住んでいるそうだ。ほとんどの魔女は迫害の時代に〈女神の島〉へ旅立ってしまったが、それぞれの事情で国内に残った魔女もいた。

海沿いの地域で特に魔女狩りが激しかったこともあり、彼女たちは王の魔女狩り令に盲従しないザクロスの領地へ逃げ込んだ。カエターンの封臣としての立場上、王命に背いて積極的に保護するわけにはいかなかったが、村人と折り合いをつけて静かに暮らしている限り領主は黙認した。辺鄙《へんぴ》な村の暮らしには彼女たちの智慧《ちえ》が必要なことがわかっていたからだ。

ルシエラは早くに母と死に別れたため、魔女としての知識は本で学んだことだけだ。本職の魔女に会ってみたかったが、厳しい迫害の時代を経て彼女たちは大変用心深くなって余所者《よそもの》には会いたがらないという。

残念だわと溜息をついたルシエラは、自分が何しにここへ来たのか思い出して顔を赤らめた。そんなことよりザイオンに伺候を承諾してもらうのが先決ではないか。それに成功すれば、本物の魔女に会う機会も得られる……かもしれない。

(また古城に閉じ込められなければ……だけど)

ザイオンを王宮に連れてくることができれば待遇を改善すると、兄は約束してくれた。少しくらいは自由が得られるはずだ。

(でも……、ザイオンが元帥に復帰してヴォートと戦えば、怪我をするかもしれないわ)

怪我で済めばいいが、下手をすれば——。

ぞくっとしてルシエラはふるふるとかぶりを振った。

(大丈夫よ！　ザイオンは強いんだもの)

だからといって、守ってほしいと一方的に懇願するのは確かにずいぶん勝手だと思う。兄とザイオンは反発しあっているのだから尚更《なおさら》だ。自分だって母を殺され、十年も古城に幽閉された。少しくらい情をかけてくれたっていいのにと兄を恨む気持ちがないとはいえない。

それでも彼に――ザイオンにこの国を守ってほしいと思う。

(……わたしがしてあげられること、何かないかしら)

彼が喜んでくれるようなこと。……だめだ、思いつかない。ルシエラには自由にできることなど何もなかった。お金も宝石もない。自分の城や領地があるわけでもない。王妹という身分さえひどくあやふやだし、彼がそれをありがたがるとはとても思えなかった。

(裸になってもだめだったし……)

冗談だとは思わず服を脱いでしまって呆れられた。きっとばかだと思われたに違いない。今になってものすごく恥ずかしくなり、ルシエラは赤らむ顔を両手で覆った。

男女のことはよくわからないが、あのときの唖然とした表情からして自分の裸は気に入らなかったのだろう。

ザイオンならきっと、美しい女の人をたくさん知っているに違いない。領地に引きこもっていたって、美人はたくさんいるはずだ。そう、町の娘たちはザイオンに夢中で、なんとかして目に留まろうと必死なのだと旅籠の女将が言っていたではないか。

(当然よね。あんなに素敵なんだもの)

最年少の元帥として、いや、それ以前の一介の騎士だった頃から彼は宮廷の貴婦人たちから熱い視線を注がれていた。そんな彼が従兄なのだと、幼いルシエラはとても誇らしかった。ザイオンはルシエラを特別扱いして、いつも最優先で接してくれたから――。

潤んだ瞳を強く閉じ合わせる。忘れなきゃ。いつまでも過ぎ去った時間にしがみついてどうするの。だが、過去は過去だと割り切ろうとすればするほど面影が脳裏に浮かぶ。

泣きだした自分に困りはて、頭をそっと撫でてくれた。あのとき、子どもの頃のように彼にしがみつきたくなるのを必死にこらえた。これ以上困らせたくなかったし、鬱陶しいと思われたくはない。

(わたし……、ザイオンのことが好きなんだわ)

もちろん、以前から大好きだった。憧れの、誇らしい従兄だった。彼に見放されたわけではなかったと知って、ホッとした。でも、それとは違う感情が十年ぶりに再会して芽生えたことに気付いてしまった。

きっと彼が未だ独身だから、妙な妄想がふくらんでしまうのだ。もうすぐ三十なのに、どうして彼は結婚していないのだろう。相手はいくらでもいるはずだ。

(たくさんいすぎて選べないのかも……)

そうだ、そうに違いない。モテすぎてひとりに決められないのだ。城を留守にしていたのも、どこかの貴婦人を訪問していたのかもしれない。自分のような世間知らずの小娘になど興味はないだろう。

どっちみち血のつながった従兄妹同士で結婚するのは難しい。不可能ではないが特別な許可がいる。そうまでしてザイオンが自分を望んでくれるとは思えない。

（従妹だから親切にしてくれてるだけよね）

身内として厚遇はしてても、頼みを聞いてくれるわけではない。ルシエラの存在は、しょせんその程度の重み。だからといって彼を恨みたくはなかった。

ザイオンを連れ出すことに失敗すれば、ルシエラは死刑になる。それを打ち明けたら彼はどんな顔をするだろう。怒るだろうか。そう、きっと怒る。でも誰に？　それを決めた無情な兄に対して？　それとも、そんな面倒事を持ち込んだ自分に対してだろうか。

ザイオンに恋していなければ頼めたかもしれない。なりふりかまわず縋《すが》りつくことができたのかも。だが、ルシエラは彼を好きになってしまった。彼に嫌われたくない。負担をかけたくない。軽蔑されたくない。そんな思いばかりがどんどんふくらんで身動き取れなくなる。

自分が死んだら、憐《あわ》れに思って動いてくれるかしら……。

ふとそんなことをと考え、ばかなことをと苦い笑みを浮かべた、その瞬間――。どこからか強い視線を感じてルシエラはハッと顔を上げた。

冬枯れの中庭には自分以外、誰の姿もない。さっきまでぽかぽかと暖かな陽射《ひざ》しが降り注いでいたのに、気がつけば空は雲に覆われて冷たい風が吹き始めていた。

ぼんやりと城館を眺めたルシエラは、窓のひとつで影が揺れたような気がして目を凝らした。

（錯覚……？）

じっと見つめても、もう何も動く気配はない。気のせいか、何かを見間違えたのだ。なんだか急に寒くなってぶるっとルシエラは震えた。

そこへ小間使いの少女が毛皮のケープを両手で抱えて走ってきた。

「お嬢様、日が翳ってきましたから、そろそろなかへお入りになったほうが」

「ありがとう、ターニャ」

ケープを肩にかけてもらってルシエラは微笑んだ。

「今夜は冷え込みそうです。また雪になるみたいですよ」

「春が待ち遠しいわね」

「もうじきです。若葉が芽吹くとすごく綺麗《きれい》なんですよ。湖岸にはお花がいっぱい咲いて……。お嬢様もぜひご覧になってください」

「そうしたいけど、あと一週間で帰らないといけないから……」

そう呟いて、改めて刻々と期限が迫っていることに気付く。身震いするルシエラを、ターニャは心配そうに見つめた。

「冷えたのではありませんか？　温めたワインでもお持ちしましょうか」

「大丈夫よ。さっきまでよく日が照っていたの。——ねぇ、ターニャ。わたしがあそこにいるの、上のほうのお部屋から見てた？」

「え？　いいえ。あたしは厨房にいましたから……。空模様が怪しいよ、って言われて、お嬢様がお庭にいらっしゃると思い出して急いで出てきたんです。あの、何か……？」

「いいえ、誰かに見られているような気がしたものだから……」

ターニャの顔色がさっと青ざめた。

「……どうかした？」

「ひょっとしたら、幽霊かも……！」

ルシエラは目を瞠り、三つ編みの純朴そうな少女を見返した。ターニャはハッと口許《くちもと》を押さえ、きょろきょろと辺りを見回した。

「す、すみません。こんなこと上の人に聞かれたら怒られちゃう」

「誰にも言わないわ。教えて？」

しばらくためらい、ターニャは周囲を気にしながら小声で囁いた。

「このお城、幽霊が出るって噂《うわさ》なんです。夜中に見回りが白い影を何度も目撃してて……」

「白い影？」

「はい。あの、悲しそうな顔をした、すごく綺麗な女の人なんですって。夜だけでなく、昼間に後ろ姿を見たって人もいます。あたしは見たことないですけど……、このお城、何百年も前からあるし、幽霊が出てもおかしくないですよね⁉」

真剣な顔で迫られ、ルシエラは当惑気味に頷いた。自分が閉じ込められていたコルトヴァァ城は朽ちかけて廃墟も同然だったが、幽霊は出なかった。

「何か謂《い》われでもあるの？　幽霊が出る原因……とか」

ターニャは今度は急に顔を赤くして、きまり悪そうにルシエラを窺《うかが》った。

「それが、そのぅ……、ソランダ様……じゃないか、って……」

「お母様？」

ぽかんとするルシエラに、ターニャは慌てて頭を下げた。

「すみません！　幽霊が出るようになったのが十年くらい前からで、ちょうどソランダ様が、その、お亡くなりになった頃で……、目撃した人が、ソランダ様に似てるって、騒いで……」

「そう……」

ルシエラは嘆息し、恐縮している少女に微笑みかけた。

「大丈夫よ。もしそれが母の幽霊なら、怖がることないわ。だって母は、このザクロス城が大好きだったんだもの。……きっと帰っていらしたのね」

「そうでしょうか……」

「母はお城や湖のことをよく話してくれたわ。とても美しいところなのよ、って……、それは懐かしそうに。行ってみたいと、ずっと憧れていたの」

ターニャはようやく安堵の表情になった。

「それを聞いて安心しました～。あたし怖がりなもんで。このお城、昼間でも薄暗い場所がいっぱいあるし、用事を言いつけられて地下へ降りるときとかもう、怖くて怖くて……」

「母の幽霊なら悪さなんてしないわ。とても優しい人だったもの。きっと、お城を見守っているんだと思う。あまり怖がらないであげてね」

はい、とターニャは頷いた。

「あの、あたしが喋ったこと、お館様には言わないでいただけますか？　以前、噂を耳にしたお館様がひどく立腹されて、ばかなことを言うなと使用人一同きつくお叱りを受けたんです」

「大丈夫よ、誰にも言わないわ」

笑って請け合い、館へ入る。もし母の幽霊なら、ぜひとも会いたいものだ。会いに来てくれないかしら……と本気でルシエラは願った。


それから時々、ふとした瞬間に視線を感じるようになった。幽霊なのか生きている人間なのかはわからない。幽霊だとしても、はたして本当に母なのかどうか……。ただ、その視線に悪意は感じられなかった。

しげしげと観察されているようだが、刺々《とげとげ》しくはない。ルシエラが気に食わなくて睨んでいるのとは違う気がする。

不仲な王から遣わされたのだから煙たい存在だろうに、城の人間はみんなルシエラに親切だ。丁重に扱えと領主のザイオンに命じられているにしても、とても感じがいい。

ずっとここに居られたらいいのに……とぼんやり夢想して我に返り、自分の役目はザイオンを説得することだと何度も言い聞かせた。

ザイオンとは毎日晩餐《ばんさん》を共にしているが、あまりしつこく要請するのもためらわれる。ぽつぽつと思い出話をしたり、コルトヴァ城での生活について話したりするうちに、ザイオンの態度はずいぶんやわらいだ。

相変わらず物言いはぶっきらぼうだが、突き放すような冷ややかさは消えた。時には仄《ほの》かに微笑を浮かべることもある。凛々しく端整な顔がほころぶのを見ると、胸が痛いような、ざわざわするような感覚にふと泣きたくなってしまう。

ザクロス城へ来て二週間が過ぎ去っていた。残された猶予はあと五日——。三月に入り、次第に春の息吹が感じられるようになったのに、ルシエラの心は季節とは逆に沈んでいった。

どうしたら彼の同意を得られるのだろう……。ルシエラはベッドに入ってからも悶々《もんもん》と考え続けた。胸に下げた小袋から指輪を取り出し、唇に押し当てて母に祈る。

（お母様。わたしを見守っていてくださるなら、どうか助けて。この国を守るために、ザイオ

ンに力を貸してほしいの)

でもそのために、兄との関係がこれ以上こじれては困る。兄が自ら足を運べば、ザイオンは元帥復帰を承諾してくれるのだろうか……。

指輪を握りしめたまま、いつしかルシエラは眠りに落ちていた。そして母の夢を見た。幼い頃と同じように、母の微笑みは優しくて、とても寂しそうだった。

『ごめんなさいね、ルシエラ』

夢のなかでルシエラは幼い少女に戻って母の膝に縋りついた。

泣かないで、お母様――。

ルシエラは眠りながらすすり泣いた。濡れた目許《めもと》を誰かがそっとぬぐってくれるのを、夢うつつに感じた。

朝になって目覚めても、横になったまましばらくぼんやりしていた。ターニャが朝の支度にやってきて身を起こしたルシエラは、ふと胸元に下げた小袋を握って青ざめた。

(――ない⁉)

袋は空っぽだった。慌てて上掛けをめくり、枕を持ち上げてみたが、指輪はどこにもない。

「どうかなさいました?」

不思議そうにターニャが尋ねる。

「あ……。指輪を、なくしたみたいなの……」

「まぁ大変！」

ターニャも一緒になって捜してくれたが、やはり見つからない。

「変ですねぇ……。どこか隙間に入ってしまったのでしょうか。申し訳ありません」

眉を垂れる少女に、ルシエラは慌てて首を振った。

「いいのよ、わたしが悪いの」

きちんと袋に戻さず、手に持ったまま眠ってしまった。きっと寝返りを打ったときにでも落として、どこかに転がっていってしまったのだ。

「お掃除のときに探してみます」

「ええ、お願い。……あの、このことは人に言わないでね。騒ぎになると悪いから……」

「わかりました」

誰にも見せてはいけない、と母は言い残したそうだが、こうなっては仕方がない。一旦諦めてルシエラは身繕いを始めた。

(もしかして、幽霊が持っていったのかしら……？)

もともと母の指輪だ。もしも母の幽霊が持っていったのなら、返せたということになるのかもしれない。詭弁《きべん》じみているが、そう考えればいくらか気持ちが落ち着いた。

その日、ザイオンは家臣たちと朝からイノシシ狩りに出かけていた。久しぶりに新鮮な肉が手に入るぞ、と厨房の係を始め皆わくわくと準備しながら一行が戻るのを待った。

午後になって城内が急にざわつきはじめ、ザイオンたちが戻ったのかと玄関ホールへ降りていったルシエラは驚いて立ちすくんだ。血相を変えた騎士たちが右往左往している。黒髪の男性が床に横たえられているのが立ち騒ぐ人々のあいだから見えた。

(まさかザイオン……⁉)

しかし、指示を出している彼の声が別方向から聞こえ、無事な姿にとりあえず安心した。

「早く床屋を呼んでこい」

苛立った様子でザイオンが部下に命じる。外傷の治療は理髪師の担当だ。

「そ、それが、ぎっくり腰で寝込んでまして……」

「くそっ、間が悪い」

ルシエラは急いで彼の側に歩み寄った。

「どうなさったのですか」

「イノシシにやられた。追い詰めて、仕留めたと思ったら急に突進してきて。出血が止まらず、運ぶ途中で意識もなくなった」

「……見せてください」

許可を待たず、怪我人《けがにん》の側に跪《ひざまず》いた。それはまだ二十歳そこそこの若者で、何度か城内で見かけたことがあった。包帯代わりに巻かれた布は真っ赤に染まっている。

顔色は真っ青で呼吸は浅い。ショック状態のようだ。

「もっときつく縛らないと。それから傷口を心臓より高くして……。ターニャ。長持のなかにこのくらいの箱があるから持ってきてくれる？　それから、お湯を沸かして、清潔なリネンを持ってきてください」

召使たちが頷き、それぞれの方向へ慌てて走ってゆく。

「治療できるのか？」

疑わしげに尋ねるザイオンに、ルシエラはこわばった顔を向けた。

「切り傷の手当てはよくやりました。村人が農具でかなり深い傷を負うこともありますし、傷口が化膿《かのう》して重症になることも……。母から作り方を教わった血止めの軟膏《なんこう》を持ってきています。乾燥させた薬草も少し」

「ソランダの傷薬か……。確かにあれはよく効いた」

「やらせていただけませんか」

「放っておいても悪化するだけだな……。よし、任せる」

召使たちに手伝ってもらって、ルシエラは懸命に傷の治療をした。出血が収まると傷口をきれいにして止血作用のある薬草をよく揉《も》んで濡らしたガーゼに包み、そっと傷口に貼り付ける。患部に母の秘伝の軟膏を薄く塗り広げて包帯を巻いた。

呼吸が落ち着いてきたのでベッドに運び、ずっと側について容態を見守った。暖炉に鍋をかけて煎じ薬を作り、スプーンで少しずつ飲ませた。付き添いは他の者がやるから休めとザイオンに言われ、何かあったらすぐに起こしてくれるよう頼んで自室へ引き取った。

さいわい容態が急変することもなく、翌日になって若者は意識を取り戻した。様子を見に行くと、まだ声は弱々しかったが、若者は何度も繰り返し礼を述べた。

部屋から出るとザイオンがちょうど来あわせて、天気がいいから城壁に出ようと誘われた。城壁からは湖が一望のもとに見渡せて、ルシエラは歓声を上げた。

「綺麗……！」

静かな湖面に晴れ渡った蒼穹《そうきゅう》が鏡のように映り込んでいる。周囲はまだ冬枯れの風景だが、サファイアのような湖は陽光を反射してキラキラと輝き、春の訪れを予感させた。

「ダヴィットのことだが、改めて礼を言う。あれはじいの孫でな……、俺にとっては弟みたいな奴なんだ。じいも後ほど礼を述べたいと言っていた。夜中ずっと付き添っていたんで、今は休ませている」

「お役に立てて嬉しいわ」

ルシエラは心からにっこりと微笑んだ。目を瞠ってまじまじと見返したザイオンは、急に背を向けるとがりがりと頭を掻《か》いた。

「……ふん。さすがは魔女の娘だ。血筋は争えんということか」

「血筋ではなく、知識を受け継いだんです。血筋を言うならあなただって魔女の血縁ということになるでしょ」

少しかちんと来て皮肉ると、振り向いたザイオンが苦笑した。

「残念ながらそれは違うな。ソランダは叔母だが俺とは血がつながっていない」

「えっ……？　でも、母はあなたのお母様の妹ですよね？」

ルシエラは面食らって訊き返した。

「仲はよかったが、実の姉妹ではなかった。ソランダは後妻の連れ子だったからな」

「そうなんですか……!?」

「聞いてなかったのか」

なんとなくがっかりした気分で頷く。立派な騎士であるザイオンと血が繋がっていると思えばすごく誇らしかったのに……。そんなルシエラを眉根を寄せて眺めたザイオンは、ふと思いついたように独りごちた。

「……そうか。血は繋がってないんだ」

その呟きにますます落ち込む。血縁関係にないなら、願いを聞いてやる義理もないと思いついたのだろう。ルシエラが肩を落とすのに気付き、ザイオンは少し慌てたように付け加えた。

「いや、血は繋がってなくても叔母は叔母だ。母とは本当に仲がよかった。ソランダが看病してくれたおかげで、医者の見立てよりもずいぶん長くもったんだぞ」

ザイオンは曖昧に微笑むルシエラを困ったように見つめ、ふぅっと溜息をついた。

「……なぁ。ここに残ったらどうだ？　帰ったところで待遇が劇的によくなるとは思えん。アルフレートは昔からおまえを、その、好いてはいないからな」

ルシエラは小さく笑った。

「兄に嫌われているのはわかっています」

「だったらここにいればいい。ちゃんとふさわしい扱いをするぞ」

「……血がつながってないのに？」

「それは……」

「いいんです。本当は血縁じゃないのによくしてもらったことには感謝しています」

切り口上にザイオンの顔が険しくなる。

「だったら逆に訊くが、血がつながっているというだけのアルフレートのために、どうしてそこまで必死になれるんだ？」

刺々しい問いに震えそうになる唇を噛む。それを悟られまいとルシエラは顔をそむけた。ザイオンを王宮に連れていかなければ処刑されるのだと、ぶちまけたい衝動を懸命にこらえる。なりふり構わず『助けて』と縋りついたら彼はどんな顔をするだろう。たとえ血のつながらない従妹でも、憐れに思って助けてくれるかもしれない。ここに残ればいいと誘ってくれるくらいなのだから……。

でも、そうしたら間違いなく彼は兄を軽蔑する。この国は有能な将と彼に率いられた勇猛果敢な兵を永遠に失うことになる。それはカエターンに計り知れない損失をもたらすだろう。

かといって彼の好意に甘えて居残れば、代わりにオルガたちが殺される。この十年、ずっと親身になって世話をしてくれた一家が殺されてしまう。

「……お願いです。何でもしますから、兄を助けてください」

「言ったはずだ。何でもするなどと迂闊に口にするなと」

「何でもします！　本当に何でもしますから……お願い……」

絶句したザイオンが獰猛《どうもう》に唸る。

「だったらここに残れ。そうしたら考えてやる」

「できません！　わたしが帰らなかったら召使の一家三人が殺されてしまうんです」

「なんだと……!?」

思わず口走り、憤怒の形相になるザイオンを見てルシエラはたちまち後悔した。これでは自分が処刑されると知ったら彼はますます怒り、兄に対する反感は完全なる決裂となるだろう。

「反吐《へど》が出る……！　アルフレートの奴、そこまで腐ったか」

彼は腹立たしげに矢狭間を横殴りにし、燃えるような瞳でルシエラを見据えた。

「そんな卑怯者《ひきょうもの》のために働く気にはなれん。帰ってそう伝えろ」

冷たく言い捨て、彼は大股に去っていった。取り残されたルシエラは両手で顔を覆ってその場に立ち尽くした。

第三章　初恋の成就と決別

ザイオンはムカムカしながら自室へ向かった。

（くそっ、なんでこうなる⁉　部下を助けてもらった礼を言いたかっただけなのに……）

自分を冷遇し続けた兄のために、どうしてそこまで必死になれる？　理解できないし、それ以上におもしろくない。

（俺はルーチェをずっと可愛がっていたんだぞ。そりゃ、この十年会いにも行かず、悪かったと思ってるさ）

気にかけてはいたし、ルシエラもそれはわかってくれたと思った。本を送ったのが自分だと知って怒っていたようだが読んではくれていたらしい。

好意を感じたのは自分勝手な期待にすぎなかったのか。いや、少なくとも従兄妹としての親近感はなくなっていないはず。無情なアルフレートよりは信頼されているはずだ。召使の一家を殺すと脅されてさえいなければ、誘いを受け入れてくれただろう。

むろんその可能性を見越しての用心に違いない。異母妹を徹底的に利用してやろうという意図が露骨に窺えて胸が悪くなる。

ルシエラだってそれはわかっているだろうに、あえて今まで口にしなかった。アルフレートにこれ以上の反感を持ってほしくないという思いやりの現れか。

昔からルシエラは心根の優しい娘だ。十年ものあいだ古城に幽閉されても変わっていない。嬉しい半面イライラする。

（兄だからって、そんなに必死になって庇う義理はないだろうがっ……）

腹立ち紛れに床を蹴る。せっかく自由になるチャンスを得たというのにルシエラは疎遠だった兄のことばかり口にする。まったく不愉快だ。従兄の自分は、どんなによくしてやっても無情な兄より存在が軽いのか。

（本当は全然血も繋がってないしな）

うっかり口を滑らせたことをザイオンは悔いた。まったく血縁のない従兄よりも、半分でも血の繋がった兄のほうに帰属意識を強めてしまったのかもしれない。

ザイオンとしては血縁関係がなければ結婚だってできるじゃないかと思いついてうきうきしていたのだが、ルシエラの表情からすると全然通じなかったようだ。

がっかりし、ますますアルフレートが憎たらしくなった。意固地な気分で冷たい言葉を吐いてしまったことが悔やまれる。

傷つけたくなどなかったのに。女性の機嫌を取るのは昔から苦手だ。その点、幼いルシエラは無邪気で単純で、いちいち言葉の裏を深読みしなくてよかったから気が楽だった。

だが、ルシエラはもう子どもではない。軟禁生活を強いられたせいか、以前のようには感情を率直に表わさなくなった。言いたいことを言わずに呑み込んでいる感じで、どうにも苛立《いらだ》つ。

それが彼女に誤解させているとうすうすわかっているのに、意地かプライドか、どうしても素直になれない。

唸りながら室内を意味もなく歩き回っていると扉を叩く音がした。入れとぶっきらぼうに応じる。顔を出したのはヤーキムだった。老騎士は室内を見回して、おやと眉を上げた。

「ルシエラ様は殿とご一緒だと伺ったのですが」

「ああ……、城壁でちょっと話しただけだ。まだそこにいるんじゃないか」

頷いたヤーキムはふと足を止め、部屋に入ってくるとじっとザイオンを見つめた。

「仲違《なかたが》いでもなされましたか」

「別に。王宮に上がる気はないと改めて伝えただけだ」

ふいっと顔をそむけると、ヤーキムは溜息をついた。

「そう意地を張らなくてもよろしいのでは？」

「意地など張ってない！」

声を荒らげ、ザイオンは赤くなって顔を背けた。ヤーキムの忍び笑う気配に、むっつりと口端を下げる。

「殿。それがしはこれまで殿のご決断に従ってまいりました。これからもそうする所存です。それがしに限らず、家臣一同、いつでも殿の手足となって働けるよう鍛錬を怠らずにおります。むろん、この老骨もまだまだお役に立てますぞ」

ヤーキムの声は穏やかだが歴戦の兵《つわもの》らしい覇気に満ちている。ザイオンはちらりと肩ごしに彼を見た。

「……孫を助けてもらい、見捨てるのがしのびなくなったか」

きれいに刈った白い顎鬚《あごひげ》を撫で、老騎士はけろりと笑った。

「美しく気高い貴婦人に助力を求められるのは騎士の誉れですから。それがしが孫くらいの年頃であれば、真正面から全力で殿をせっついているでしょう」

「老獪《ろうかい》な古狸《ふるだぬき》は遠回しにせっつくわけか」

くっくとヤーキムは喉を鳴らした。

「孫は以前から不満を洩らしておりましたよ。必死に訴えるルシエラ様も気の毒だが、ザクロス兵の実力を見せつける絶好の機会ではないか、と」

「ダヴィットは素直なだけに思い込みが激しいからな。ルシエラのおかげで助かったとなれば、聖女のごとく崇拝し始めるだろう」

「すでにしておりますよ」

「魔女の娘でも?」

「ザクロス領では魔女という存在はむしろ敬愛されております。ソランダ様の母君がこの地に留まってくれたおかげで、カエターン国内で猛威を振るった疫病もザクロス領では最小限の被害で済んだ。出産時の死亡も減りました。魔女は出産の手助けもしてくれますからね。よそでは魔女が追放されたせいで産婆が減り、妊婦や新生児の死亡が増えたそうです」

「……確かに領内の人口は増えてるし、見回ったところでは健康状態もよさそうだな」

「カエターン全体を見れば逆なのですよ。立ち行かなくなった村や農耕地が放棄され、流民となった者たちは王都に集まる。そして治安が悪化する」

「自業自得だ。先々代の王が狂信的な聖職者にそそのかされて魔女追放令を出し、疑わしいというだけで何百人も火あぶりにしたんだからな。未だに疑心暗鬼なんだろう」

「なんでも王都のほうでは、また妙な教えが流行り出したそうですな。苦痛を感じれば感じるほど、前世と今生で犯した罪が減るのだとか……。病気も怪我も出産の痛みも、すべて罪の現れ。耐え忍べば救われる。教えを真に受け、わざわざ自分を鞭打《むちう》つ者も出始めたとか」

「ばかばかしい」

ザイオンは不快そうに吐き捨てた。

「アルフレートはいったい何をしてるんだ？　宰相一族の専横を放置し、己の無策から生じた綻びを当然のように地方領主に押し付ける。それも冷遇し続けた妹を卑怯な手で脅してだぞ」

戻らなければ召使の一家を殺すと脅されていると聞き、ヤーキムは嫌悪に顔をゆがめた。

「なんとえげつないことを……。貴族のなかには召使を人とも思わぬような者もおりますが、ルシエラ様は到底見捨てられますまい」

「この十年、親身に世話をしてくれたそうだからな」

「それがしも、ルシエラ様は殿のお身内でもあり、当地に残られればよいのではと考え始めていたのですが……」

「承知しそうにないな」

憮然とザイオンは唸った。しばし考え込んでいたヤーキムは、真摯な面持ちで口を開いた。

「殿。ルシエラ様の願いを叶《かな》えてさしあげてはいかがでしょう」

「アルフレートの奴を助けてやれと？」

厭わしげにザイオンは老騎士を睨んだ。

「カ、カ、カエターン国王を、助けるのですよ。古くからの約定に基づいて、ね」

「ルシエラも同じことをぬかしたぞ。俺は、奴にだけは頭を下げたくない。おまえもわかってるだろうが」

「頭を下げる必要などありません。殿とザクロス軍の強さを見せつけてやればよい。ザクロス候がいかに心強い味方であり、敵対するのはカエターンにとって大きな損失であることを思い出させてやりましょう」

「それで恩に着るような可愛げがあるとも思えんが……」

憂鬱そうにザイオンは呟いた。

「もし殿が本気で離反するおつもりなら、我らはそれに従います。独立を死守するもよし。我々は陪臣。あくまでザクロス候の家臣であり、国王には殿を通して忠誠を誓っているにすぎません。しかし、カエターンの封臣として残るのであれば、殿はいやでも家臣としての務めを果たさねばなりますまい」

「わかってるさ」

渋い口調にヤーキムが微笑む。

「この際、王の足元を見るのも悪くないのでは。出兵の条件をお出しになってはいかが」

「条件?」

「はい。ルシエラ様を貰《もら》い受けたいと」

ぎょっとザイオンは老臣を見返した。ヤーキムは目許をなごませ、おかしそうに含み笑った。

「殿がルシエラ様に惹かれていることくらい、それがしのしょぼついた目にも明らかですな」

忌ま忌ましげにザイオンは舌打ちした。

「ルシエラ様の母君は殿の叔母君。血の繋がりはなくとも、先の奥方様と大変仲がよろしかった。先代様もソランダ様を妹のように、娘のように可愛がっていらした……。ルシエラ様はそのソランダ様にとてもよく似ていらっしゃる。顔かたちばかりでなく、奥ゆかしく心根のお優しいところもそっくり。使用人たちの評判もいい。いっそここに残って殿の奥方になってくだされればいいのにと皆で言い合っておりますよ」

　ザイオンは赤らむ顔を見られたくなくてヤーキムに背を向けた。

「し、しかし従兄妹だからなっ……」

「血縁関係にないことは明らかなのですから、差し障りはございますまい。ルシエラ様も殿のことは憎からず想《おも》っていらっしゃるかと」

「うむ……、まぁ、そうなんだが……」

　くすりとヤーキムは笑った。

「さては意地の落としどころ、ですかな?」

「……まったく、じいのことが時々憎らしくなるぞ」

「なにせ殿が襁褓《おしめ》で這《は》い這いしている頃からお側《そば》におりますからなぁ」

　からからと愉快そうに老騎士は笑った。ザイオンは溜息をつき、渋い顔で向き直った。

「おまえの言うとおり、今回の招集はザクロスの存在感を示すのによい機会だとは思う。だがな……、どうしても気に食わんのだ。アルフレートのやり口が」

「それは殿が国王陛下を完全に見限っていないことの裏返しなのではありませぬか」

　穏やかな声音に、ザイオンは憮然と眉根を寄せた。

「見捨ててくれるなとソランダに懇願されたしな。それにルシエラの奴、あれだけ冷遇されながら兄を助けてくれと悲壮きわまる顔で服を脱ぎさえした。ほんの冗談だったのに」

「おやおや、その冗談は完全に裏目に出ましたなぁ。ふむ……、余計に意識して意地になられましたか」

「うるさい！　その減らず口を閉じないと隠居を命じるぞ」

「それは困りますな。ここまで生き長らえたからには、戦場で華々しく散りたいものです」

くっくと笑う老臣を、ザイオンは鬱陶しげに睨んだ。

「けしかけてるのか？」

「さて。殿のお好きなようにお取りください」

「古狸め！」

「殿よりいくらか人生経験を積んだ者として、ひとつだけ申し上げておきましょう。意地は張りすぎぬことです」

ザイオンは生真面目な老臣の顔をむっつりと見返した。

「ルシエラにもそう言ってやれ」

「確かに。触れなば落ちん風情で、なかなか一筋縄ではいかぬ姫君ですな」

「ややこしい女は苦手なんだ」

「女性というものは誰しもややこしいものですよ」

ヤーキムは笑みまじりの声音で諭すように言った。

不機嫌そうに鼻を鳴らし、ザイオンは腕を組んでそっぽを向いた。老騎士は主の背中にうやうやしく一礼した。

「では、それがしはルシエラ様に孫のお礼を申し上げてまいります」

「余計なことを言うんじゃないぞ」

「あいにく寄る年波で判断がつかぬことが増えましてな。何が余計なことやらわからず口を滑らせるやもしれませぬ」

ムッと振り向いたザイオンの目に映ったのは、静かに閉じる扉だけだった。


ダヴィットの怪我に気を取られているうちに残りの日々は過ぎ去った。明日には迎えの馬車が来る。

城壁で喧嘩《けんか》別れして以来、ザイオンとはほとんど話せていない。彼はひどく不機嫌そうで、覚悟を決めて話しかけようとした途端にさっと踵《きびす》を返してしまう。

(ここに住めばいいと親身に言ってくれたのに断ったから、機嫌を損ねてしまったんだわ)

できることならそうしたかった。この城で暮らして、ザクロスの人々の役に立てたらどんなによかったか……。

母の故郷であるこの土地を生まれて初めて訪れ、ルシエラは不思議な懐かしさを覚えた。まさに思い描いていたとおりの風景だ。

人々はルシエラが『魔女の娘』だと恐れはしなかった。母や祖母が今でも慕われていることを知って、すごく嬉しかった。自分が〈魔女〉としてはほんのひよっこにすぎないことが、すごく残念に思えた。

ザイオンが送ってくれた本で勉強はしていたけれど、やはり本物の魔女のもとで修業したい。ザクロス領には今でも魔女が暮らしている。ここにいれば彼女たちの教えを請う機会が得られるかもしれない。

(ずっとここで暮らせたらいいのに……)

城壁に出たルシエラは、湖を見下ろして溜息をついた。中央に浮かぶ小島で、聖堂の屋根に掲げられた二本横木の十字架が夕陽《ゆうひ》を受けてキラキラと光り輝いていた。それを眺めているうちに涙が浮かんで視界がぼやけてくる。ルシエラはうつむき、ぎゅっと瞼《まぶた》を閉じ合わせた。

「……泣いているのか」

憮然とした声にびくりと顔を上げると、ザイオンが困惑した風情で突っ立っていた。ルシエラは慌てて涙をぬぐった。

「い、いえ、夕陽が……眩《まぶ》しくて……」

ザイオンは肩をすくめ、城壁にもたれると静かな湖面に目を遣った。

「連れていってやれなかったな」

「え……?」

「島だ。聖堂と一族の墓所がある、あの小島。行ってみたいと昔俺にねだったろう」

（──覚えていてくれたの……⁉）

ルシエラは軽く息を呑み、彼の横顔をまじまじと見つめた。

「もう少ししたら水仙が咲く。春の訪れだ。なかなか綺麗なもんだぞ」

「見てみたいわ」

島を見つめてルシエラは微笑んだ。ザイオンは横目でちらっとルシエラを眺め、ぶっきらぼうに言った。

「見られるさ。花が咲くまでいればいい」

むすっとした表情は、不機嫌なわけではなく単に照れているだけかもしれない。幼い頃はうやうやしくお姫様扱いされていて気付かなかったが、彼は案外不器用で照れ屋のようだ。

あの頃ルシエラはほんの子どもだったから、ままごと遊びに付き合うような感覚だったのだろう。美しいお姫様と気高い騎士の、ごっこ遊び──。

本当のザイオンは、物語に出てくる宮廷詩人のような麗しの騎士ではない。彼は戦う男だ。戦場でこそ、その真価を発揮する武人なのだ。そうでなければ十九歳の若さで元帥に抜擢されはしない。国王と仲違いして王宮を勝手に飛び出したというのに、わざわざ何度も使者を遣わされることも。

「……一緒に王宮に行ってはいただけませんか」

ルシエラの囁きに、ザイオンは湖に目を遣ったまま眉根を寄せた。憂鬱そうに振り向き、深い蒼の瞳でじっと見つめる。

「じいに何を言われた？　この前、ダヴィットのことでおまえに礼を述べると言っていたが」

「……あ。はい。伺いました。お役に立てて嬉しいです」

「それだけか」

じろっと睨まれ、ルシエラは怯みながら頷いた。

「それだけ……ですけど……？　あの、他に何か……」

「いや。何も聞いてないなら、いい」

安堵した顔をいぶかしく見返し、ふとヤーキムとの会話を思い出した。頬を染めるルシエラに目ざとく気付いたザイオンが、不審げに尋ねた。

「なんだ？　何か言われたのか」

「いえ、あの……、冗談だと、思いますけど……」

「なんだ⁉」

「孫の嫁に来てくれたら嬉しいのだが、と」

「嫁……⁉　ダヴィットの嫁だと⁉」

「あ、あの。ヤーキム様は冗談でわたしを笑わそうと――」

「じいはそのような軽口を叩く男ではない！　くそ、勝手なことを」

不愉快そうに歯ぎしりする男を、ルシエラはおどおどと見守った。あのとき、城壁でぼんやりしているところに現れたヤーキムは、ルシエラが落ち込んでいるのを見てとってあれこれ慰めてくれたのだ。

ザイオンは矜持《プライド》が高いゆえに意地っ張りな面があるのだとか、昔と変わらず今でもルシエラを可愛く思っているとか……。それを聞いているうちにヤーキムがザイオンを本当に大切にしていることが伝わってきた。

ルシエラの表情がなごむと、ヤーキムはおどけた調子で、ぜひ孫の嫁に欲しいものだと言い出した。今やダヴィットはルシエラを女神のごとく崇拝しているなどと大仰なことを言うものだから、声を上げて笑ってしまった。

他愛《たあい》もない冗談にすぎないのに、ザイオンはすっかり機嫌を損ねてしまった。彼は生真面目な質なのだ。母の幽霊が出たという召使たちの噂話《うわさばなし》にも、目の色を変えて怒っていたというし。

「あの……、本当に、ただの冗談なんです。ヤーキム様を叱ったりなさらないで……」

「おまえは鈍すぎる！」

吐き捨てるような口ぶりに、おっとりした性格のルシエラもさすがにかちんときた。

「国王が気にいらないからと臣下の義務も果たそうとしない人に言われたくありません！」

ムッとザイオンが眉を吊り上げる。

「責務も果たさず、ただ人を顎で使うだけの王に盲従しろと？」

「そ、そのための、家臣ではありませんかっ……」

「王家に母親を殺されたというのに、忠義なことだ。恐れ入るよ」

皮肉にしてもあまりな言い方だった。ルシエラとて納得しているわけではないのに。衝撃と憤りで目の奥がカッと熱くなる。怒りをたたえて潤んだ瞳に、ザイオンはにわかに動揺した。

「な、泣き落としは卑怯だぞ！　そういうのは好かんと言ったはずだっ」

「だったらどうしたらいいんですか⁉　何を言ってもあなたは『いやだ』の一点張り。確かに兄は名君とは言えないかもしれません。でも困っていて、あなたを頼りたいと思っているのは本当です。きっと……意地とかプライドとかで、素直にそう言えないだけなんです……」

ザイオンの蒼い瞳がいっそう冷たくなった。

「どうだかな。そうまで奴の肩を持つのがそもそも気に食わない。血の繋がりがそんなに大事か？　ソランダが先王を呪い殺そうとしたと告発されたとき、奴は調査を命じることさえせず、ただ傍観してたんだぞ⁉　しかも黒幕とおぼしき男を重用し、その娘を妃に迎えさえした」

「あ、兄はきっと知らないのです……」

「俺ははっきり言ってやったんだ！」

ザイオンは平手で狭間胸壁を叩いた。

「奴がなんと答えたと思う？　『それがどうした』と冷笑したんだ。ばかにしたように、笑ったんだぞ……！　俺の叔母を見捨てておいて、自分の王国を守るために俺に血を流せというのか⁉　ふざけるな！　あんな男を庇うのはやめろ、反吐《へど》が出る！」

「あなたが王宮に来てくれないと、わたしは……っ」

悲鳴のように叫び、ルシエラはハッと言葉を切った。不審そうにザイオンが睨む。

「なんだ。俺が行かないと、おまえがどうなるというんだ」

「……こ、困る、のです……。すごく……」

「だろうな」

嘲るようにザイオンは唇をゆがめた。冷たい憎悪に燃える瞳に胸が痛くなる。彼がこんな目をするのには耐えられない。ザイオンはルシエラにとって輝かしい英雄《ヒーロー》だった。誰よりも強くて勇敢で、気高く立派な騎士だ。

けっして憎しみから戦ったりしない。そんなことをしてはいけない。させてはならない。

アルフレートがどんなに冷酷な暴君であろうと、ザイオンには兄を憎んでほしくなかった。すでに喧嘩別れして領地に引きこもってしまうくらい、彼は腹を立てているのだ。これ以上は絶対にだめだ。

幼い自分に向けられた、真摯で思いやり深い、優しい瞳。大好きだった美しい蒼い瞳を、憎しみで穢《けが》したくない。

彼を王宮に連れていかなければ自分は処刑される。そんなことけっして彼には言うまいと、改めて強く己に言い聞かせた。

そんなルシエラを探るようなまなざしで眺めていたザイオンが、ぼそりと問う。

「どんな取引を持ちかけられた？」

「え？」

「俺を連れていかなければ『困る』んだろう？　うまく俺を連れ出せば、王宮に戻してやるとでも言われたか」

「あ……、待遇を、改善する、と……」

「どうとでも取れる言い方だな。毛布一枚差し入れただけでも約束は果たしたとぬかすのではないか。王宮に戻ってもまた利用されるだけだぞ。政略の駒として、どこぞに嫁がされるとか……。それでもいいのか」

不快そうな呟きに、ルシエラは弱々しく微笑んだ。魔女の娘をもらいたがる人がいるとは思えないが、利用できないならまた古城に閉じ込められるのがオチだろう。兄は自分を憎んでいるのだから。

「……あなたを王宮に連れていけば、兄もわたしを見直してくれると思います」

「結局、アルフレートの心象をよくしたいわけか」

吐き出すような口調に悲しみがつのる。震えそうになる唇を噛みしめ、掌に爪を食い込ませた。彼に軽蔑されるのはつらい。それでも兄への憎しみがつのるよりはいい。きっと、この国のためには……。

そう。だったらいっそ、思いっきり軽蔑されてしまえばいい。

「……わたしのことが、お嫌いですか」

「そんなわけあるか。ここに残れと言ってるだろうが」

いらいらした口調で言い返した彼は、いきなり胸に飛び込んできたルシエラを受け止めて目を白黒させた。

「おい……」

たしなめようとする彼のうなじを引き寄せ、背伸びをして唇を押し付ける。彼が驚きに目を瞠るのが見えた。我に返ったザイオンが突き放そうとするのを抗ってしがみつく。力でかなうわけもなく、二の腕を掴まれてもぎ離された。

「こらっ、大人をからかうんじゃないっ……」

「わたしだってもう大人です！」

叫んでやぶれかぶれに胸を押し付けると、ザイオンはうろたえてもがいた。

「やめろって……、おまえわかってるのか⁉」

答える代わりに彼の手を掴み、ドレスの胸元に突っ込んだ。乳房に触れた彼の手がこわばる。

ルシエラは真っ赤になって言い返した。

「お、男の人は、女の裸を見たり、触ったりするのが好きなんでしょう……⁉　それくらい……知ってます……っ」

「いや、わかってないだろ⁉　いいから離せ、こんな駆け引きは好かないと……っ」

また唇を押し付けられてザイオンは目を見開いた。必死の面持ちでただ唇をくっつけているだけのルシエラを見下ろして肩を落とす。

いきなり顎を強く掴まれてルシエラの口が開いた。歯列の隙間から荒々しく男の舌が入り込み、声にならない悲鳴を上げる。反射的に離れようとしたが、今度は逆に後頭部を押さえ込まれてしまう。

「んッ……⁉　んぅ……！」

首を左右に振っても全然振りほどけない。恐怖に足がすくみ、見開いた瞳に涙が浮かんだ。大きな掌で乳房をぎゅっと掴まれ、自らそこへ導いておきながら怖くて泣きそうになった。

熱い舌が口腔《こうこう》をねぶり、怯《おび》えてこわばる舌にねっとりと絡みつく。じゅっと唾液を啜《すす》る音がして、唇を離した男が獰猛に笑った。

「ほら見ろ、全然わかってない」

彼はルシエラの乳房を荒々しく揉みしだきながら、ぐっと腰を押し付けた。熱い塊が下腹部に当たり、ルシエラは真っ赤になった。

「……つがっている獣を見たことあるか？　ああいうことを俺とするんだぞ。処女ならたぶんすごく痛い。そして、失った純潔は二度と取り戻せないんだ。安売りするもんじゃない」

彼は怒ったように言い、強引に唇をふさぐとふたたび舌をもぐり込ませた。口腔を掻《か》き回《まわ》さ

れてパニックになったルシエラは無我夢中で男を突き飛ばした。

「……ッ」

後退《あとずさ》ったザイオンが唇を手の甲で押さえる。ハッと見返すと、唇が切れて血がにじんでいた。暴れた拍子に噛んでしまったらしい。彼は動揺するルシエラを見返して苦笑した。

「ほんと、全然わかってないよな」

嘲笑にかーっと赤くなり、ルシエラは身をひるがえした。憂鬱そうな顔で見送ったザイオンは、うっすらと赤く染まった手の甲を見下ろして、「くそっ……」と毒づいたのだった。


最後の晩餐は陰鬱な雰囲気だった。ルシエラは終始うつむいたまま黙って料理を口に運び、給仕たちは緊張して様子を窺っている。

機嫌を取りたくても、元帥復帰を承諾しない限り表情が晴れないことはわかっていた。

アルフレートとは五年前に完全に決別した。もう二度と会いたくない。けっして見捨てないでと叔母から懇願されていなければ、封臣として留まることもなかっただろう。

大切な存在であるふたりの女性が同じことを必死に頼むのが気に入らない。

(あの野郎にそんな価値があるか……っ)

い、い、い、い、い、
何も知らないいくせに。傲慢に、冷酷に、ソランダを見捨て、ルシエラを利用するあの男に力を貸すなんて、考えただけでむかむかする。

ザイオンはいつになく酒杯を重ね、ルシエラの途方に暮れた悲しげな顔から目を背けるようにさっさと自室に引き取った。

(そうだ。力を貸すなら、すべてぶちまけた後だ)

打ちのめされるアルフレートを見れば少しは同情心が湧くかもしれない。そんな光景を想像すればいくらか胸がすいたが、絶対に言わないでと約束させたソランダの真剣な顔を思い出すとたちまち心が揺らいだ。

「くそ……っ、面倒くさい」

頭を掻き回しながらイライラと室内を歩き回っていると、遠慮がちに扉を叩く音がした。晩餐の様子を聞き知ったヤーキムが諫言《かんげん》を呈しに来たのだろう。

寝たふりをしようかとも思ったが、ふたたびノックの音が聞こえてザイオンは溜息をついた。最古参の忠臣をないがしろにはできない。

「入れ」

ぶっきらぼうに答えたが、ドアは開かなかった。ザイオンはむかっ腹を立てて大股に戸口に歩み寄り、勢いよくドアを開けた。

「開いてるぞ!? 入れと言ったろうが――」

深緑の瞳を驚きに瞠るルシエラの姿に、ザイオンは絶句した。ルシエラのほうが先に気を取り直し、ぺこりと頭を下げる。

「すみません。ぼうっとしていて、聞こえなかったみたいです」

「……何か用か」

「あの……、お詫びと、お礼に……」

詫び？　礼？　彼女の言葉にザイオンは混乱した。詫びなければならないのはこっちのほうだし、礼を言われるようなことはしていない。むしろ恨まれることばかりだ。当惑が顔に出たのか、ルシエラは優しげな眉をしょんぼりと垂れた。

「さっきは……、噛みついてごめんなさい……」

ザイオンは呆気にとられ、顔を赤くして目を泳がせた。

「いや……、こっちこそ悪かったよ。——入るか？」

暖炉の側のベンチに座るよう促すと、ルシエラは素直に従ってぼんやりと炎に目を遣った。

「……今までありがとうございました」

顔を上げたルシエラが小さく微笑む。淡雪のように儚《はかな》いその笑顔にドキリとした。動揺を気取られまいと、ザイオンはむすっとした口調で答えた。

「あれくらい当然だ」

「みなさん、とてもよくしてくれて……、嬉しかった。ここに来られてよかったです。兄の言いつけを果たせなかったのは残念ですけど、説得できなかったのはわたしの力不足だから」

違うと怒鳴りたくなる衝動をかろうじて呑み込む。わかっているのだ。つまらぬ意地を張っているだけだと。

大事に思っていたルシエラをこんな役目で送り込んだアルフレートがますます嫌いになった。最初から嫌っていたのではなく、一時は生涯の主君と見込んでいただけに余計に腹立たしい。

変わってしまったアルフレートを、それでも立てようとルシエラが苦心する様《さま》にも苛立った。ルシエラが真面目すぎるから、かえって意地になる。どう扱っていいのかわからない。もしも彼女が百戦錬磨の悪女のように色仕掛けで迫ってきたら、叩《たた》き出《だ》すのはむしろ簡単だったろうに……。

気付けばじっとルシエラを見つめていた。ルシエラも目をそらさず見返してくる。何かを訴えるような、それでいてすっかり諦めきった瞳に焦燥めいたものを覚えた。

「ひとつだけ、お願いがあるんです」

「……なんだ」

「何があっても、これ以上兄を憎まないでください」

ひっそりと静かな声にムッとして、ザイオンは声を荒らげた。

「もうたくさんだ！　アルフレートのことは金輪際口にするなっ」

ルシエラの顔が青ざめる。それを交渉決裂の通告と受け取ったのは明らかだった。腹立ち紛れとはいえ口から飛び出た言葉は回収できない。

「……くそっ」

ザイオンは口中で毒づき、地団駄を踏みたい気分で背を向けた。ぱちぱちと薪が爆《は》ぜる音だけが、しばし室内に響く。

「……わかりました。もう言いません」

いくらか湿り気をおびた声で彼女は囁いた。立ち上がる気配に、出て行くのだと激しい後悔に襲われる。

次の瞬間、背中にあたたかくしなやかな身体が押し付けられて息が止まりそうになった。ほっそりした腕が巻きつき、背中にそっと頬を押し当てる感触が伝わってきた。

「……今さら色仕掛けなど無駄だぞ」

みっともなく裏返りそうになる声を必死に抑えつけ、ドスのきいた低声を絞り出すとルシエラは頬を押し当てたまま首を振った。

「わかってます。色仕掛けできるほど自分が色っぽくないことも」

いやそんなことはないと口走りそうになるのを歯ぎしりでこらえる。背中に押し付けられたふたつの丸いふくらみを意識すると眩暈《めまい》がした。

(くそ……っ、いつのまにこんなに育ったんだ……!?)

無邪気で愛らしかった少女はいつのまにか成長していた。年上の従兄らしくしみじみ感慨にふけるならまだしも、欲望を掻《か》き立《た》てられたことに愕然《がくぜん》となる。大人になったとはいえまだ十八歳。自分より十一歳も年下の少女に欲情するなんて、と罪悪感を覚えた。

「それでもわたし、あなたが好き……なんです」

消え入りそうな囁きに、ザイオンは呆然とした。

「ずっと好きでした。子どもだったけど……、本当に好きだったの。それだけは、お別れする前に伝えておきたくて……」

「……ルシエラ」

「はい」

「俺はな、今、かなり酔ってるんだ……」

「そうですね。いつもよりずいぶん聞こし召しておられましたもの」

「――だからな。離せ」

「いやです」

「ルシエラ」

「いや！」

彼女は叫び、やわらかで弾力のある胸をぐいぐい背中に押し付けてきた。無意識なのだろうが、それだけに破壊力は抜群で、酒精の影響で弱っていた理性を叩《たた》き壊《こわ》すには充分すぎた。

ザイオンは荒々しくルシエラを抱きすくめ、唇を奪った。

ルシエラは抗わなかった。ザイオンの背を掻《か》き抱《いだ》き、夢中で唇を押し付けてくる。舌を滑り込ませると、彼女は鼻にかかった吐息を洩らした。自制心は完全に崩壊し、ザイオンは餓《う》えた獣のようにルシエラの甘い口腔を貪った。

ぴちゃぴちゃと唾液が絡み、ルシエラの目許が濃い薔薇《ばら》色に染まった。濡れた睫毛の間から潤んだ深緑の瞳が覗き、いっそう欲望を掻き立てる。

息を乱しながら見つめ合い、互いの瞳に同じものを見て取ると堰《せき》を切ったように熱情があふれた。ザイオンはルシエラを抱き上げ、寝台に運んだ。衣服を引き裂きたくなる衝動をかろうじて抑え、できるだけ優しくドレスを脱がせる。

自らもチュニックを脱ぎ捨て、寝台に手を突いて覗き込むと、裸に剥《む》かれたルシエラは恥ずかしそうに頬を染めて胸を隠した。

「あんまり見ないで……」

「見せろ。綺麗なんだから」

手首を掴んで引《ひ》き剥《は》がすと、ルシエラは真っ赤になって胸を喘《あえ》がせた。形よく盛り上がった豊かな乳房が、ゆっくりと上下している。そっと掌を添えるとルシエラはいっそう赤くなって唇を震わせた。

「すごく綺麗だ」

囁いてザイオンはやわやわと乳房を捏《こ》ねた。息を詰めたルシエラの睫毛に、ぽつりと涙の珠《たま》が浮かぶ。

「痛いのか？」

尋ねると、びっくりしたようにルシエラはかぶりを振った。

「は、恥ずかしくて……」

消え入りそうな声で呟き、瞳を潤ませる。もの慣れぬ風情に庇護《ひご》欲と征服欲を同時に掻き立てられ、必死に己の獣欲を抑えてそっとキスした。

「優しくする」

コクリとルシエラは頷いた。乳房を揉みしだきながらザイオンは彼女のほっそりとした首筋に唇を這わせた。

「んッ……」

耳の裏側を舌先で舐《な》めると、ルシエラは小さな声を洩らした。素直な反応に気をよくしてザイオンは耳朶《じだ》に軽く歯を立て、耳から顎下にかけてのやわらかな皮膚を舐めたどった。

「んや……ぁ、く、くすぐったぃ……ッ」

ルシエラが悲鳴を上げて肩を掴む。

「敏感だな」

くくっと含み笑うとルシエラは涙目になった。

「泣くな。褒めたんだ」

ちゅ、と機嫌を取るように頬にくちづける。おずおずとキスをねだられ、唇をねぶりながら指先で乳首をくりくりと弄《いじ》り回した。乳首も乳輪も乙女らしく小さめで、綺麗な淡い薔薇色をしている。乳房への刺激で芯は固く凝り、ぷっくりと頭をもたげている。

初々しい蕾《つぼみ》に吸いつくと、ルシエラは焦って身じろいだ。

「ひゃっ……!? あ、や……、だめ」

ザイオンの頬に彼女の手がかかる。押《お》し退《の》けようとしたが、舌先で突つくように乳首周りを刺激すると、びくっと身体を揺らして溜息を洩らした。

「あぁ……」

ルシエラは目をとろんとさせ、うっとりとザイオンの頬を撫でた。転がすように乳首を舐めしゃぶり、唇で食《は》みながら何度も吸い上げる。

ちゅぱ、と淫らな音をたてて唇が離れると、名残惜しそうにふるんと乳房が揺れた。淡いピンク色だった先端は鮮紅色に変わり、蠟燭《ろうそく》の灯で艶美に濡れ光っていた。

ザイオンは満足げにそれを眺め、もう片方の乳房にも同じように丁寧に愛撫《あいぶ》を施した。身を起こすとルシエラは瞳を潤ませ恍惚《こうこつ》としている。

両の乳首を男の唾液でてらてらと濡れ光らせて放心する様は、ルシエラがほっそりと優美な肢体の持ち主であるだけに、ひどく淫猥《いんわい》で煽情《せんじょう》的だった。まるで無垢《むく》な少女を凌辱《りょうじょく》しているような背徳感に襲われ、ザイオンはどきっとした。

「ルシエラ」

確かめるように名を呼ぶと、彼女は魔法の眠りから呼び覚まされたように瞬きをしてザイオンを見返した。艶《つや》めく唇にとろけるような笑みを浮かべ、彼女は腕を伸ばした。身をかがめると、ルシエラは無邪気に抱きついてうっとりと溜息をついた。

「とっても気持ちいいのね、これ……。最初はすごく恥ずかしかったけど……」

甘やかな吐息が耳に心地よい。唇を重ね、舌を絡ませあって互いの熱い口腔の感触を堪能した。ザイオンはルシエラの全身に掌を滑らせ、唇と舌で丹念にたどった。すべすべした腿《もも》の内側を愛撫されるとルシエラはびくりと肩をすくめ、拳を口許に押し当てて喘いだ。

「んん……っ」

ぞくぞくと震えながら顎を反らし、熱い吐息を洩らす。膝を掴んですんなりした脚を押し広げると、ルシエラは慌てて頭をもたげた。

「やっ……、やだそんな……っ」

腿に力を入れて閉じ合わせようとするのを、お構いなしに身体を割り込ませ、強引に腿を押し上げる。ひっくり返ったカエルのような恰好を取らされて、ルシエラは羞恥に顔を赤くした。

「そ、そんなとこ見ないでっ……」

「そうはいかない。大事なところだからな」

ザイオンは含み笑い、押し広げた腿にチュッとキスした。びくっと過敏にルシエラが背をしならせる。

「や……、恥ずかしい」

「我慢しろ。誘ったのはおまえだろ?」

甘く揶揄《やゆ》するとルシエラは泣き声とも呻きともつかない吐息を洩らした。やわらかな銀色の恥毛は仔猫《こねこ》の和毛《にこげ》を思わせる。慎《つつ》ましい茂みを優しく掻《か》き分け、秘められた花芯を指先でツッと撫《な》で上げると、びくりと大きくルシエラの身体が揺れた。

「ひッ……!?」

「……少し濡れてるようだな」

「え……?　あっ、やぁっ……」

くにくにと指先で捏《こ》ね回され、ルシエラは慌ててザイオンの腕を掴んだ。

「だ、だめ。そこ、きたな……から……っ」

「そんなことない。綺麗な薔薇色だ」

「で、でも、……ッ」

ぬるっと指が溝に沿って滑り、ルシエラは息を詰めてふるふると震えた。ザイオンは吐息で笑い、湿った睫毛をなだめるように舐めた。

「ん……、蜜が出てきた。もっと濡らすといい。大丈夫、自然な反応だ」

「ほん、とに……?」

「ああ。しっかり濡らしておかないと、俺を受け入れるのは大変だぞ」

からかうように言うと、ルシエラはあやふやな表情で眉を垂れた。よくわかっていないのかもしれないが、今さらやめてはやれない。

すでにザイオンの雄は苦しいほどに固く滾《たぎ》っている。本当はすぐにでも挿入して、欲望の赴くままがつがつと穿《うが》ちたいくらいだが、これが初めてのルシエラにそんな無茶《むちゃ》をするわけにはいかない。

優しく慎重に花芽を撫でるうちに潤いが増し、ぬるぬると指の滑りがよくなった。空気を混ぜるようににゅぷにゅぷと掻き回していると、淫靡《いんび》な水音にルシエラが泣き声を上げた。

「そんなに音っ、たてないでぇ……っ」

「初めてだから念入りに濡らしておこうと思ってな」

つぷりと指が媚孔に侵入し、彼女は上擦った悲鳴を上げた。

「ひぁあっ……!?」

「……やっぱり狭いな。なるべく痛い思いはさせたくないが、難しそうだ」

眉根を寄せて独りごちると、ルシエラは泣きそうな顔でザイオンを見上げた。

「だめ……なの……?」

「だめなわけではないが……。少しつらいかもしれない」

「いいの。がまんするわ。だからお願い、やめないで」

縋りついてくるしなやかな肢体に理性が吹っ飛びそうになる。ザイオンはボロボロと崩れる自制心を必死でかき集め、ルシエラの額にくちづけた。

「悪いがやめてはやれない。でも、もう少し慣らしておこう、な？」

　コクリとルシエラは頷いた。慎重に反応を窺いながら、狭い花筒のなかでゆっくりと指を前後させる。くちゅくちゅとかすかな水音がするたびにルシエラは恥ずかしそうに肩をすぼめた。

　少しでも緊張をほぐそうと、甘いくちづけを何度も交わした。くすぐるように舌を擦り合わせ、唇でやわやわと食まれるのがルシエラは好きらしい。猫のように身体をすり寄せ、うっとりと吐息を洩らした。

　彼女が感じる場所を探りながら愛撫を重ねていくと、うぶな処女襞《ひだ》は次第にほぐれ、やわらかく吸いつくようにザイオンの指を包み込んだ。抽挿しながら親指で媚蕾を刺激し、まだ不慣れな秘処が快感を得やすいように努める。ルシエラの吐息が次第に切迫し、苦しげに乱れた。

「あ……あ……、だめっ、何か……、へん……っなの……ッ」

「そのまま感じてろ」

「で、でもっ……。――あ！　やっ、あっ、あぁ……ッ！」

　悲鳴を上げ、ルシエラの背がしなる。挿入されたザイオンの指を柔襞がきゅうきゅう締めつけた。喘ぎながら濡れた瞳を呆然と瞠っていたルシエラは、ザイオンが引き抜いた指をぺろりと舐めるのを目にしてカーッと赤くなった。

「や……、やめ……っ」

「気持ちよかったみたいだな」

にやっとするとますますルシエラは赤くなり、恨みがましくザイオンを睨んだ。苦笑して機嫌を取るように優しく髪を撫で、キスしてやる。ルシエラはホッとして抱きついてきた。

「悦かっただろう？」

目許を染めてルシエラは頷いた。くちづけを交わしながら腰を動かし、温かな濡れ溝に猛《たけ》る屹立《きつりつ》をそっと押し付けると、彼女はうろたえて縋るようにザイオンを見つめた。

「今さらいやとか言わないよな？」

「言わないわ。でも、少し……」

「怖い？」

こくんとルシエラは頷き、おずおずと視線を下げた。

「……ザイオンのこれ、すごく硬くて……大きいみたい、だから……」

「優しくする」

囁いて唇を甘く吸う。身体を起こし、ルシエラの腰を膝の上に引き上げて腿を押し広げた。濡れた秘裂がぱくりと割れ、秘めた蜜口があらわになる。ザイオンは固く張り詰めた怒張に手を添え、狭い媚孔に先端をもぐり込ませた。

念入りにほぐしたつもりでも、未熟な襞はえらの張った先端を受け入れただけでぎちぎちだ。指一本でもきつかったくらいなのだから無理もない。

ザイオンはためらい、ルシエラの表情を窺った。目に涙を溜《た》め、唇を噛んで苦痛をこらえている。可哀相《かわいそう》になったが、もうやめられないし彼女もそれは望まないだろう。

「……力を抜いて」

なだめるように囁くと、ルシエラはかすかな嗚咽を上げた。

「ごめ……なさ……っ、よく、わか……らなぃ……の……」

「いいんだよ」

頬を撫で、愛情を込めてキスをした。噛みしめていたせいで歯の跡がついた下唇を優しく舐めているうちに、ルシエラの身体から次第に緊張が抜けていった。

「いいか……？」

耳元で囁くと、彼女はぎゅっと瞳を閉じてこくこく頷いた。濡れた目許にキスして身を起こし、身構える暇を与えずぐっと腰を押し進める。

「ひぅっ……！」

目を見開いたルシエラがかぼそい悲鳴を上げたが、そのまま根元までずっぷりと己を埋め込んだ。ホッと息をつき、ザイオンはこわばった身体をぷるぷる震わせているルシエラの頬を優しく撫でた。

「すまん。痛くして悪かった」

ルシエラは濡れた睫毛を重たげに瞬き、ふるりとかぶりを振った。

「大丈夫……」

ザイオンは彼女の負担にならないよう慎重に身体を重ね、包み込むように抱きしめた。額にくちづけ、髪を撫でる。

「ルーチェ」

幼い頃の愛称で呼ぶと、彼女は澄んだ瞳をまじまじと瞠った。深緑の瞳が急速に潤んでゆく。ザイオンに抱きついてルシエラはすすり泣いた。何度も名前を呼び、好きだと囁いた。

「好きよ、ザイオン。あなたが好き。大好き……!」

繰り返しくちづけを交わし、互いの身体を愛撫した。処女襞が雄根のかたちになじむまで待ち、反応を探りつつ繋がった腰をゆっくりと押し回す。ルシエラは甘い吐息を洩らしながら動きに合わせてうっとりと腰を揺らした。

次第に高まる欲望を抑えきれなくなり、ザイオンはルシエラの脚を抱え直すと抽挿の勢いを強めた。ぱちゅぱちゅと濡れた音が響き、誘いだされた愛蜜が破瓜《はか》の血と混じり合って結合部から滴り落ちる。

ルシエラは嬌声《きょうせい》を封じるように口許を押さえていたが、指の間から甘い吐息がこぼれるのは止められない。その目に浮かぶ涙が快楽ゆえなのか、痛みのせいなのか。気にしながらも熱く絡みついてくる蜜襞の愉悦に逆らえず、ザイオンは息を荒げて行為に没頭した。

「く……」

快楽が昂《たかぶ》り、歯を食いしばる。追い詰められたように泣き咽《むせ》んでいたルシエラが声にならない悲鳴を上げ、びくりと反り返った。きゅぅきゅぅとわななく媚肉に締めつけられ、限界に達した怒張が弾ける。

ザイオンは獣のように唸り、二度三度と腰を打ちつけた。解き放たれた欲望がルシエラの奥処《おく》に呑み込まれていった。

大きく息を吐き出し、未だひくひくと痙攣《けいれん》している媚壁から己を引き抜いた。薄桃色の雫がとろとろと蜜口から滴り落ちる。ルシエラは絶頂の余韻に浸ったまま、夢うつつにくたりと四肢を投げ出していた。

かたわらに横たわって抱き寄せると、ルシエラは溜息をついて胸に頬をすり寄せた。額にくちづけ、髪を撫でる。ぼんやりと身をゆだねていた彼女は、懐に顔を埋めたまま囁いた。

「……ひとつだけお願いがあるの」

「なんだ？」

「明日は見送らないで」

ザイオンは息をのんだ。てっきりまた『王宮へ来て』と懇願されると思ったのだが。顔を覗き込もうとすると、ルシエラはますます強く胸に鼻先を押し付けた。

「ルーチェ」

なだめるように呼ぶ。ふるふると彼女はかぶりを振って繰り返した。

「見送らないでほしいの。お願い」

「どうして」

「……悲しくなるから」

「ここに残れよ。大事にする」

かすかに彼女は笑った。

「帰らなきゃいけないの。わたしの帰りを待っている人がいるのよ」

「召使の一家か」

ルシエラが逃げ出せば、この十年共に過ごした人々が処刑される。到底見捨てられまい。あっさり使用人を見捨てるような女なら、そもそも惹かれることもなかった。

「ルーチェ。俺は――」

急に顔を上げたルシエラが唇を押し付け、ザイオンは目を見開いた。想いを封じ込めるかのようにしばし唇を合わせ、ルシエラは静かに微笑んだ。

「いいの。もう、いいのよ」

にこりと澄んだ笑みを浮かべ、ルシエラはふたたびザイオンの胸に顔を埋めた。

「好きだって言えてよかった。こうして愛してもらえたし……。心残りはもうないわ」

背中に回した手で、愛《いと》おしそうに肩甲骨の辺りを撫でる。

「だから、ね。眠るまで抱きしめていて。朝になっても見送らないで。そうすれば、わたしはあなたの夢に留まれる……。そんな気がするの」

ふふっと笑うやわらかな声音に、泣きたいような感情が込み上げる。ザイオンはルシエラの肩を抱きよせ、懐に閉じ込めるように抱きしめた。いっそ本当に閉じ込めてしまおうか。どこへも帰れないように……。

そんなことをぼんやりと考えながら、ザイオンはルシエラのかぼそい肩をずっと撫でていた。


門前に止まった馬車から痩せた白髪の男が降りる。片方の手には杖《つえ》、もう片方の手にはレースのハンカチにくるんだ匂い玉。ゆっくりと近づいてきたレギーユ伯はルシエラの数歩手前で足を止めた。相変わらず、いや、ますます顔色が悪い。しなびた皮膚は青ざめて黄ばんでいる。

「おひとりですか」

嗄れた声で老人は呟いた。質問ではなく確認の口調で。ルシエラは黙って頷いた。レギーユ伯は服の上からも尖《とが》って見える痩せた肩を小さくすくめた。

「期待はしてませんでしたがね。魔女に誑《たぶら》かされてのこのこ出てくるようでは、どのみちろくな働きはできまいて」

ルシエラは握り合わせた手のなかで、ゆっくりと爪を掌に食い込ませた。自分が魔女と誹《そし》られるのはかまわない。だが、ザイオンが嘲られるのは腹立たしかった。

レギーユ伯は陰鬱な目つきで嘲るようにルシエラを眺めた。

「わかっておられるでしょうな？　失敗すればご自分がどうなるか」

「……わかっています」

平淡な声で応じると、不審そうに老人は目をすがめた。

「なんならもう一度、ここで叫んでみてはどうですか。招集に応じなければ処刑されるのだと大声で訴えればいい。そうすれば、さすがに見捨てては後味が悪いと——」

「そのようなことはしません」

ぴしゃりとルシエラは告げ、射抜くようにまっすぐ老人を凝視した。

「ザクロス候を説得できなかったのはわたしの力不足です。失敗の責任は自分で負います」

たじろいだレギーユ伯は顔をしかめて匂い玉を鼻に押し当てた。

「……ふん。魔女ふぜいが、未だに王女を気取るか」

鼻声で吐き捨て、老人は忌ま忌ましげに杖を振った。ルシエラは黙って馬車に乗り込んだ。ふたりが話している間に、例の長持は馬車の屋根にくくりつけられている。レギーユ伯が杖の握りで天井を叩き、ゆっくりと馬車は動き出した。

けっして振り向くまいと決意していたが、たまらなくなってルシエラは馬車の窓に掌を押し付けた。灰色の城壁が遠ざかってゆく。

(——ザイオン……！)

もう二度と会えない。大好きだった、強く輝かしいわたしの騎士。

わたしの死を知ったとき、あなたはどんな顔をするかしら。お兄様に対して、ますます腹を立てるかもしれない。でもどうか、わたしに免じてこの危機を救ってね。

そうだわ。死んだら幽霊になってこの城へ戻ってきましょう。そしてお母様の幽霊と一緒に、あなたとあなたの一族と、ザクロスの人々を守るの。みんなみんな大好きだから。

わたしは〈魔女の娘〉だもの。それくらいきっとできるはずよ――。

速度を増しながら馬車は湖へ向けて坂道を下ってゆく。木立の間から中央の小島が見えた。水仙が綺麗なんだと呟いたザイオン。ああ、その光景が目に浮かぶ。

夢のなかであなたと一緒に歩くわ。あなたの優しい微笑み。低く豊かな声の響き。『ルーチェ』と呼んでくれて嬉しかった。

ずっとあなたの可愛い『ルーチェ』でいられたらよかったのに……。


一方ザイオンは、ルシエラが馬車に乗って去っていくのを、楼門の上からずっと眺めていた。目覚めると彼女はもういなかった。見送らないと約束してしまった以上、食事時にも顔を合わせぬようにした。ただ、召使に命じて彼女の持参した長持のなかに目立たぬようにいくつかの品物を入れさせた。古城に戻ったときの慰めになれば、と。

本当は、帰り際に彼女が一度でも振り向いたら、すぐに飛び出して引き止めようと思っていた。業腹だが、迎えにきたレギーユ伯に出兵を確約し、帰って王に伝えろと追い返すつもりだったのだ。

正式な書状を持たせれば、同行する必要はなかろう。こちらにも準備があると言えば納得するはずだ。

しかし彼女は振り向かなかった。門前にひとり佇《たたず》む後ろ姿は背筋がぴんと伸び、どこまでも毅然としていた。迎えにきたレギーユ伯は何やら挑発しているようだったが、ルシエラに動じた様子はなかった。横柄に杖を振り回して彼女を追い立てる老人に怒りを覚えた。

動き出した馬車は止まることなく走り去った。チッとザイオンは舌打ちした。控えている若い騎士たちが非難とも失望ともつかぬ目を向けてきてイライラする。俺だってわかってるんだと怒鳴りたくなる気持ちを抑え込み、ザイオンは館に戻った。

「くそっ……、どうしてこうこんがらかるんだ⁉」

こんなことならすべて打ち明けるべきだったか。いっそ会わせればよかったかもしれない。あんな様子を見たらルシエラが悲しむのでは……とためらってしまったが、気の回しすぎだったろうか。

(残ると言ってくれれば会わせるつもりだったのに。いや、真実を知れば、ここに残ってくれたかもしれないじゃないか！　くそっ、俺はこんなに優柔不断な男だったのか⁉)

理想の騎士なんて、幼いルーチェの無邪気な思い込みだ。

腹立ち紛れに居室のなかを意味もなくどかどか歩き回っていると、静かに扉を叩く音がした。

「入れ！」

八つ当たりのように怒鳴り、背を向けて腕を組む。

「殿」

生真面目なヤーキムの声に抑えていた憤怒が爆発した。

「わかってるっ――、……!?」

勢いよく振り向いたザイオンは驚きに声を呑んだ。ヤーキムの前に、ここにいてはならない人物が立っていたのだ。

「――おい！　こっちに出てきてはいかんと……。ヤーキム、早く連れていけ……」

焦るザイオンに、その人物は静かに歩み寄った。握り合わせていた掌を開くと、そこにはサファイアの指輪が載っていた。ザイオンは知らなかったが、ルシエラが紛失したと思い込んだ母の形見だ。

たじろぐザイオンに、その人物は静かに尋ねた。

「あの子は、どこ？」

「か……、帰った」

うろたえて応じたザイオンは、ハッとしてその人物を見つめた。今までずっと霧がかったように茫洋《ぼうよう》としていたまなざしが、はっきりとした意志をおびて輝いている。

「おい……、まさか……」

「約束したはずでしょう？　けっしてあの人を見捨てないと」

「殿」

たじたじとなるザイオンに、たしなめるような声音でヤーキムが呼びかける。その後ろには、やっと起き上がれるようになったダヴィットが青い顔で壁にすがっている。六つの瞳はそれぞれの期待を込め、じっとザイオンを見つめていた。

「くそっ……！　わかったよ、出兵準備にかかれ！　こうなったらアルフレートの奴に、最大限に恩を売りつけてやる……！」

「やったー！」

ダヴィットが頬を紅潮させて拳を振り上げる。

「おまえはまだ寝てろ！　じい、頼むぞ」

ガッカリと青年が眉を垂れ、老騎士はうやうやしく胸に手を当てて一礼した。ふたりが出て行くと、残った人物を横目で見やってザイオンは肩をすくめた。

「……これでいいんだろ」

その人物はにこりと微笑み、サファイアの指輪を掌に包んで胸に押し当てたのだった。

第四章　死刑執行

粗末な寝台にぼんやり座っていたルシエラは、ふっと顔を上げた。壁の高いところには明かり取りの小窓がひとつ設けられている。鉄格子の向こうに、鳥影がよぎった気がした。

窓があるのは爪先立ちをして目一杯腕を伸ばしてようやく縁《へり》に指先が届くくらい高い場所だ。唯一自力で動かせる三本脚の低いスツールを窓の下に持ってきて乗ってみたが、それでも鼻から上しか出なかった。見えるのはただ青い空ばかり——。

ザクロス城を発《た》ったルシエラは、レギーユ伯に伴われて王宮へ連れていかれた。豪奢《ごうしゃ》なのに寒々しい謁見の間で、玉座のアルフレートは肘かけにもたれて冷然とルシエラを眺めた。

「不首尾に終わったようだな」

露骨に失望口調だが、冷たい瞳に浮かぶのは嘲りのほうが強い。最初から期待などしていなかった、とあざ笑うかのように、アルフレートの視線は蔑みに満ちていた。

「……申し訳ございません」

どうしてこの人は、こんなにもわたしを憎むのだろう……。ぼんやりと自問しながら頭を垂れると、アルフレートは眉を吊り上げ、苛立ったように玉座の腕を叩いた。

「わかっているのか？　おまえは処刑されるのだぞ。余が哀れんで前言を撤回するなどと考えているのなら大間違いだ！」

「わかっています」

顔を上げ、冷たい玉座に君臨する国王をまっすぐに見つめる。その澄明《ちょうめい》な視線に、兄はたじろいだようだ。玉座の腕を掴む手に青筋が浮かぶのが見て取れた。

「ザクロス候を説得できなかったことについては、全面的に責任を負います。ただ、こうして戻ってきましたからにはわたくしの使用人たちを手にかけることはおやめください」

アルフレートは気を取り直し、ほとんど悪辣といっていいほど皮肉な笑みを浮かべた。

「安心するがいい。あの者どもはコルトヴァ城から逃亡して行方知れずだ」

ルシエラは兄の顔をぽかんと見返した。

「逃げ、た……？」

「そうだ。逃げたのだ。おまえの帰りを待たずにな。戻ってこないと思ったのだろう。死ぬのが怖くなったのだ」

「そう……ですか……」

呆然とするルシエラをアルフレートは冷酷にあざ笑った。

「ばかを見たな。せっかく律儀に戻ってきたというのに、身を挺《てい》して庇おうとした人間はさっさと逃げてしまった」

　ルシエラはうつむき、静かに微笑んだ。

「……では、どうぞそのままに。彼らを捜したりしないでください」

「誰がそんな手間をかけるか！」

　憤りもあらわに国王は怒鳴った。

「〈魔女〉なら自分で呪うがいい。おまえの母が先代国王を呪い殺そうとしたようにな！」

「そのようなこと、母はしていません！」

　カッとなってルシエラは叫んだ。

「母はそんな人じゃない……！　ザクロスへ行ってよくわかりました。母も祖母も、善い魔女だった。みんなに慕われていたんです」

「無知蒙昧《むちもうまい》な輩が騙《だま》されただけだ！　魔女は邪悪な嘘《うそ》つきだ。甘言を弄し、人を惑わす性悪な二枚舌め……！」

「……では、わたくしに魔女の資格はないようですね。ザクロス侯をその気にさせられませんでしたもの」

　精一杯の皮肉を返すと、アルフレートはぐっと詰まった。ルシエラは昂然《こうぜん》と顎を上げた。

「あるいは、ザクロス侯が魔女の甘言になど惑わされない強い意志の持ち主であることの証明、とも言えましょうか。――ああ、そうでした。侯から陛下への伝言を預かっています。陛下が御自らザクロス領へお運びいただければ、元帥復帰を考えてもよいそうです」

「なんだと……⁉」

アルフレートの端整な顔が赤黒くゆがんだ。彼は忌まわしげに吐き捨てた。

「その女を死刑囚用の牢にぶち込んでおけ！」

衛兵がルシエラを取り巻き、槍を突きつける。ルシエラは精一杯優美なおじぎをしてくるりと背を向けた。油断なく身構える衛兵たちに囲まれながら、ルシエラは毅然とした足どりで退出していった。アルフレートはぎりぎりと歯噛《はが》みして玉座の腕に爪を立てた。

「魔女め……っ」

憎悪と呪詛にまみれた呟きが、国王の唇から歯ぎしりまじりに洩れた。

ルシエラはその足で牢獄《ろうごく》として使われている北の塔に連れていかれ、閉じ込められた。剥き出しの石壁に明かり取りの窓がひとつあるだけの小部屋で、家具といえば寝台とテーブル、三本脚のスツールしかない。

寝台は足を伸ばせばはみ出すくらい小さなもので、破れたマットレスから藁が飛び出していた。掛けるものはない。しばらくするとザクロス領にも持っていったあの長持が運ばれてきた。魔女が触れたものなど、もう誰も使いたがらないということか。

開けてみると、もともと入っていた古着の下から見覚えのない衣服や毛皮が出てきた。

（ザイオンが入れてくれたの……？）

すべすべした黒貂《くろてん》のストールをそっと撫でると、ザイオンの髪の感触が思い出されて涙がこぼれた。心残りはもうないと思っていたのに、せつなさに胸が張り裂けそうになる。ストールを巻き付け、声を殺してルシエラは泣いた。黙って出てきたことを今になって後悔した。ザイオンを意固地だと非難したけれど、人のことなど言えなかった。自分こそ、ずっと意地を張っていたのではなかったか。気にかけていたと言いながら十年間一度も会いに来ず、贈り物の本に手紙も入れてくれなかったことを、どこかでまだ根に持っていたのかもしれない。

狭苦しい寝台で手足を縮め、毛皮のストールにくるまってルシエラは眠った。

夢でいいから彼に逢《あ》いたかった。

翌日、翌々日と、ぼんやりと高窓を見上げて過ごした。小さな窓の形に切り取られた空は吸い込まれるように蒼く、ザイオンの深いまなざしを思い起こさせた。

牢に入れられてから三日目。身体に巻き付けたストールを無意識に撫でながらぼうっと空を眺めていると、ガチャガチャと鍵の鳴る音がして扉が開いた。長身をかがめて入ってきたのはアルフレートだ。彼は戸口に立ったまま傲然とルシエラを眺めた。

「明日、処刑を執り行う」

前置きもなく彼は冷ややかに告げた。

「……そうですか」

平淡な声で応じると、アルフレートは眉間にしわを寄せてルシエラを睨み付けた。

「ずいぶんと余裕だな。魔力を使えば逃げおおせるとたかをくっているのか」

ルシエラは思わず笑ってしまった。

「そんな力、わたしにはありません。ただの人間ですもの」

「魔女は空を飛べるそうではないか」

「それこそ迷信です。……そうですね、本当に飛べたらどんなにか素敵でしょうね」

鳥に変身できたら、今すぐここから飛び出して、ザイオンの元へ帰るのに。わたしは小鳥になって、あの人の肩で囀《さえず》るの。あの人が喜んでそっと頭を撫でてくれたらいい。

静かに微笑むルシエラを、アルフレートはイライラと睨んだ。

「死ぬのが怖くないのか」

「お母様に会えますもの。おばあさまにも。三人で仲良くザクロス領を守ります」

「奴はおまえを見殺しにしたんだぞ⁉　それでも守るというのか」

「わたしが処刑されることを、あの人は知りません」

アルフレートは面食らい、さらに憤激して眉を吊り上げた。

「言わなかったのか⁉　処刑されると聞けば、奴とて動かずにはいられまいにっ……」

「やはりそれが狙いでしたか……。でも、そうしたらあの人は陛下を憎むようになります」

「それがどうした！　あの魔女めのことで余を逆恨みしていることなど先刻承知。それでも奴はカエターンの封臣だ。国王たる余の命令に従う義務がある！」

「あの人に会いに行ってください」

「臣下に頭を下げろとぬかすか⁉」

激昂《げっこう》する兄を見上げ、ルシエラはかぶりを振った。

「そのようなこと、候は望んでいないと思います。ただ陛下が彼を信頼していること、力を貸してほしいと願っていることを率直にお示しになればよいのです」

「たわけたことを。奴はカエターンの家臣なのだぞ。王国のために働いて当然ではないか。それが臣下たる者の義務だ」

「ならば陛下は主君としての義務を果たしておられるのですか。少なくとも、家臣の意見に耳を傾け、真摯に検討するのは――」

「黙れ！　生意気な女め！　黙らぬとその口に〈ガミガミ女の轡《スコールド・ブライドル》〉を嵌めるぞ⁉」

アルフレートはこめかみに青筋をたてて怒鳴った。ルシエラは黙り込んだ。残酷な脅しに怯んだというより、兄の激昂の裏に後ろめたさのようなものを感じとったからだ。ルシエラの言葉は案外図星だったのかもしれない。

「……何故それほどまでにわたくしを憎むのですか」

「決まっている。〈魔女〉の娘だからだ」

「では何ゆえ陛下は〈魔女〉を憎むのですか？　〈魔女〉が陛下に何か害を及ぼしましたか」

　アルフレートは目を血走らせ、歯ぎしりするような笑みを洩らした。

「あの女は我が父を籠絡し、王妃の座に納まったのだ。ザクロス侯の身内とはいえ、本《もと》をただせばどこの誰ともわからぬ怪しい素性。なのに貴族扱いだけでは飽き足らず、身の程知らずに王妃の地位を望んだ。そして、こともあろうに余の義母となったのだぞ……！」

「先王陛下のほうが熱心に求婚したと聞いておりますが」

「魔力を使って誑《たぶら》かしたのだ！　……だがな、そのような忌まわしき妖術が長続きするわけがない。父はすぐに本性に気づき、遠ざけた。あの女はそれを恨み、父を呪い殺そうとしたのだ」

「母は人を呪ったりしません。そんな人じゃないわ」

「子どもだったおまえに何がわかる」

　嘲りが礫《つぶて》のようにルシエラを打つ。唇を噛みしめ、キッと睨むと国王は目の前に掌を翳した。

「ハッ。やはり魔女の娘だな！　そうやって人を睨み付け、呪詛を注ぎ込むわけだ。そのせいで父は正気を失った。同じ轍《てつ》は踏まぬぞ！」

　ルシエラは目を伏せた。何を言っても通じないと悟ると、強い悲しみが押し寄せた。兄の心は怒りと憎しみを燃え立たせたまま、完全に凍りついてしまっている。

　兄はきっと一度たりとも母の目をしっかり見たことがないのだ。わずかでも見つめたことがあれば理解できたはず。母の瞳にあるものは深い悲しみと静かな諦めだけだったのだと。

狭い牢内に沈黙が落ちた。ルシエラは窓の向こうの青空を見つめ、遥かに広がる蒼穹《そうきゅう》を思い描いた。ザイオンの蒼い瞳を想うと胸の奥があたたかくなった。

（そう。わたしは愛を知った。わたしの心は凍っていない）

祖母は〈愛〉ゆえに、ひとりこの地に留まった。母は〈愛〉ゆえに、いつも寂しそうだった。悲しそうな母を見るたびに、〈愛〉とはなんて残酷なのだろうと思った。〈愛〉は虎挟みみたいなもので、捕らえられたら最後、絶対に逃げられない恐ろしい罠《わな》なのだ。

決して〈愛〉に捕まってはいけない――。

幼な心にそう決めつけたルシエラにとって、幽閉されたコルトヴァ城は恰好の『隠れ家』だった。でも、違ったのだ。愛は足を挟まれて身動きできなくなるような罠ではなく、心のなかで静かに育ってゆく種みたいなもの。誰の心のなかにもあって、芽吹くときを待っている。

そしていろいろな花が咲く。花言葉というのは、それを表わしているのではないかしら。それぞれの花に花言葉があるように、心に咲く花にもその時々にふさわしい花言葉があるのだ。

ルシエラが幼い頃、母の心に咲いていた花は『悲しみ』だった。でも、『喜び』の花が咲いた時期もあったはずだ。仲間の魔女たちと別れてこの地に残ると決めた時、祖母の心には『決意』の花が美しく咲いていたのだろう。

そのどれもが、同じの〈愛〉の種から生じている。心という〈庭園〉には、その時々で様々な花が咲く。綺麗な花も、恐ろしい花も。

咲いては散り、咲いては散り。また、咲いては散り……。

(いま、わたしの心には素晴らしい香りのする、美しい花が咲いているんだわ)

そう思えば誇らしい。誰かのために死んでもいいと思えるなんて、滅多にあることじゃない。会ったことのない祖母の気持ちが、とても近しく感じられた。

「……処刑方法は、斬首だ」

唐突に言われ、物思いに沈んでいたルシエラは目を瞬いてぼんやりと兄を見た。

「本来、魔女は火あぶりだが、あの女と違って王族の端くれだからな。そうもいかぬ。忌まわしいが兄妹として最初で最後の情けだ」

ルシエラから目を逸《そ》らしたまま吐き捨て、アルフレートは背を向けた。

「母と同じにしてください」

出て行こうとした国王が険しい顔で振り向く。ルシエラは淡々と繰り返した。

「火あぶりが、いいです」

国王はルシエラに向き直り、憎悪のこもった凄《すさ》まじい笑みを浮かべた。

「あの女は毒を呷《あお》って自殺したんだ。火刑にはなっていない」

思いがけない言葉にぽかんとしていると、アルフレートは歯を剥き出して嘲《あざわら》った。

「知らなかったのか？　——ともかくおまえは斬首と決まった。無駄に苦しまぬよう、一振りで済ませられる腕のよい処刑人を選んでやるから感謝しろ」

国王が出て行き、即座に鍵がかけられる。閉ざされた扉をルシエラは呆然と眺めた。

今までずっと、母は火あぶりになったと思い込んでいた。まさか自殺だったとは……。

そのときの母の絶望を思いやるとたまらない気持ちになり、両手で顔を覆ってルシエラはすすり泣いた。


その夜、ルシエラは手紙が書きたいと牢番《ろうばん》に頼み、紙とペンを差し入れてもらった。

牢番は少し脚の不自由な初老の男で、ひどく無口だが衛兵たちのようにルシエラを恐れたり嫌悪する様子はない。ルシエラの目を見て頷き、すぐに数枚の紙と削った羽ペン、インク壺《つぼ》、封蠟を持ってきてくれた。

テーブルに紙を置き、さて何を書こうかと考える。宛て先はもちろんザイオンだ。

説得できなければ処刑、と言われたのを黙っていたことは、やはり詫びたほうがいいだろう。言わなかったのはルシエラの意志——というより意地だ。彼に責任を感じてほしくないし、罪悪感など持たないでもらいたい。

国王と和解するのは無理でも、今回だけは力を貸してあげてほしいこと。ザクロス城では皆に大変よくしてもらい、心から感謝していること。

部屋で母の形見の指輪をなくしたこと——もしかしたら噂の『幽霊』が持っていったのかもしれないと冗談めかして書き添え、見つかったら大事にしてくださいと頼んだ。そして最後に、あなたは誰より素敵なわたしの騎士でした、と結んだ。

以前、ザイオンが匿名で送り届けてくれた母の本を長持から取り出し、手紙を挟む。扉を叩いて牢番を呼ぶと、手持ちのお金と宝石を入れた小袋と一緒に差し出した。

「この本と手紙をザクロス候ザイオン様に届けてほしいのです。ここに、たくさんではないけどお金と宝石が入っています。それを差し上げますからお願いできませんか」

牢番はびっくりしてルシエラの顔と差し出された本を交互に眺め、苦笑まじりに首を振った。

「お届けしましょう。お金や宝石は要りません」

今度はルシエラが驚くと、男は懐かしそうに微笑んだ。

「実は以前、ソランダ様に病気の息子を救っていただいたことがあるんです。まだ王妃になられる前ですが……」

「まぁ……！　そうだったの」

「お医者はわしらのような貧乏人の診療などしてくれません。ソランダ様は息子の容態を診てよく効くお薬を作ってくださったばかりか、落ち着くまでずっと側で看病してくださったんですよ。本当にお優しい、素晴らしいお嬢様で……。前の王様のお妃になられたときは、わしらも喜んだもんです。庶民の暮らしも少しは楽になるんじゃないかと……。ですが、あんなことになっちまって」

　牢番は声を詰まらせ、ごくりと唾を呑み下すと真剣な目でルシエラを見つめた。

「王女様。わしら、ソランダ様が前の王様を呪ったなんてとても思えねぇです。そんな御方じゃねぇ。きっと何かの間違い……、いや、誰かの企みだ」

　真摯な言葉に目頭が熱くなり、ルシエラは微笑んだ。

「ありがとう……」

「ソランダ様は魔女だったかもしれねぇが、絶対に善い魔女です。わしら信じとります。……王女様はソランダ様によーく似ていなさる。その王女様が悪い魔女のはずがねぇ。王様には、なんでそれがわからねぇんだか……」

「誤解を解けなくて残念だわ。でも、あなたのようにお母様やわたしを信じてくれる人がいるとわかってすごく嬉しい。——これ、お願いできる？」

　牢番は頷いて本を受け取った。

「必ずお届けします。ああ、礼は結構です。息子の恩返しですから」

「でも、届けるのにはきっとお金がかかるわ。だからこれを使って。ね？」

　繰り返し頼むとようやく牢番は頷いて小袋を受け取ってくれた。ルシエラはふたたび寝台で毛皮のストールにくるまった。

　早くザイオンに逢いたい。死んで自由になれば、きっと逢いに行ける。わたしは『魔女の娘』だもの、魂になって逢いに行くことくらいできるはずよ——。

ルシエラは目を閉じ、彼の感触やぬくもりを思い浮かべた。あたたかな毛皮に包まれていると、ザイオンの腕のなかにすっぽりと包み込まれているようで……。そう思えば、彼から遠く離れてひとり死にゆく悲しみや寂しさが、いくぶん紛れる気がした。


翌朝、これまでと同じ黒パンと薄い豆のスープが出された。テーブルに置かれたトレイの上には摘んだばかりのスミレの花が一茎置かれていた。

(ああ、春なのね)

ルシエラはスミレの匂いをかいで微笑んだ。しばらくすると牢番が女性をひとり連れてきた。

「家内です。王女様のお支度をさせていただきます」

籠を持った中年の女性が黙って頭を下げた。泣きだしそうなのを必死にこらえるような顔つきだ。ルシエラは微笑んだ。

「よろしくお願いします」

牢番の妻はこわばった笑みを浮かべた。牢番が出て行くと、彼女は小さな声で尋ねた。

「お召しになりたいものはございますか」

「そうね……。どれがいいかしら」

長持に入っていたドレスを全部出してもらい、少し考えた末、深い緋色《ひいろ》のドレスにした。これなら血が付いてもそんなに目立たないだろう。

着替え終わると牢番の妻は申し訳なさそうに眉を垂れた。

「王女様。大変ご無礼とは存じますが……、お髪《ぐし》を切らせていただかねばなりません」

びっくりして見返すと、牢番の妻はますます済まなそうな顔になった。

「そういう決まりでして……。お髪が刃に当たって、そのぅ、滑ることがございます」

ああ、とルシエラは頷いた。それで失敗されては無用な苦痛をこうむることになる。どうせ死ぬのなら痛い思いはなるべくしたくない。

「……わかったわ」

頷くと牢番の妻は籠からブラシを取り出し、青みをおびたルシエラの銀髪を丁寧に梳《す》いた。彼女の手がかすかに震えているのが伝わってくる。

「いいのよ、気にしないで」

囁くと女の手が一瞬止まり、頭の上から押し殺したすすり泣きが聞こえてきた。やがて再開された手つきはいっそう優しくなって、幼い頃母に髪を梳《と》かしてもらったことを思い出してルシエラは微笑んだ。

牢番の妻はブラシを置くと籠からリボンを取り出し、うなじのところで固く結んだ。それからナイフを取り出して髪に当てた。女の息づかいが荒くなり、手が震える。

「も、申し訳ございません……！」

悲鳴のように口走り、彼女はぐっと手に力を込めた。

ざくっ……と無情な音がして、短くなった髪が頬に当たった。ルシエラは腿の上で重ねていた手を強く握りしめ、身動きすまいと奥歯を噛みしめた。

いやな振動がしばらく続き、ふっと頭が軽くなった。いつのまにか固く閉じ合わせていた瞼を開く。ルシエラは牢番の妻が手にした長い髪束をぼんやり眺めた。ほんの少し前まであれが自分の一部だったのかと思うとひどく不思議だ。

「……その髪、本と一緒に届けてもらえるかしら」

ぼんやり呟くと、彼女は涙ぐんで何度も頷いた。ふたたびひとりになったルシエラはぶるっと震え、黒貂のストールを巻き付けて鼻先を埋めた。

(髪がないと、ずいぶん首が寒いものなのね)

ザイオンがストールを入れてくれてよかった。すべすべしてあたたかな毛皮の感触にホッとする。どれくらいそうしていたか……、やがて鍵の鳴る音がして扉が開いた。

「出ろ」

無感動な声が命じる。ルシエラは素直に立ち上がり、身をかがめて戸口をくぐった。牢の外には斧槍《ハルベルト》で武装した兵士がふたり立っていた。ふたりとも兜《かぶと》の面頬を下ろしているので顔は見えない。

兵士の合図で牢番が進み出た。男が黒い鉄製の手枷《てかせ》を持っていることに気づき、ルシエラは自分から両手を揃《そろ》えて差し出した。

牢番は黙って手枷を嵌め、うつむいたまま引き下がった。ルシエラは目を潤ませている牢番の妻に感謝を込めて微笑みかけ、兵士の指示に従って歩きだした。

処刑が行なわれる場所は城の北西の隅にある小さな中庭だった。庭といっても三方を建物で囲まれた、何もない石畳の空間だ。今はその真ん中に台形をした首載せ台が敷き藁の上に据えられ、跪くためのクッションが側に置かれている。

黒ずんだ石造りの建物は高いところにしか窓がない。そこから処刑の様子を眺めることもできるのだが、アルフレートは庭で待ち受けていた。

漆黒の衣裳を身にまとい、横木が二本ある魔よけの十字架を胸に下げた姿は冷酷な異端審問官を思わせる。

側に控えている僧服をまとった痩せた小男は、昨夜牢を訪れた聴罪司祭だ。告解することなど何もありません、と淡々と答えると、嫌悪と侮蔑に憐れみを適当にまぶしたような目つきでルシエラを眺めた。

国王は引き出されてきたルシエラに冷え冷えとしたまなざしを向けた。そこには半分なりとも血のつながった兄妹としての情はかけらもない。

「覚悟はできたか」

玉座を示す、天蓋付きの背の高い椅子から傲然と問われ、ルシエラは黙って頷いた。言いたいことはもう何もない。下手に口を開けば恨み言が飛び出してしまいそうだ。

王はぎろりとルシエラを睨み付け、司祭に顎をしゃくった。進み出た司祭はルシエラに歩み寄り、おもねるような口調で囁いた。

「罪を告白し、悔い改めなさい」

「犯していない罪は告白できませんし、どうやって悔い改めるのかもわかりません」

静かに答えると、司祭は溜息をついて王の元へ戻っていった。アルフレートはますます不機嫌な顔になり、ぞんざいに手を振った。

処刑人の助手が後ろから近づいて、クッションに跪くように促す。言われたとおりにすると白い絹のスカーフで目隠しをされた。助手の手を借りて首載せ台にうつ伏せになる。巻き付けていた黒貂のストールがするりと解かれ、反射的にルシエラは声を上げた。

「お願い。それを背中にかけておいてもらえませんか」

一瞬、間が空いて、そっと背中にストールが置かれる。ルシエラはホッと溜息をついた。死が訪れる瞬間まで、このぬくもりを感じていたかった。

重々しい足音が近づいてくる。処刑人だ。腕のよい処刑人を選んでやる、とうそぶいた兄の言葉を信じたい。どうか一撃で終わりますように。

斧の振り上げられる気配がした。ルシエラは背中を包む毛皮のあたたかさに意識を集中した。ザイオンに背後から優しく抱きしめられていると想像して、唇にかすかな笑みが浮かぶ。彼のためなら死ねる。そんな人に出会えてよかった。

ヒュッと風を切る音が聞こえ——、同時に誰かの鋭い叫び声がした。

「待て——‼」

重い風圧をうなじに感じ、首載せ台に添えていた指にぐっと力がこもる。何も起こらない。ルシエラは目隠しの下で目を瞬いた。まだ首は落ちていない……らしい。

荒々しく石畳を蹴る音が近づき、ぐいと身体を引き起こされた。乱暴に目隠しをむしり取られ、ルシエラは目の前に迫る男の顔を呆然と眺めた。青ざめた顔で息を切らせているのは絶対にこの場にいるはずのない人物——ザイオンだった。

彼はルシエラのうなじを撫で、ようやく表情をゆるめた。

「……よかった、間に合った」

ぎゅっと抱きしめられると、どくどくと激しい鼓動が伝わった。彼が全力疾走してきた証だ。肩ごしに、処刑場の入り口で乗り捨てられた馬がまだ鼻息荒く足踏みしているのが見えた。

「ど……して……？」

「おまえの召使一家が知らせてくれた」

「え……」

「話は後だ」

彼は呆然とするルシエラを胸に抱き、玉座の王を睨み付けた。

「処刑を取り消せ！　お望みどおり復職してやる」

思いがけない成り行きに目を瞠っていた国王は、気を取り直して尊大な笑みを浮かべた。

「余の望みは貴様の復職ではない。我が王国に侵入したヴォート人どもを追い払うことだ」

「そのためには俺が必要なんだろう？　俺と、ザクロスの兵力が」

ルシエラを支えて立ち上がりながらザイオンは不敵な笑みを浮かべた。国王は腹立たしげに舌打ちした。

「相変わらず無礼な男だ」

「敬意を払ってほしけりゃ、それにふさわしい行いをするんだな」

アルフレートは激昂を押さえ込み、ゆがんだ笑みに唇を引《ひ》き攣《つ》らせた。

「その暴言、自信の裏返しと見做してやる。ただし……、余の満足のいく結果が残せなかった場合は覚悟せよ」

「好きにすればいいさ」

嘲るようにザイオンが鼻を鳴らし、両者の間に不穏な火花が散る。

「……まぁよい。貴様の礼儀知らずは今に始まったことではないからな。カエターン国軍元帥

としてふさわしい働きを見せてくれれば大目にみよう」

「では最初にこちらの条件を言っておく」

「処刑の取りやめだけでは足りぬと申すか！」

「当然だ。まず、ルシエラにかけられた魔女の嫌疑を取り消せ。すべての束縛を解き、完全な自由を保障するんだ。今後一切、彼女にいかなる命令もしないと確約し、こちらに身柄を引き渡してもらう」

国王は目を瞬き、わざとらしく嘲笑した。

「なるほどな！　鋼の元帥も結局はただの男。淫乱な魔女に籠絡されたというわけか」

ルシエラは縋るようにザイオンを見つめたが、彼は露骨な嘲りに反応することなく厳しい顔で国王を凝視している。アルフレートは挑発が思うようにいかず、憮然としながらも尊大に頷いた。

「まぁ、いいだろう。ただし貴様がヴォート人を追い払うまでその女はこちらで預かっておく。貴様が負ければこの女は処刑だ。いいか、すべては貴様が余の望みを叶えた上での話だぞ。さんざん勿体《もったい》つけて余を愚弄したことを後悔するがいい！」

「……少しくらい彼女に敬意を払ったらどうなんだ？」

「なんだと……⁉」

「籠絡されたとでもなんとでも、俺のことは勝手に嘲ればいいさ。だがな……、俺がこうして出てきたのはルシエラを救いたかったからだ。あんたを救うためでも、あんたの王国を救うためでもない。そこは間違えないでほしいね」

「貴様ぁ……ッ」

アルフレートがギリギリと歯を軋ませて玉座から身を乗り出す。一触即発の緊張が漂い、ルシエラはザイオンの腕のなかで身をこわばらせた。

緊張を破ったのは、国王の引き攣った哄笑《こうしょう》だった。憎悪と狂気が入り交じった笑い声にルシエラは肌が粟立《あわだ》つのを感じた。アルフレートは片手で顔を押さえ、ぞっとするような目つきでザイオンを睨《ね》めつけた。

「……余を恨むのは筋違いだぞ。かつての功績に免じて暴言は聞かなかったことにしてやる。今言ったとおり、その魔女は担保として王宮に留め置く。これは譲れぬ。その代わり、王女として文句のない待遇を与えてやろう。会いたければいつでも好きに会ってよい」

「ふん……。まぁいいだろう」

ザイオンが横柄に頷くと、国王のこめかみに青筋が浮いた。王は歯ぎしりまじりに怒鳴った。

「負けたら貴様も処刑してやるからな！　それがいやならさっさとヴォート人を追い払うことだ。そして、その女を連れて余の前から消えてしまえ！」

国王は控えていた侍従に、適当な宮殿をルシエラの居室として整え、王女として遇するようにと噛みつくような口調で申し渡した。

「これで満足か？　せいぜいお姫様扱いしてやるがいい」

「けっこうだ。では、俺の指揮下に入るよう、全諸侯に改めて命じてもらおうか」

「──わかった。すぐに勅書を用意する」

話の向きが本来の目的に変わると、国王も気を取り直して頷いた。

「今日中に軍議を開く。この五年の間に貴様が能無しになっていないことを期待するぞ」

国王は傲然とうそぶき、小姓や司祭を従えて中庭を出ていった。

「……それはこっちの台詞《せりふ》だよ」

ザイオンは憮然と呟いた。侍従が近づいてきて、一緒に来るようへりくだった態度で促す。頷いたザイオンに肩を抱かれて歩きだしながら、ルシエラはそっと背後を振り返った。

処刑人の助手たちが道具を片づけている。石畳に突いた大きな斧の柄に両手を載せて、それを見守っている大柄な男が今回の処刑人なのだろう。全員が目のところだけ穴の空いた覆面をすっぽりとかぶっている。

勢いのついた大斧を寸前でぴたりと止められたのだから相当な膂力《りょりょく》の持ち主だ。研ぎ澄まされた巨大な斧の刃に今さらながら身震いすると、ザイオンが囁いた。

「もう大丈夫だ」

寒々しい首元に黒貂のストールを巻き付け、ひょいと抱き上げる。

「あ……、歩け、ます……」

「黙ってろ」

ザイオンの声はぶっきらぼうだが、あたたかく、いたわりが感じられた。ルシエラはそっと彼の胸にもたれた。

（夢……見てるのかしら）

本当はもう死んでいて、都合のいい幻を見ているのかも。こんな夢なら覚めないほうがいい。ザイオンのぬくもりをずっと感じていられる……。


最初に連れていかれたのは王宮と繋がった小さな別棟で、ちょうど多くの人が行き来する通路に面していた。ザイオンはそれが気に食わず、もっと静かな離れを要求した。使用人もこちらで用意する、と言い張り、難色を示す侍従とかなり揉めた。

結局、本館とは広大な庭園を隔てて反対側にある小さな離宮に落ち着いた。何代か前の王妃が静養に建てさせた瀟洒《しょうしゃ》なヴィラだが、今ではたまに休憩場所として使われるくらいでほとんど放置されている。

とりあえず寝室と居間を掃除させ、暖炉に火を入れて必要な家具類を運ばせた。ザイオンが召使たちに指示を出すのを、ルシエラはカウチの上で毛皮にくるまり、目を瞠って眺めていた。

やっと家具の配置が終わり、どうにか居室らしく整うと、ザイオンは温かい食事を用意するように命じた。

「届くまでには冷めちまうだろうが、今日のところは我慢してくれ。ここには厨房がついてるから、専任の料理人をすぐに手配する」

ルシエラは我に返ってぷるぷると首を振った。隣に座ったザイオンは、ルシエラの頭をぽんぽん撫でて苦笑した。

「どうした？　さっきからずっと目を剥《む》いたままだな。大きな翠の目玉が転げ落ちそうだ」

ルシエラは慌ててぱちぱちと瞬きをした。どうやら死んだわけではなさそうだ。ザイオンがいてくれるだけで、天国みたいだけど……。

「あの……。どうしてここに？　王宮には絶対来ないって……」

「おまえが処刑されると知って、来ずにいられるか？」

ザイオンは男らしい眉を吊り上げ、憤然とルシエラを睨んだ。

「どうして黙ってた？　俺を連れ帰らなければ死刑になると、何故言わなかったんだ」

「……言いたくなかったんです」

「死ぬとこだったんだぞ⁉　俺の気持ちも少しは考えろ！」

怒鳴られてルシエラはびくっと肩をすくめた。

「ごめんなさい……」

ザイオンは唸り、ぐしゃぐしゃと黒髪を掻き回した。

「ったく……、そんな切り札持ってるなら、効果的に使えばいいだろうが。……くそっ、まさか実の妹を本気で処刑するとは……。いくら国王を嫌ってたって、知ってれば付いてきてやったのに」

「……そしてもっとお兄様を嫌いになったでしょう？　それがいやだったんです」

ザイオンは鼻白み、忌ま忌ましげに舌打ちした。

「どうしてそこまで庇う⁉　奴がおまえに兄らしいことを何かひとつでもしてくれたか？　十年も幽閉した挙げ句、勝手な都合で無理難題を押し付け、できなかったからと斬首を命じるような男だ。しかも平然と処刑を見物してたんだぞ。そんな奴のために死ぬことはない！」

「兄のためじゃありません！」

ルシエラは語気を強め、たじろぐザイオンをキッと睨んだ。

「……兄のために死のうとしたわけじゃないわ。兄はわたしを憎んでる。わたしの母のことも。それはもう、恐ろしいくらいに……。わたしを見る兄の目は、憎悪で凍りついています。あなたにあんな目をするようになってほしくない。あんな怖い目をされたらいや……。だってあなたはわたしにとって、誰より立派な、素晴らしい騎士なんだもの」

ザイオンは狼狽《ろうばい》して目を泳がせた。

「あのな……、俺はそんなできた男じゃないぞ」

ルシエラは顔を赤らめた。

「し、知ってます……。あなたはひどく……意地っ張りだし……、根に持つタイプだし……」

「わかってるじゃないか」

ひくりとザイオンが口許を引き攣らせる。

「でも！　すごく優しい人だってことも知ってるの。母やわたしを大切に思ってくれてる。……だから、兄の命令を知ればきっとものすごく腹を立てて、今以上に兄のことが嫌いになるでしょう。わたしのために王命に従ってくれたとしても、兄を憎み、同じような冷たくて怖い目をするようになるかもしれない。……それが、どうしてもいやだったの」

うつむいたルシエラを、ザイオンはしばし黙って見つめていた。

「……おまえを死なせてしまったら、そうなっただろうな」

ザイオンは苦笑してルシエラの頬を両手で挟んだ。

「根本的に勘違いしてるぞ。俺はアルフレートが嫌いだし、奴の命令に盲従するつもりはない。だが、納得のいく理由さえあれば、膝を屈するにやぶさかではないんだ。結果的に奴の利益にしかならんことでも、な」

「……っ、だけど」

「最初から言えばよかったんだ。俺を連れていかないと殺されてしまうのだと。それを聞いたらアルフレートをますます嫌いになっただろうし、見下げ果てた奴だと軽蔑もしただろう。主君として仕えるに足る人物とは思えなくなっただろうな。ま、今でもほぼ思ってないが……」

ザイオンは顔をしかめ、嘆息した。

「それでも、俺の意固地なプライドとおまえの命を引き換えにはできない。そもそも剣を取って戦い、大切なものを守るのが騎士の務めだ。だがな……、何を守るかは自分で決める。ルシエラ、俺はおまえを守りたい。それがカエターンを守ることになるなら、それはそれでいいさ。というか、俺にとってはどうでもいいことだ」

「そ、そんなこと言ってはいけないわ。あなたはカエターンの封臣でしょう……」

「そんなもの、いつでも辞めてやる。それじゃあ訊くが、もしもおまえが処刑されてたらどうなったと思ってるんだ？　正直に言ってみろ」

「う……。か、可哀相に思って、力を貸してくれる……かと……」

にっ、とザイオンは凄味のある笑みを浮かべた。

「ああ、そうしただろう。だがな、その後は完全に縁を切るぞ？　何があろうと二度と、絶対に、カエターンに手は貸さない。なにせおまえのいうとおり、俺は意地っ張りで根に持つタイプだからな」

「そ、そんなの困ります……っ」

焦るルシエラの頭をぽんぽん撫でてザイオンは苦笑した。

「アルフレートがおまえくらい先のことまで考えていればな」

「お兄様は国王ですもの、わたしなどより……」

「奴は何も考えてないさ。ただ、目の前の煩《わずら》わしいことをどうにかできればいいんだ。ハエを追い払うみたいにな」

「まさか、そんな……」

ザイオンは肩をすくめた。

「奴の時間は、もうずっと前から止まってるんだよ。……いや、凍りついたというべきか。怒りと憎悪と不信とで、がんじがらめになってる」

眉根を寄せて呟くザイオンを不安な気持ちで見つめていると、彼は気を取り直して優しく微笑みかけた。

「とにかく、間に合ってよかった。まったく気が気でなかったぞ。途中で何頭も馬を替えながら、領地からずっと飛ばしてきたんだ。供の者は途中で全員脱落した。ま、追っ付けやってくるだろう」

けろっとした顔でザイオンは言った。彼が息せき切ってひとりで現れたわけはわかったが、それにしても……。

「あの。どうしてわかったんですか？　わたしが処刑されるって……」

「うん、だからおまえの召使が教えてくれたんだ」

そういえば、処刑場でそんなことをちらっと聞いた。

「召使って……、ターニャのことですか？」

「いや、コルトヴァ城でおまえの世話をしていた一家だ。名前は……なんだっけな？　えらい利かん気の娘が、口角泡を飛ばす勢いで『姫様が殺されてしまう』とまくしたてて――」

「えっ……、まさかオルガ⁉」

「ああ、そうそう。そんな名前だった。無口で無愛想な男と恰幅のいい涙もろい女が両親で」

「レイとサビーナだわ！　――みんながザクロス領に……？」

「おまえが出ていった数日後、よれよれになって城に現れてな。ルシエラならもう帰ったと言ったら血相を変えて怒鳴り始めて」

やっと事の真相を知ったザイオンは、ただちに馬に飛び乗って出立した。ほとんど不眠不休で馬を飛ばし、王宮に到着すると衛兵たちを振り切って死刑囚が収監される塔に駆けつけた。牢番の夫婦がすぐさま処刑場所を教え、間一髪のところでどうにか間に合ったのだ。

「ちょうど処刑人が斧を降り下ろそうとしたところで……、まったく心臓が止まるかと思ったぞ。処刑人の腕がよかったから途中で止められたんだ。あんな大斧、勢いがついたら止めるのが難しいんだからな」

ぎろりと睨み付けられて肩をすぼめる。ザイオンはルシエラの短くなった髪をそっと撫でた。

「……可哀相に。綺麗な髪だったのに」

「あんまり見ないで」

恥ずかしくなってルシエラは黒貂のストールを耳まで引き上げた。

「──あ。そうだわ、このストール……。ありがとうございました」

「役にたったならいいが」

「とっても暖かかったわ。あなたが側にいてくれるみたいで……嬉しかった」

「そ、そうか」

ザイオンは顔を赤らめ、目を泳がせながらぶっきらぼうに呟いた。横目でちらっとルシエラを眺め、何か言いたげに口ごもる。なんだろうと小首を傾げると、彼は「ああ、くそっ……」と小声で毒づき、ぐいとルシエラを抱き寄せた。

「……ッ」

強引に唇をふさがれて目を見開く。熱いものが込み上げ、ルシエラは泣きそうに顔をゆがめて彼にすがりついた。一旦離れた唇がさらに荒々しく重なってくる。噛みつくようなくちづけに瞳が潤んだ。

「ふ……ぅ……っ」

頬に手を添え、ルシエラは男の舌を積極的に迎え入れた。扱《しご》くように吸いねぶられるとぞくぞくして快感と生理的な息苦しさがないまぜになって涙が浮かぶ。噎せそうになりながらも彼の唾液を懸命に呑み下した。

ザイオンの大きな掌が背中をもどかしげに撫で、乳房を掴んで揉み絞るように捏ね回す。ドキドキと跳ねる鼓動を抑えかね、彼の手に押し付けるように自ら胸を突きだした。

「ルーチェ」

熱い吐息が耳にかかり、ぞくんと花芯が疼《うず》く。彼の唇が喉元に吸いついた瞬間、ドアが開く音と「失礼いたします」と使用人が告げる声が重なった。お互いパッと飛びすさるように離れ、ルシエラはストールに半分顔を埋めて縮こまり、ザイオンは尊大に脚を組んだ。

「お食事をお持ちしました」

「ご苦労。そこへ置いてくれ」

ザイオンは暖炉の前のテーブルを顎で示した。料理が次々に運び込まれ、テーブルに並べられる。ルシエラはびっくりして目を瞠った。牢で出されていたのはパンと薄いスープだけだったから、まさかこんなご馳走《ちそう》が出てくるとは思わなかった。

「勝手にやるからおまえたちは下がれ」

そう言って召使たちを追い出し、ザイオンはざっと料理を点検するとルシエラを手招いた。

「まずは腹ごしらえをしないとな。ろくなものを食ってないだろう。ちょっと痩せたぞ」

椅子を引いてルシエラを座らせ、ザイオンは自らスープを注いだり肉を切り分けたりと、かいがいしく世話を焼いた。

胸がいっぱいでなかなか喉を通らなかったが、少しずつ口に運ぶうちに人心地がついた。厨房から距離があるのでザイオンの言ったとおり料理はかなり冷めてしまっていたが、それでもとても美味しかった。

ザクロス城ではいつも温かいうちに料理が運ばれてきたから、ザイオンにはかなり不満らしい。すぐに料理人を雇わねばとぶつぶつ言っている。

ザイオン自身も寝食を忘れて馬を駆り立てていたため、もともと食が細いルシエラの倍以上が彼の胃袋に消えた。それでも食べきれないくらいの料理が出されたのだが、やがて追いついたザクロスの騎士たちが次々にやってきて足りなくなり、急遽《きゅうきょ》別室を用意させて追加の料理を運ばせた。

ザイオンは女官に命じて湯浴《ゆあ》みの支度をさせ、ともかく今日はゆっくり休むよう勧めた。陶器の浴槽にお湯を張り、ゆったりと手足を伸ばして身体を温めた。ベッドに入り、毛皮のストールを襟元にかけてホッと溜息を洩らす。

(寝る前にもう一度ザイオンの顔が見たいわ……)

部屋に来てくれないかしらと思いながら、いつしかルシエラはうとうとしていた。そのうちに、ふわっと髪を撫でられた気がして目を開くとザイオンが枕元に腰掛けていた。

「すまん。起こしたか」

ルシエラは微笑んでかぶりを振った。

「寝る前に顔を見たいと思ってたの……」

身を起こしてもたれかかると、ザイオンは優しく肩を抱いてくれた。彼も湯浴みを済ませたようで、清々《すがすが》しいハーブの匂いが温まった肌からほんのりと立ち上っていた。

安堵すると同時にドキドキしてルシエラは頬を染めた。

（本当にザイオンがここにいてくれる……）

体温や香り、肩を包む手の感触。それはしっかりとした存在感を持っているのに、まだどこか心許《こころもと》ない。

ルシエラは彼の背に腕を回し、ぎゅっとしがみついた。

「大丈夫だ、もう怖がらなくていい。これからは、けっして独りにはしない」

頷いて彼の厚い胸板に頬をすり寄せ、ほぅとルシエラは溜息をついた。ザイオンはルシエラの髪を撫で、剥《む》き出《だ》しになったうなじを大きな掌でそっと覆った。

「ああ、そうだ。切られた髪、牢番の妻が届けてくれたぞ。薬草の本も。そこに置いといた」

驚いて顔を上げると、ザイオンは優しく微笑んだ。

「あの髪で鬘《かつら》を作ってやろう。いや、付け毛のほうがいいか。残った髪も生かせる。せっかく綺麗な髪なんだから」

ザイオンはさらさらと指で髪を梳きながら呟いた。くすぐったさにぎこちなく身じろぎすると、チュッと耳にキスして彼は囁いた。

「髪結いを呼んでやるから、好きなように相談しろ」

甘やかす声音に頬を染めながら頷く。ザイオンは目を細め、こり、と軽く耳朶を噛んだ。

「んッ……」

思わぬ刺激にびくんと身をすくめると彼は噛んだ部分をちろちろと舌先でくすぐりながら含み笑った。

「痛いか。耐えろ、この色っぽいうなじを俺以外の男の目に晒した罰だ」

「そ、そんな……っ」

冗談だとわかっていてもじわりと瞳が潤む。ゆっくりと指をうなじに滑らせながら、彼は耳殻をこりこりと甘噛みした。本気ではないからもちろん痛くはないが、ぞくぞくと痺れるような性感に花芯がきゅんと疼いてしまう。

「や……」

淫靡な反応に慌てて身をよじったが、抱きすくめられて逃げられない。歯と舌で耳をなぶられ、指先でくすぐるようにうなじを撫でられて、たまらずルシエラは顎を反らして熱い吐息を洩らした。

「はぁ……ん……」

「……ふむ。短い髪も、これはこれで悪くないな。そうだ、小姓の恰好をさせて側に置いておこうか」

耳元で囁かれ、ぞくりと戦慄《わなな》く。男装して彼の側に侍《はべ》るなんて、想像しただけで妙に背徳的でドキドキしてしまう。そんなルシエラの反応を見透かしたようにザイオンは低く笑った。

「だめだな。このうなじを見るたび震い付きそうになる」

「ひん……ッ」

がぷりと噛まれて悲鳴を上げた。軽く歯を当てられただけだから全然痛くはないが、過敏に反応してしまって顔を赤らめる。懐に顔を埋めてふるふる震えていると、急に顎を取られた。瞬きする間もなく唇が重なった。背に腕を回してむしゃぶりつくとザイオンはかすかに唸り、急いたように舌を滑り込ませた。ルシエラは抗うことなく舌を差し出して、荒々しく舐めしゃぶられるに任せた。

きつく吸い上げられると生理的な涙が浮かんだが、それ以上に甘い痛みに身体の芯が疼いた。互いの舌を吸いあう淫らな水音にいっそう昂奮を掻き立てられる。唾液を絡ませながらやっと唇が離れると、ザイオンは甘い責め口調で囁いた。

「……ルーチェ。俺はまだ怒ってるんだぞ。本当のことを言わず、全部独り決めして俺を置き去りにしやがって。おまえの言うとおり、俺は根に持つタイプなんだ」

「ごめんなさい……っ」

ひしと縋りつくと、大きな掌でうなじから背中にかけて確かめるように何度も撫でられた。するりと夜着のリボンをゆるめられて頬が熱くなる。裸に剥かれて横たわったルシエラは、ドキドキする胸を手で覆いながらザイオンが衣服を脱ぎ捨てる様を見上げた。

ザイオンは少し意地悪な笑みを浮かべてルシエラに覆《おお》い被《かぶ》さった。

「もう二度と、勝手に置いていくんじゃないぞ。いいな？」

こくりとルシエラは頷いた。

「……ずっと側にいてもいい？」

「あたりまえだろ。なんのためにおまえを自由にさせるよう頼んだと思ってるんだ。処刑を免れても政略結婚でどこぞに嫁に出されては元も子もない」

忌ま忌ましげに言って、ふとザイオンは眉を垂れた。

「俺の勘違いじゃない……よな？」

ルシエラはくすっと笑って男の頬を撫でた。

「わたしの勘違いじゃ、ないわよね……？」

ザイオンは唇をほころばせ、こつりと額を合わせた。

「ああ、勘違いじゃない」

優しく唇が重なった。甘く吸い上げ、チュッと音をたてて彼は囁いた。

「……愛してる、ルーチェ」

「わたしもあなたが好き。大好き」

微笑んでもう一度唇を重ねる。今度はもっと深く、ゆっくりと、互いの舌の感触と熱とを味わう。ぴちゃ、と舌が鳴る音に官能が目覚めた。

誘いだした舌を甘噛みしながらザイオンは両の乳房をぐにぐにと揉みしだいた。彼の頬に手を添えて舌を絡ませながら、もっととねだるように胸を押し付ける。乳首を指で摘んでくりくりと紙縒《こよ》られると茂みの奥で痛いほど媚蕾が疼いた。

「あ……、ザイオン……っ」

咽《むせ》ぶように囁くと、彼は乳房に吸いつき、乳輪ごと強く吸い上げた。

「んッ……！」

ぞくぞくする刺激に背をしならせる。気が済むまで乳首を舐めしゃぶるとザイオンはルシエラの膝を掴んで脚を広げた。濡れた秘処が剥き出しになる感覚に、潤んだ瞳をおずおず向ける。

赤く色づき、唾液で濡れてピンとそばだつ乳首がすごくいやらしく見えてぞくぞくした。未熟な花弁が男を誘う蜜をとろとろと滴らせているのを感じ、頬が熱くなる。羞恥心は逆に刺激となって、しとどに蜜をあふれさせた。

ザイオンは低く笑い、張り詰めた花芽を根元かられろんと舐めた。

「……ひッ」

途端に鋭い性感に脳天まで貫かれ、口許を両手で押さえてのけぞる。彼は吐息で笑い、同じことを何度も繰り返した。お腹《なか》の奥が引き攣るように疼き、ルシエラは慌てて男の肩を掴んだ。

「や、だめ……っ、そんなされたら」

「我慢しろ」

甘い命令口調にぞくぞくする。達してしまいそうになるのを必死にこらえたが、舌の動きは唆すように淫らになる一方だ。

「ザイオン……っ」

「だめだ。ひとりで達したら罰としてお尻をぶつからな」

「んッ……！」

冗談なのか本気なのか、甘い口調からは判別できない。悪戯《いたずら》を罰せられる子どものように彼にお尻をぶたれるかと思うときゅんと胸が疼いてしまい、恥ずかしさに顔が火照った。

（や、やだ……。そんなこと期待するなんておかしいわ）

本当に小さかった頃だって彼にお尻をぶたれたことなどない。ザイオンはいつだって優しかった。なのに今は甘やかすような声音で意地悪を言う。

唇を押さえ、涙目でふるふると震えていると、身体を起こしたザイオンが揶揄《からか》うような笑みを浮かべた。

「……俺が欲しいか？　ルーチェ」

こくこく頷き、手を伸ばして逞《たくま》しい肩を引き寄せる。

「お願い、早く来て」

くすりと笑ってザイオンは鼻のあたまにちょんとキスした。

「仕方ないな。俺がどれだけ焦ったか思い知らせてやりたかったのに」

「も……、わか、った……からっ……」

「嘘つけ」

甘く囁いてザイオンはルシエラの脚を抱えた。張り詰めた先端が花芽を擦り、ぐぷりと蜜口に沈む。彼は自重を載せて一気に腰を押し進めた。

「んッ——！」

灼熱《しゃくねつ》の楔《くさび》が隘路《あいろ》を割り広げる。ルシエラは悲鳴まじりの嬌声を上げてのけぞった。ひくひくと媚壁が戦慄き、濡れ襞を擦る怒張のみっしりした感触だけで意識が飛んでしまった。

震える華奢な頤《おとがい》にくちづけてザイオンは囁いた。

「わかるわけがない。……まぁいいさ。おまえにそんな思いをさせたいわけじゃないからな。とはいえ少しはお仕置きしてやらないとこっちも収まらん」

繊細な花弁をこじ開けるようにザイオンは猛る屹立をじゅぷぬぷと抜き差しした。未だ痙攣の収まらない柔襞を剛直で擦り上げられる快感にがくがくとかぶりを振る。

「あっ、あんッ、あぁっ……」

ぐっぐっとリズミカルに突き上げられて腰が浮き上がり、爪先が揺れる。

「勝手に達《い》くんじゃないぞ。達ってもいいかと俺に訊いてからだ。いいな」

「んんっ」

無我夢中で頷いた。下腹部がうずうずしすぎて、そんなの理不尽だと言い返すこともできない。ザイオンが腹を立てるのは当然だし、今になれば黙って出ていったのはやはりひどく自分勝手だったと思う。

（ああ、だめ……。気持ちいい……っ）

にゅぷにゅぷと太棹《ふとざお》で蜜壺を穿たれるだけでもたまらないのに、鞘《さや》を剥いて花芯を弄られてはがまんなどできない。

「ザ……イオン……っ、い……達き、そう……なの……ッ」

「今さっき達ったばかりだろう。もう少し辛抱できないのか」

「む、むりっ……。それ……、され、ると……、あ！　ひぁんっ、あっあっ」

「仕方がないな」

笑みを含んだ低い囁きに、火照った身体がぞくぞく疼く。内臓がうねるような感覚に、ルシエラはくっと顎を反らした。

「ぁッ、はぁッ……ん」

びくびくと花弁が蠢動《しゅんどう》し、銜《くわ》え込んだ雄茎を絞るように締めつける。ザイオンは心地よさそうに溜息を洩らした。

「……悪い子だ」

甘い責め口調に陶然となる。くたりと放心したルシエラの上にかがみ込み、ザイオンは半開きの濡れた唇をついばむように何度も吸った。

繋がったまま抱き起こされ、膝の上に載せられる。充実した淫楔がぐりっと子宮口を突き上げる快感に涙がこぼれた。

「ふぁ……ッ、あ……」

力なく震える喉にねっとりと舌を這わされ、耳殻をなぶられると、じんと痺れるような陶酔に媚肉が戦慄いた。

「や……、ザイオン……っ」

「どうした？　降参か」

「ん、ん」

厚い胸板に縋りついて泣きむせぶ。

「ごめんなさい……、も……許して……っ」

「二度と勝手に俺から離れていかないと約束しろ」

「約束するわ」

自ら彼にくちづけながら何度も『約束する』と繰り返した。ザイオンは膝に載せたルシエラの尻朶をぐにぐにと揉みしだきながら囁いた。

「自分で動いて達してみろ」

意地悪な命令に頬を染めながらルシエラはぎこちなくお尻を振った。彼の背中に腕を回してしがみつき、腰を上下させる。上気した肌がぶつかりあい、蜜に濡れた粘膜が熱杭を扱くたびにぱちゅぱちゅと淫らな水音が響いた。

最初は恥ずかしくて、おずおずとしか動けなかったが、次第に心地よくなって気がつけば夢中で腰を振っていた。自分が今どんな痴態を晒しているのか、わかっていても愉悦にかすんだ意識からは恥じらいを感じる理性などとうに蒸発している。

「んっ、んっ、んっ、あっ、いい……っ。気持ちぃ……」

唇を突く嬌声を止められない。繋がった部分から快感が噴き上がり、ザイオンにしがみついてルシエラは絶頂を迎えた。きゅうきゅうと蜜襞が蠢《うごめ》き、腹の底がとろけそうな悦楽に恍惚となる。

「よーし、いい子だ」

放心してもたれかかるルシエラの背を撫でてザイオンが囁いた。嬉しくなって頬をすり寄せると彼はうなじを優しく撫でながら望みどおりの甘いキスをたっぷりくれた。

快楽にとろけた瞳を愛おしげに覗き込み、彼はルシエラをそっと横たえた。猛り勃つ太棹《さお》が引き抜かれ、ぼんやり見上げると甘く命じられた。

「後ろを向け」

まだじんわりと痺れ疼いている腰をひねって後ろ向きになると、ぐいと腰を引き寄せられた。秘裂に固いものが触れるや否や、花肉を割ってぬぷりと剛直が突き込まれる。

「ひッ……！」

衝撃で前のめりになり、リネンを掴んだ。彼の肌がぶつかるたび、ぱしんぱしんとお尻をぶたれるような音がする。さっきとは違う場所を容赦なく擦られ、刺激されて、ルシエラは涙を

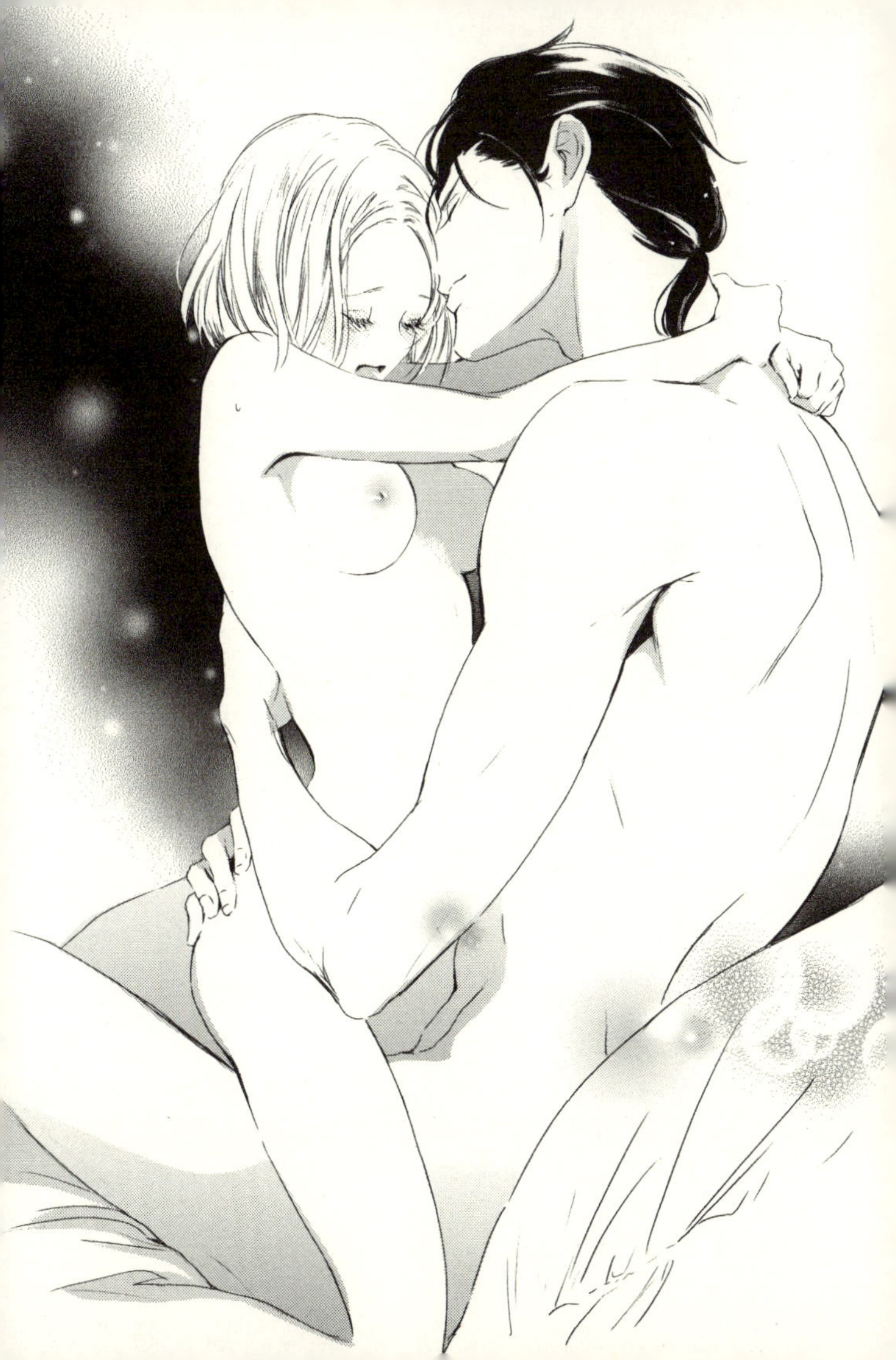

こぼして悶《もだ》えた。

「あっ、あんッ、やぁっ……」

目の前でチカチカと光が瞬く。ふたたび絶頂が訪れ、ルシエラはビクビクと全身を痙攣させた。媚肉の締めつけを存分に味わい、ふたたびザイオンが動き出す。熱杭はますます猛り、固く太くなってルシエラを責《せ》め苛《さいな》んだ。

繰り返し絶頂に追いやられ、意識が愉悦で塗りつぶされる。命じられるまま淫らな睦言《むつごと》を口走り、許しを請う。何度も懇願し、熱い情欲を奥《おく》処に放たれてやっと甘い責め苦から解放された。ほとんど気絶するようにルシエラは眠りに就いた。


翌日目覚めるとすでに日は高く昇り、ザイオンの姿はなかった。女官に尋ねると王宮へ行ったという。ゆっくり身体を休めるように、との伝言に頷いて身支度を調えると軽い食事をした。

何をするでもなく、カウチにうずくまって暖炉の火をぼんやり眺めて過ごした。下腹部や秘処は未だじんわりと潤んで甘く痺れている。早くザイオンに逢いたいとばかり考えていることに気づき、ルシエラはひとり赤くなった。

夕方になってようやく彼は戻ってきた。優しくキスされ、あたたかな掌でうなじを撫でられてやっと安堵する。子どもっぽくしがみつくと、彼は困ったように溜息をついた。不安になって見上げるといきなり押し倒され、そのままカウチの上で交接に及んでしまった。

「……すまん」

衣服を整えながら彼は渋い顔で呟いた。身を起こしたルシエラは赤くなってふるりと首を振った。自分だって、ザイオンの体温を感じた途端、彼が欲しくてたまらなくなったのだから怒れない。

彼はルシエラの乱れたドレスを丁寧に直し、手櫛《くし》で髪を整えてくれた。

「明日には髪結いが来るはずだ。仕立屋も手配したから、何か考えてくれるだろう」

微笑んで、はいと頷く。彼は悪戯っぽく笑った。

「ついでだから、本当に男物も一揃《ひとそろ》い作っておくか。髪が短い間しかできない冒険だ」

「け、結構です……。すぐ……脱がされそうだし……」

「よくわかってるよなぁ」

「もうっ……」

眉を吊り上げても詫びるように優しくキスされればたちまちうっとりしてしまう。

「……本当にわたし、側にいてもいいの……？」

「こっちがそう頼んでる。自由の身になったら一緒にザクロス領へ帰ろう。そして結婚式を挙げるんだ。あの島の聖堂で」

「素敵……！」

ルシエラは目を輝かせ、ふと眉根を寄せた。

「でもわたしたち、従兄妹同士よ。結婚できるのかしら」

「血が繋がってないのは明らかだから大丈夫さ。心配ならきちんと許可を取る」

頷いてルシエラは彼の胸にもたれた。

「嬉しい……。夢のようだわ」

昨日までは牢獄で処刑を待つ身だったのに、大好きなザイオンの花嫁になれるなんて。

「──ああ、そうだ。これを渡そうと思ってたんだ」

ザイオンが隠しから取り出したものに、ルシエラは目を瞠った。それはザクロス城でなくした、母の形見の指輪だったのだ。

「ターニャが見つけてくれたのね……！」

「ああ……、いや、幽霊が返してくれた」

びっくりして見返すと、ザイオンはにやりとした。

「幽霊に取られたんだろう？」

「え……、ええ……」

とまどいながら頷く。ザイオンは幽霊の話を聞くとすごく不機嫌になるのだとターニャは言っていたが、彼に怒りの気配はない。むしろおもしろがっているような、何か企んでいるような……？

「それは人に見せないほうがいいな」

彼の言葉に、ルシエラは我に返って頷いた。

「母もそう言ってたそうです。決して人に見せてはいけないって」

「これにつけて首から提げておくといい」

ザイオンが綺麗な銀鎖を差し出した。小粒の真珠が等間隔に配置された美しい細工ものだ。

彼は指輪を銀鎖に通してつけてくれた。指輪はちょうど胸の谷間に収まった。

「よし、これなら大丈夫だ」

満足そうに頷いてザイオンはルシエラの額にくちづけた。

「明日か明後日には城の召使たちが到着するはずだ。おまえに仕えていた者たちも一緒に」

「オルガたちが来てくれるの？　嬉しい……！」

「人員が揃ったら王宮の女官どもは追い出すから、今しばらく我慢してくれ。あいつらは国王のスパイだ、気を付けろよ」

はい、と頷き、ルシエラはちょっと赤くなった。

「あの……、わたしたちのことは、その……？」

「ん？　ああ、それはもう勘づかれてるだろうから別に構わん。むしろ、アルフレートが妙な気を起こさないように牽制《けんせい》しておいたほうがいいな」

「妙な気？」

「政略結婚の駒として使えるかも……などと画策を始められては困る」

ザイオンはルシエラの顎を掬《すく》い取《と》ってにやりとした。

「だから俺たちの仲は見せつけておいたほうがいいんだ。なんならもう一回しとくか」

強引に唇をふさがれ、真っ赤になって男の胸を叩く。ザイオンは意に介さずルシエラの唇を散々に吸いねぶるとやっと唇を離した。

「冗談だよ」

「あ、あなたの冗談は、意地悪だわ……っ」

「ルーチェが可愛いからさ」

衒《てら》いもなく囁かれ、ますます赤くなって男を睨む。

「ザクロス城で初めて会ったとき、すごく不機嫌そうだったじゃない」

「あれは、その……、長持のなかで眠ってるおまえを目にして、つい見とれちまったから」

ザイオンは面映そうな顔になって言いよどんだ。

「どこの美女かと思って、な……。そうしたらルーチェじゃないか。あの小さくて可愛いルーチェに女の色気を感じたりして、なんというか、自分がすごく下種に思えてな……」

ルシエラは目をぱちくりさせ、カァッと赤くなった。

「わ、わたし、もう小さな子どもじゃないわ」

「ああ、そうだよな。しかも送り込んできたのがアルフレートだろう。あの野郎、ルーチェに俺を誘惑させる気か⁉　と思ったら腹が立つやら、うかうか乗りかけた自分が不甲斐《ふがい》ないやら」

ザイオンもまた顔を赤らめ、気まずそうに目を逸らしてぼそりと呟いた。

「……ま、結局思いっきり乗っかっちまったわけだが」

「わ、わたし、そんなつもりじゃ……。あのときだって」

「わかってる」

苦笑してザイオンはルシエラの短い髪を大切そうに撫でた。

「ルーチェは俺が好き……なんだよな？」

ルシエラは彼に抱きつき、胸に頬をすり寄せた。

「好き……！　あなたが大好きなの。ずっと側にいたい」

「ああ、そうしてくれ」

大きな掌で背中を撫でながらザイオンが囁く。甘い気分のなかで、ふと不安が兆した。

「……でも、あなたは戦いに行くのよね」

「必ず生きて帰ってくるさ。何があろうと絶対に」

力強い言葉にルシエラは頷いた。

「ヴォート人を海の向こうに追い払い、ルーチェを連れてザクロス領に戻るんだ。アルフレートを満足させてやるのは業腹だが、この際仕方がない」

「……やっぱり仲直りは無理?」

「八つ当たりで妹を処刑するような奴と仲良くできるわけないだろう。いくら親父《おやじ》に恋人を取られたからって、ルーチェにはなんの罪もないのに」

「──え?」

ルシエラは驚いてザイオンを見つめた。彼はしまったというふうに顔をしかめた。

「今、なんて……?」

「いや、なんでもない。それより──」

焦って話を逸らそうとするザイオンに、ルシエラは詰め寄った。

「恋人を取られたってどういうこと? お母様はお兄様の恋人だったの……⁉」

ザイオンは溜息をついて髪を掻き回した。

「ちっ……、口が滑った。ルーチェには絶対言うなと釘《くぎ》を刺されてたのに」

憮然とするザイオンを、ルシエラは呆気にとられて見つめた。

「本当に……?」

大きく溜息をつき、ザイオンは頷いた。

「ソランダはもともとアルフレートの恋人だったんだ。昔、俺が王城で小姓をしていたとき、俺に面会に来て見初められた」

「そうだったの……!」

やっと、兄の根深い憎悪の理由が見えた気がする。ルシエラは渋るザイオンに頼み込んで当時のことを話してもらった。

今から二十年近くも前のこと。ザイオンは小姓として当時まだ王太子だったアルフレートに仕えていた。その縁でソランダと知り合ったアルフレートは彼女に一目惚《ぼ》れして、ひそかに付き合うようになった。

横やりや妨害が入ることを恐れ、アルフレートは彼女との交際を秘密にしていた。その頃は政情がごたついていた時期でもあった。王弟、つまりアルフレートの叔父にあたる人物が謀叛《むほん》を起こし、アルフレートは王命によりその手で叔父を討ち果たした。

頃合いを見計らい、アルフレートはソランダと結婚したいと父王に願い出た。ところがソランダを一目見るなり王は自分の妃にすると言い出した。アルフレートを産んだ王妃はすでに亡くなっていた。

「――もちろんソランダは拒んだが、王は執拗《しつよう》に結婚を迫った。ついにソランダは折れ、王の求婚を受け入れて王妃になった」

「お母様はお兄様のことが好きだったんでしょう!?　なのに、どうして」

「その頃俺はほんの子どもで、事情はよくわからない。だが、ソランダが国王の求婚を受け入れたのは、アルフレートが思い込んでいるような欲得ずくでなかったことだけは確かだ」

「欲得ずくなんて、お母様はそんな人じゃないわ！」

「わかってるさ。俺にとってソランダは姉も同然だった。一緒に育ったから気質は承知してる」

「じゃあ、王命に逆らえなかった……？」

「それはないと思う。国王は臣下の結婚に口を挟みたがるものだが、自分と結婚しろと強制できるわけじゃない。断りづらいというのは確かにあるが、いやなら無理に応じなくてもいいと父ははっきり言っていた。最終的に決めたのはソランダ自身だ。……もっとも、国王が割り込んできた時点で、アルフレートとの結婚は事実上不可能になってしまったが」

王子の配偶者を決定する権利は国王にある。当人たちがどんなに望んでも、国王が許可しない限りふたりは結婚できないのだ。自分の求婚を拒絶した女を、国王が息子の妃として認めるはずがない。

「だからって……」

ルシエラは声を詰まらせた。本当に好きな人とは結婚できない。だったらせめて、女として最高の地位である王妃になろうと……？

（いいえ！　違うわ。お母様はそんな人じゃない。それに、だったらどうしてお母様はあんなにいつも悲しそうだったの？）

「……お兄様は、お母様に裏切られたと思っているのね」

「完全にそう思い込んでる。アルフレートはソランダにべた惚れだったから、わからなくもないが」

ルシエラはザイオンを見つめた。

「あなたは、その理由を知っているんでしょう？」

ザイオンはためらい、眉根を寄せて顎を撫でた。

「うん……、まぁ、な」

「教えて」

「言えない。絶対に誰にも言わないと誓わされたんだ。本当は、ソランダがアルフレートと付き合っていたことだって黙ってろと言われてた」

「お母様は死んだのよ⁉　悪い魔女で、国王を呪い殺そうとしたって……。――そうだわ！　お母様は火あぶりになったんじゃなくて自殺したんだって、お兄様が言ってた。本当なの⁉」

ザイオンはぎょっと目を見開き、気まずそうに視線を逸らした。

「ああ……、うん。彼女は毒を飲んだ……」

絶句したルシエラはザイオンの胸を拳で打った。

「ひどい！　どうして教えてくれなかったの⁉」

「悪かったよ。その……、言いづらかったんだ」

叩くに任せ、ザイオンは詫びた。ルシエラはぎゅっと拳を握ってうつむいた。彼の気持ちもわからなくはない。どっちにしろ母は死んだのだ。火刑と服毒自殺。どちらが楽だったんだろう。そんなこと考えたってなんの慰めにもならない。

ぽすん、と最後にひとつ、力なく拳で彼の胸を打った。

「わかってる、けどっ……」

「ごめんな」

ザイオンは呟いて、ルシエラの額にキスした。優しく抱きしめてくれる腕のなかで、ルシエラはぼんやり思った。

（お母様は、こういう腕をなくしてしまったんだわ……）

安心できる場所。愛されていることを実感する場所。永遠にそれを失った。母は愛する人に憎まれ、蔑まれるとわかっていながら国王の元へ嫁いだ。

「……どうしてなの？」

「守ろうとしたんだ。ソランダは、アルフレートを守りたかったんだよ」

ザイオンはそれきり黙ってしまった。ルシエラは彼にもたれて母との記憶を思い浮かべた。

去っていった魔女たちのお話。愛する人のために残ったおばあさま。

女神に守られた島へどうして行かなかったのかと問うルシエラに、母は答えた。

この人のためなら死んでもいい。そう思える人に出会ったからよ。

『お母様も？』

『ええ、そうよ』

寂しげな母の微笑み。何故母がいつも悲しそうだったのか、やっとわかった。母の『その人』は父ではなかったのだ。母はずっと、兄《アルフレート》のことを想い続けていた。憎まれながら、ずっと彼を愛していたのだ。

第五章　愛と憎しみの発露

翌日、ザクロス領からの先遣隊百騎が到着した。装備を調えなければならないので、全軍が到着するにはまだ数日かかるとのことだ。ザイオンは正式にカエターン国軍元帥に復帰し、諸侯の軍を含む全軍の総指揮権を国王から授与された。

国軍にはかつての朋輩《ほうばい》や部下がまだ残っており、彼らは喜んでザイオンの元へ馳《は》せ参《さん》じた。

五年前、彼が辞職したのは政治的に国王と対立したためだ。個人的に優れた騎士であり、司令官として有能かつ公平な人柄で、今でも軍隊には彼を慕う者が多い。

同じように宮廷内の権力争いに嫌気が差して出ていったが、彼の復帰を知って戻ってくる騎士たちも現れた。能力があり人格に大きな問題がなければ、ザイオンは身分にかかわらず採用した。そこが気位ばかり高い宮廷貴族から嫌われる要因でもある。

ヴォート軍に連敗し、すっかり意気消沈していた兵士たちも、ザイオンが戻ってくるとたちまち生気を取り戻した。彼はかつてヴォートの大軍を徹底的に打ち負かし、海の向こうへ追い返した伝説の持ち主だ。彼がいるだけで士気が全然違う。それは彼を煙たがっている宮廷貴族たちも認めざるを得ない。

ザイオンは連日軍区と王宮を行ったり来たりして、作戦会議やら軍隊のとりまとめに忙殺されている。国王が彼に全権を与え、一切口出ししないという態度を取っているため、何かと口を挟みたがる宮廷貴族たちも黙っているしかなかった。

その間ルシエラは離宮で静かに暮らしていた。先遣隊が到着した翌日にはザクロス城の使用人たちが馬車に分乗して現れた。ザイオンや騎士たちの身の回りの世話をするためにやってきた者たちだが、そのなかに懐かしい顔ぶれがあった。オルガとサビーヌ、レイの一家だ。四人は抱き合って再会を喜んだ。

「ああ、姫様！　ご無事で本当によかった！」

泣き笑いするオルガの手を、ルシエラはしっかりと握りしめた。サビーヌはにこにこしながらひっきりなしに目許をぬぐい、レイは瞳を潤ませて両手で帽子を掴んでいる。オルガがギョッと目を剥いた。

「ひ、姫様……、お髪が……!?」

「ああ……、これ、ね。気にしないで。今、付け毛とかヘッドドレスとか、いろいろ作ってもらっているから。――それより、みんな元気そうで嬉しいわ！　よれよれになってザクロス城に現れたというから心配してたのよ」

「そりゃあ、取っ捕まったらどうしようってみんな焦ってましたからねぇ」

気を取り直したサビーヌが丸い頬《ほ》っぺたを押さえて嘆息する。

「コルトヴァ城から逃げたって聞いて、びっくりしたわ」

「姫様が殺されるかもしれないってのに、のんびり待ってなんかいられませんよ！」

オルガは憤然と眉を吊り上げたかと思うと、一気に泣きそうに眉を垂れた。

「……だって姫様、失敗したら殺されちゃうじゃないですか。成功したって、幽閉を解かれるわけじゃない。待遇改善なんて絶対嘘っぱちに決まってます」

うんうん、とサビーヌも真剣な顔で頷いた。

「だったらいっそ、ザクロスにずっといればいいんですよ。ザクロスの殿様は姫様の従兄だし、小さい頃すごく優しくしてくれたって仰ってたでしょう？　ザクロスは奥様の生まれ育った土地だから、姫様にとっても故郷みたいなものだと……。それであたしたち、姫様を追いかけてザクロスへ行こうって決めたんです」

「姫様はきっと、俺たちを気になさって、失敗しても馬鹿正直に戻って来なさると……」

夫の呟きにサビーヌが眉を吊り上げる。

「姫様に向かって馬鹿とはなんだい⁉」

「や、そういう意味じゃ……」

たじたじとなるレイの姿に、ルシエラは目許をぬぐってにっこりした。

「ありがとう、レイ。信じてくれて嬉しいわ」

「本当にやきもきしましたよ。やっとのことでザクロスにたどり着いたら、姫様は帰ったって言うじゃありませんか！」

サビーヌが腰に手を当て、丸顔をさらに丸くして鼻息をつく。

「しかも殿様は、ぬけぬけとそこにいらっしゃるんですからね！」

「もうあたしびっくりして、腹が立って、おそれ多くも殿様を怒鳴りつけちゃいました」

オルガがふたたび眉を吊り上げ、サビーヌは溜息をついた。

「姫様が処刑されるって、殿様は御存じなかったんですね……。話を聞いたらそりゃもう呆気にとられて、真っ青になったかと思うと今度は真っ赤になって、すぐさま飛び出して行かれて。ご家来衆が泡を食って、そりゃもう大騒ぎでした」

「……こっちが、びっくりした……」

ぽつりとレイが呟く。その場の慌ただしさが察せられ、ルシエラは改めて申し訳なくなった。

「後を任せられたご家臣の騎士様がてきぱきと指示なさって、あたしたちのこともこちらで面倒みるから心配しなくていいと言ってくださったんです」

オルガは瞳を潤ませ、ぽーっとした顔になった。

「あんなお年を召していらっしゃるのに、なんて恰好いい騎士様なのかしら」

「……ひょっとしてヤーキムのこと？」

「そう！　そうです、ヤーキム様！　後から本隊を率いていらっしゃるそうですけど、またお会いできるかしら……」

頬を染めて目を輝かせる娘の姿に、レイがなんともいえない顔になる。ルシエラは苦笑した。以前からオルガは同年代の若い男にあまり興味がなさそうだったし、確かにヤーキムは雪白の髪と髭《ひげ》が見事な、矍鑠《かくしゃく》たる老騎士だ。顔立ちも若い頃はさぞ美男子だったろうと思わせる。

泣きそうな夫に、サビーヌが呆れたように嘆息した。懐かしくなってルシエラはくすくす笑った。古城に幽閉され、不自由で寂しい日々ではあったけど、三人がいてくれたおかげでなんとかやってこられたのだ。

「……みんな、ありがとう」

心からそう言うと、三人はそれぞれ照れくさそうな顔になってぎくしゃくとおじぎをした。そして四人で声を上げて笑ったのだった。


その夜、戻ってきたザイオンに改めて謝意を告げると、神妙な顔で彼は頷いた。

「あの者たちについては俺が身元を引き受けるから心配しなくていい。彼らが知らせてくれたおかげで、おまえを死なせずにすんだのだからな。俺にとっても恩人だ」

今回の戦が終わったら、ザイオンと結婚する予定だと告げると、みんなとても喜んでくれた。

「三人とも、ザクロス領に連れていっていいのよね……？」

「もちろん。側仕えにするといい。おまえはザクロスの奥方になるんだからな。召使はそれなりの人数必要だ」

甘やかす声音にうっとりしてルシエラは彼の胸にもたれた。ザイオンはルシエラの短い髪を撫でながら尋ねた。

「鬘はまだできないのか？」

「明日には届くと思います。ヘッドドレスも。それと、鬘ではなく付け毛にしました。ピンとリボンを使えば大丈夫だと髪結いが請け合ってくれましたから」

そうか、とザイオンは頷いた。その間もうなじをさわさわと愛撫されて、身体の中心が熱をおびてくる。すっかりうなじが性感帯になってしまった。忍び笑いが耳元で聞こえただけで乳首がきゅっと尖った。

処刑場から救い出されて以来、夜毎愛されて、うぶな身体に快楽を教え込まれた。軍議や出陣準備で目が回るほど忙しいのに、離宮に戻ってくればそんな気配は微塵も見せずルシエラを気遣い、たっぷりと甘やかしてくれる。

ルシエラを抱かないと安心して眠れない、などと真顔で言われては遠慮するとかえってよくないかも……とも思う。せめて彼の負担を軽くできないかと羞恥をこらえて尋ねると、ザイオンはちょっと考え、上に乗っかればいいとニヤニヤしながら言い出した。

そんなわけで、ここのところ交接はもっぱら騎乗位だ。ルシエラはとっても恥ずかしいのだが、ザイオンはこの体位が気にいったらしい。

今日もザイオンはうなじへの愛撫で感じ始めたルシエラのドレスを脱がせると身体の上に載せた。ルシエラは彼の下肢をくつろげ、取り出した雄楔をそっと掴んだ。何度か扱いただけでそれは固くそそり立ち、期待にこくりと喉を鳴らして顔を赤らめる。

ルシエラの花筒はすでに男のかたちやそれがもたらす快楽を覚え込んでしまった。細い指を巻き付けて上下に扱くと太棹はますます張り詰め、表面に血管が浮きあがった。

先端から露がにじみ始めてドキドキした。自分と同じように彼も感じてくると濡れるのが嬉しい。

欲望の証に唇で触れたくなり、身体を後ろへずらしてかがみ込む。ぺろ、と先端のくぼみを舌先で舐めると慌てたようにザイオンが上体を起こした。

「おい……」

「……だめ?」

「いや、だめではないが……」

ザイオンは頬を染めてぶっきらぼうに言った。

「好きにしろ」

ルシエラは微笑んで屹立を口に含んだ。く、とザイオンがかすかに呻く。えずきそうになるまで深く呑み込み、舌を巻き付けて舐めしゃぶる。自分の鼻息と、くちくちと鳴る水音の淫靡

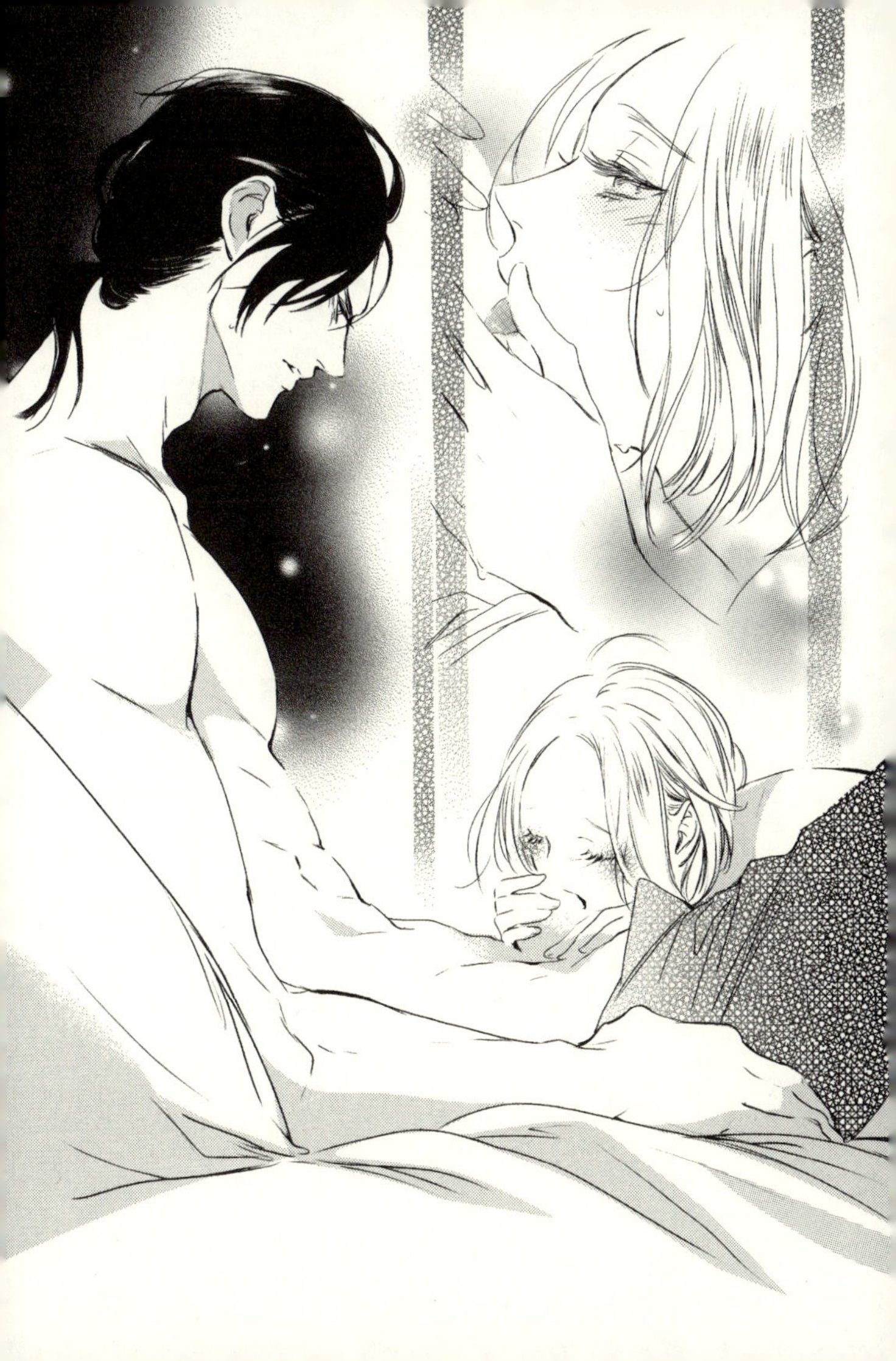

さに頬が熱くなった。青い性のにおいと舌を刺激する苦みに昂奮を掻き立てられる。

「んっ、んっ……」

唇で棹を扱き、玉袋を転がすように愛撫する。ザイオンが歯噛みして低く唸った。

「くそ……っ、やらしすぎるぞ、ルーチェ」

ぬぽ、と唾液の糸を引いて唇を離す。濡れた唇をうっとりと指でたどっていると、ザイオンは感嘆と情欲の入り交じった目でルシエラを見つめた。

「おまえ、本当に魔女かもな……」

そう言って彼はルシエラを引き寄せた。

「俺だけの魔女だ」

「……ええ、そうよ」

囁いて唇を合わせる。ぬるりと舌が入り込み、噛みつくように貪られた。夢中になって互いの口腔を舐《な》め回《まわ》し、息を乱して見つめ合う。

「好き」

感情が昂るままに囁くと、ザイオンは優しく頬を撫でてくれた。

「可愛い魔女め。俺を虜《とりこ》にしたな」

「ふふっ……、あなたはわたしのものよ?」

「一生捕まえててやるさ。悪戯するたび、この可愛い尻をぶってやる」

ぴたぴたとふざけ半分に尻を叩かれ、くすぐったさに身をよじる。ルシエラの腰を掴んで持ち上げ、ザイオンは囁いた。

「さぁ、自分から繋がるんだ。俺が好きなんだろう？」

ルシエラは頷き、彼の屹立に手を添えて蜜口に導いた。わずかに腰を落とすとひときわ太い先端がぐぷりと媚肉を割る。

「ふ……ぅ……」

小さく喘ぎ、膝から力を抜いた。自重でぬるりと熱杭が隘路《あいろ》を穿つ。ぐちゅん、と奥処《おく》に突き当たる感覚に、ルシエラは背をしならせて喘いだ。

気持ちいい。じーんと痺れるような快感が内奥から沸き上がってくる。腰を掴んだ手で軽く揺すぶられ、嬌声がこぼれた。

「あんッ、あっ、あ……、ふぁあ……」

ひくひくと蜜襞が戦慄き、締まった肉棒の質感に恍惚となる。くすくすとザイオンが笑った。

「ルーチェは挿れられるとすぐ達っちまうな」

「だって……、気持ちいいんだもの……」

顔を赤らめて呟くと、褒めるようにぬちゅぬちゅと腰を突き入れられた。

「んっ、あっ」

「素直な身体だ。可愛いぞ」

ずぷぬぷと抽挿しながら男が囁く。固い腹筋に手をついて快感の荒波に耐える。無意識にかぶりを振ると、短い髪が耳の側で踊った。

乳房を掴まれ、捏ねるように揉みしだかれる。ルシエラは胸を突き出し、さらなる快楽を得ようと自ら腰を振りたくった。とろりと潤む瞳を飢えたように見つめていたザイオンが、いきなり指を口に差し入れる。

びっくりしたが、すぐにルシエラはちゅぷちゅぷと指を吸いねぶり始めた。先ほど銜えていた太棹が思い浮かび、いっそう淫らな気分になる。蜜孔と口腔を同時に征服されているような倒錯した愉悦にぞくぞくと身体の芯が疼いた。

「ん……んん……っ」

歯を立てないように気をつけながら指に舌を巻き付け、くすぐるように指の股を舐め回す。ばちゅばちゅと激しく腰を突き上げていたザイオンは、くっと唸ると指を引き抜いた。濡れた唇を半開きにしたままとろんとしているルシエラを押し倒し、馬乗りになる。

「あっ、あっ、あっ、やぁんっ」

ルシエラは我を忘れて快楽に泣き咽んだ。揺れる爪先がきゅっと曲がり、花襞が淫靡に蠢く。締めつけられた欲望が爆ぜ、熱情が注ぎ込まれた。

「……ッ」

繰り返し腰を押し付けて情欲を出し切ると、ザイオンは放心するルシエラの濡れた目許を優しく吸った。

「愛してる、ルーチェ。早く式を挙げたいな。花が咲き乱れる島の聖堂で」

甘い囁きにこくりと頷き、ルシエラは逞しい背に腕を回した。


翌日、ザイオンが軍区へ出ていってしばらくすると髪結いと仕立屋がそれぞれの品物を持ってやってきた。付け毛は巧《うま》く加工して、伸ばしたり巻いたりして何通りかのスタイルを楽しめるようにしてある。

「ドレスに合わせて髪形を変えられますよ」

と髪結い師が言うと、仕立屋が頷いて箱からドレスを何枚も出した。

「頼んだのはヘッドドレスなんだけど……？」

「もちろんそれも作りました」

仕立屋はそれぞれに揃いのヘッドドレスを出して並べた。どれもヘアバンドに共布のヴェールを付けたもので、付ければ髪が短いことはわからない。バンドの部分には宝石や真珠が飾られ、美しく襞を取ったレースやリボンがあしらわれていた。

「元帥閣下が、合わせてドレスも作るようお命じになりましたので」

「まぁ……、そうなの」

「素敵！　姫様にぴったりだわ」

気後れするルシエラの傍らで、オルガは無邪気にはしゃいでいる。

「でも、ドレスなら何着もあるし……」

「あんなの適当な古着じゃないですか。こっちのほうが断然姫様にお似合いです！」

確かに生地も仕立ても遥かに高級なのは見ただけでわかる。値段も相当張りそうだが……。

「お召し替えなさいませ。殿様もお喜びになりますわ」

そうね、と頷いてルシエラは新しいドレスに着替えた。台形に開けた胸元をレースで飾ったハイウエストのドレスで、スラッシュで鮮やかな色の裏地を覗かせた袖には装飾用の長い垂れ袖が付いている。

付け毛はどんなものだか一度付けてもらい、鏡の前であれこれアレンジの仕方を教わった。凝った髪形にしたければ髪結いを呼ばなければならないが、シンプルに垂らしたり巻いたりするくらいは自分でやってあげたいと、オルガは熱心にやり方を見てメモを取った。

付け毛を外して揃いのヘッドドレスを付け、とても気に入りましたとルシエラは仕立屋に微笑んだ。ドレスと揃いだからぴったり合っているし、少し古風な雰囲気が初々しいルシエラの美貌に独特の魅力を与えている。

侍従――王宮のではなく、ザクロス領から遣わされた者に変わった――に代金の支払いを頼んで下がらせ、ルシエラは改めて鏡を覗き込んだ。

（ザイオンが気に入ってくれるといいんだけど……）

早くドレスを見てもらいたいとそわそわし、戦支度をしているときに服を褒めてほしいなんて非常識かしら……と反省して顔を赤らめたりしていると、オルガが青い顔でバタバタ戻ってきた。

「た、大変です、姫様！　王様が、王様が……っ」

ルシエラが振り向くと同時にオルガを押し退けるようにアルフレートが入ってきた。国王は召使には目もくれず、「下がれ」と冷ややかに命じた。気を取り直してルシエラはオルガに頷いた。少女は心配そうな顔で、しぶしぶと出ていった。

扉が閉まると、アルフレートは冷たい嘲りの目でルシエラを眺めた。

「贅沢《ぜいたく》ななりをしているな」

小馬鹿にした口調にルシエラは赤くなった。黙ったままでいると、国王は肩をすくめて独りごちた。

「ま、奴の金をどう使おうと俺の知ったことではない。いっそ魔女に入れ揚げて破産でもすればいいんだ」

おとなしいルシエラもいささかムッとして異母兄を睨んだ。アルフレートはすばやく目を逸らした。ルシエラが魔女で邪眼の持ち主だと、本気で信じているのだろうか。

「……ザイオンなら留守ですけど」

「そんなことはわかっている！」

「では、なんのご用でしょうか」

淡々と尋ねると国王は口端をゆがめた。ルシエラが落ち着きはらっていることが気に食わない様子だ。怯え、恐れおののいて這いつくばれば満足するのだろうか。何やら憐れみめいたものを感じてしまう。

それが伝わったわけでもなかろうが、国王はますます苛立ち、残忍な顔つきになった。

「魔女の手管を賞賛しに来たのだ。ザイオンの奴めをすっかり誑《たぶら》かしおって。さすが魔女の娘、男をたらし込むのはお手のものというわけか」

「誑かしてなどいません！」

「人目も憚《はばか》らずいちゃついているそうではないか」

侮蔑の声音にカッと赤くなった。離宮には王宮の侍従や女官がまだ数人残っている。ザイオンは全員追い払うつもりだったが、王女扱いしていてもルシエラは一種の人質だ。見張らないわけにはいかないと強硬に言い張られ、やむなく数名残した。

身の回りの世話はオルガたちやザクロス領民の召使にさせるようにしたが、国王のスパイは離宮を自由に歩き回り、覗《のぞ》き見《み》、聞き耳を立て、すべてを王に報告している。

ルシエラとザイオンが愛し合っているのも当然筒抜けだ。むしろザイオンは女官が覗いているのを承知でルシエラを抱いているふしもある。

牽制のつもりなのだろう。ザイオンは国王をまったく信用していない。初婚の王女は処女でなければならないとされていることを逆手にとり、政略結婚の道具に使われるのを阻止しているのだ。

「悪魔の体位で交わっているそうだな」

忌まわしげに国王は吐き捨てた。

「……なんのことですか」

「とぼけるな！　男の上に跨《また》がって淫らに腰を振っていたと聞いたぞ」

さすがにルシエラも赤面した。

「そ、そのようなこと、とっ、とやかく言われる筋合いは……っ」

「正常位以外での交わりはすべて異端だ！　余の宮廷で悪魔の所業に及ぶことは許さぬ！」

激昂する国王を、ルシエラは半ば呆れて眺めた。

「そんなことで文句をつけにいらしたのですか」

「そんなことだと⁉　悪魔と契った者は地獄に堕《お》ちるのだぞ！　貴様のような魔女めが地獄に堕ちるのは自業自得だが、ザイオンを巻き込むんじゃないっ」

ルシエラは呆気にとられてまじまじと兄を見つめ、口許をゆるめた。

「……陛下はザイオンのことを心配していらっしゃるのですね」

「誰が心配なんぞするか！　あのような不遜な男っ……、無礼で、生意気で、知ったかぶりの……、くそっ、癇《かん》に障る……！」

「でも、地獄堕ちを心配していらっしゃる」

「ふん！　魔女に騙されてほしくないだけだ！　むかつく奴だが軍人として有能なことだけは確かだだからな！」

鼻息荒く怒鳴る国王を、ルシエラは不思議な気持ちで眺めた。

（お母様は、お兄様のことが好きだった……）

ザイオンから聞いた、真実の一端。母がかつて兄の恋人で、結婚の約束までしていたこと。何か重大な理由で恋を諦め、憎まれることを承知で前国王の求婚を受け入れたこと――。

そのわけをザイオンは教えてくれなかったが、母の選択に賛成できなくても納得はしているらしい。だとしたら、それはよほどの重大事に違いない。

（でも、お兄様はそれを知らないんだわ）

悔しくなった。母は兄のことをずっと愛していたのに。兄はそれを知らず、裏切られたと思い込んで憎悪している。母が冤罪《えんざい》で火あぶりにされても助けようとしなかったくらいに。

母の死が自殺だったことはこの際関係ない。きっと母は絶望して死を選んだのだ。兄との仲を無理やり引き裂いた王にも、愛し続けた人にも冷たく見捨てられて――。

ルシエラはうつむき、両手をぎゅっと握り合わせた。

「……母は誰も騙していません。ただ大切な人を守ろうとしただけ……。誰よりも大切な人、自分の命よりも大切な人を」

「なんだと……!?」

国王が怒りと憎しみに目を血走らせる。ルシエラは怯まずその恐ろしい目を見返した。地獄があるなら、きっと兄の目のなかだ。そう思えるほど、それは暗く、どす黒く、ふつふつと怨念に煮えたぎっている。

兄はずっと生き地獄を歩き続けてきたのかもしれない。周り中に怒りと不信、厭悪をまき散らしながら。

「わたしも母と同じように大切な人を守ります。たとえザイオンに憎まれることになっても……、それで彼を守れるなら、きっとそうするでしょう。でも――」

ルシエラは顎を上げ、昂然と言い切った。

「ザイオンはあなたとは違う。きっとわかってくれます」

「……っ、黙れ！　薄汚い魔女めがっ……！」

国王は怒鳴りながらルシエラに掴みかかった。長椅子に押し倒され、襟元を力任せに掴まれる。悲鳴のような音をたて、びりびりと布地が引き裂かれた。

下着が剥き出しになり、ルシエラは羞恥よりも恐怖で身体をこわばらせた。完全に逆上したアルフレートはヘッドドレスをむしり取り、短い銀髪を鷲掴んだ。

「この銀髪……っ、あの女にそっくりだ！　この翠の目は……王家の血筋だ！　あの女は、俺に愛を誓いながら、俺の親父に身を任せ、おまえを身ごもったんだ！　汚らわしい売女《ばいた》……、おぞましい魔女め……！　その真っ赤な二枚舌を引っこ抜いてやるっ」

顎を掴まれ、必死に頭を振る。無我夢中で暴れていると平手を食わされた。衝撃で一瞬気が遠くなり、次の瞬間、ぐっと喉を締め上げられた。

反射的に男の手首を掴む。爪を立てられてもかまわずにアルフレートは力を込めた。

「魔女め……、俺を惑わすな……！　消えろ……、消えてしまえ……っ」

息苦しさで耳にキーンと異音が走る。ルシエラは拳を握り、男の肩や胸を無茶苦茶に殴りつけた。身体が跳ね、銀鎖に通して下げていた指輪がもみ合うふたりの間で激しく踊った。

ぐいぐい締め上げていた手から、突如力が抜けた。どっと空気が喉に流れ込んでむせ返る。咳き込むルシエラの胸元に載った指輪を国王は呆然と見つめた。

「これ……は……？」

震える声で呟き、指輪を摘《つま》み上《あ》げる。激しく咳き込んだせいで真っ赤に充血した瞳でルシエラは兄を睨み付けた。

「触らないで！　お母様の形見なんだからっ」

指輪をひったくると、アルフレートの顔が青ざめた。

「形見……？」

「一番大切な人からもらった、一番大切な指輪なの！　絶対に誰にも見せちゃいけないんだか

ら っ……、見ちゃだめ！」

動揺のあまりルシエラは甲高く叫んだ。ぎゅっと指輪を握りしめ、胸骨に押し付けるようにして長椅子の隅に縮こまる。アルフレートはよろよろと後ずさり、危うく尻餅をつきそうになるのをどうにか踏みとどまった。

「いちばんたいせつな……もの……？」

いくらか落ち着きを取り戻したルシエラは国王の異常な様子に気付いた。顔色は蒼白を通り越して土気色をおび、ザクロス城への送迎役だったレギーユ伯を思い起こさせる。

何かの発作を起こしたのではないかと、殺されかけたことも頭から跳んでルシエラは心配になった。

「へい……か……？」

喉を圧迫されたせいか、自分でも驚くほど声がかすれている。アルフレートはびくっと大きく肩を揺らし、青ざめた唇をわなわなと震わせた。

「嘘だ……。そんなの嘘だ……」

「なに、いっ、て……」

げほっ、とルシエラはふたたび噎《む》せた。焦って呼吸したせいで唾が気道に入ってしまった。激しく咳き込むルシエラにアルフレートが震える腕を伸ばした瞬間、ばたんと扉が開いてオルガが駆け込んできた。

「姫様⁉」

オルガは国王を突き飛ばすようにルシエラに駆け寄ると、懸命に背中をさすった。我に返った国王は、真っ青な顔に脂汗をだらだらと流して後退ると、恐ろしい化け物から必死に逃《のが》れようとするかのように部屋を飛び出していった。

オルガはルシエラの背中をさすり、何事かと飛んできた母親に水を持ってくるよう叫んだ。どうにか咳が収まり、グラスの水を少しずつ飲ませてもらって、やっと落ち着いた。仕立てたばかりのドレスは胸元が引き裂かれ、ヘッドドレスも破れていた。

ショックで泣きだしたルシエラの背中を、オルガは優しく撫でた。

「大丈夫。大丈夫ですよ、姫様。これくらいすぐに直せますから。ね？　とにかく着替えましょう。他のドレスもみんな素敵ですよ」

「オルガ……。このこと、黙ってて。ザイオンには言わないで……！」

「姫様……」

「ザイオンが知ったら、きっと激怒して陛下を殴り飛ばすわ」

ひくりとオルガは口許を引き攣らせた。

「ええ……、それは大いにありえますね……。というか、むしろ当然の報いなのでは。姫様の首を絞めたんですよ？　手の跡がこんなにはっきり残ってます」

「お願いだから黙ってて。ね？　お願いよ」

繰り返し頼むと、どうせバレると思いますけどねぇ、と言いながらもオルガは渋々頷いた。着たばかりのドレスを脱いで、別のドレスに着替える。オルガの言うとおりすごく素敵だったが、すっかり気力がくじけたルシエラは微笑むことすらできなかった。


夕方、戻ってきたザイオンは、ルシエラの顔を見るなり眉根を寄せた。

「どうした。顔色が悪いぞ」

「なんでもないわ」

ルシエラは無理やり笑顔を作った。あれからずっと気を静めようと努め、平静な表情ができていると思ったのだが……。ザイオンがさらに眉間にしわを寄せたので、急いで言葉を継ぐ。

「それよりこれどうかしら？　今日仕上がってきたの」

ドレスの裾を摘まんでくるりと回った。男の表情がますます険しくなるのに気付かないふりではしゃいでみせる。

「ルーチェ」

「このヘッドドレス、とっても可愛いの。残った髪をカールさせて覗かせると……」

「ルーチェ！」

ザイオンは声を荒らげて遮り、ルシエラの二の腕を掴んだ。剣呑《けんのん》な目つきで睨まれて、ひくりと喉が震える。

「どうしたんだ。顔色が変だし、声もおかしいぞ」

「あ……、お昼に飲んだワインで噎せてしまったの……。馬鹿みたいね」

笑い声を上げると喉がざらついて軽く咳き込んでしまい、ルシエラは赤くなってうつむいた。

「……ずいぶん幅広のチョーカーだな」

皮肉っぽい男の声に、ハッとチョーカーを押さえる。手の跡が見えないように、ドレスの端切れで急いで作ってもらったのだ。ザイオンはルシエラの顎を上向かせ、じっとチョーカーを見つめた。

「作りも雑だし、レースだけで真珠か宝石のひとつもあしらわないとは馬鹿にしてる」

「ち、違うの。この生地が気に入って、急に作らせたから……」

ザイオンの蒼い瞳が刃のように鋭くなる。

「これではまるで包帯だ」

ぐいと指をかけてチョーカーを引き下ろし、たちまちザイオンは眉を吊り上げた。

「なんだこれは⁉」

白い肌にくっきりと刻まれた指の跡。どう見てもそれは首を絞められた痕だ。ザイオンは性急にチョーカーをむしり取り、無残なあざを食い入るように睨んだ。

「誰にやられた⁉」

　ぐっと肩を掴まれ、反射的に顔を背ける。

「ルーチェ！」

　答えようとしないルシエラに痺れを切らし、ザイオンは大声でオルガを呼びつけた。飛んできた少女はうなだれているルシエラと怒りの形相のザイオンを見て瞬時に状況を呑み込み、顔をこわばらせた。

「誰の仕業だ？　これは。答えろ！」

　怒鳴りつけられたオルガは震え上がって扉に張りついた。いくら気丈な少女でも、実力を見込まれて国王から直々に軍の統率を頼まれたほどの男に厳しく問い詰められては、とても踏《ふ》み堪《こた》えられない。

「あ……、こ……こくお……へいか、が……」

「アルフレート……!?　奴が来たのか？」

　ザイオンは怒り狂った猛獣の如き唸《うな》り声《ごえ》を上げ、ルシエラをオルガに押し付けると大股に部屋を出ていった。慌てて後を追い、背中に縋りつく。

「待って！　わたしがいけないの。怒らせるようなことを言ってしまったから……！」

「だからって女の首を絞める奴があるか!?　もう我慢ならん！　こうなったら何もかも全部ぶちまけてやる！」

「やめて、ザイオン！　待って……」

ザイオンは追いすがるルシエラを振り切って走っていってしまった。ドレスの裾を踏んで床に這いつくばったルシエラを、オルガが慌てて抱き起こす。

「大丈夫ですか、姫様⁉」

「ああ、オルガ。どうしよう……、こんなときに……」

「姫様、すみません。すみません」

ルシエラを抱きしめてオルガがすすり泣く。ルシエラは黄昏《たそがれ》ゆく庭園の向こうに佇む王宮を食い入るように見つめた。窓の灯や庭園の篝火《かがりび》が涙の膜でにじみ、次第にぼやけていった。

「——アルフレート！」

必死に制止しようとする衛兵や侍従を振り切って、ザイオンは国王の私室のドアを蹴り開けた。部屋のなかは薄暗く、しんとしている。乱暴に押し入っても咎《とが》める声は上がらなかった。見回すと暖炉の前に人影が見えた。ソファで頭を抱え、がっくりとうつむいている。ザイオンがつかつかとそちらへ歩きだすと、入り口で固まっていた侍従が悲鳴じみた声を上げた。

「お、お待ちください、元帥閣下！　国王陛下はすでに御寝《ぎょしん》あそばされ……」

「起きてるじゃないか」

にべもなく言い捨てたザイオンの前に斧槍《ハルベルト》を引《ひ》っ掴《つか》んだ衛兵が立ちふさがる。武器を構える暇もなく、長剣の切っ先を眉間に突きつけられて硬直する衛兵に、ザイオンは冷たく命じた。

「どけ。何も命を取ろうってわけじゃない。頭に来るが、あんな阿呆《あほう》でも主君だからな！」

「――構うな。好きにさせろ」

部屋の奥から陰鬱な声がした。ザイオンは剣を突きつけたままそちらにちらりと視線を向けた。気を取り直した侍従が下がるよう衛兵に指示し、静かに扉が閉ざされる。うなだれて黙り込んでいる国王を、ザイオンは厳しい顔で凝視した。

頭を抱えていた手は下ろしたが、相変わらず深い前傾姿勢のままだ。ザイオンはむっつりと眉根を寄せた。どうも妙な感じだが、言うべきことは言っておかなければ。

「俺の婚約者に暴力を振るったそうだな。厳重に抗議する」

「……すまない」

力ない、陰々滅々とした声が返ってきてザイオンは眉を上げた。普段のアルフレートなら『自業自得だ』とかなんとか平然とぬかして鼻でせせら笑うだろうに。

なんの芝居だ？　と訝《いぶか》しみつつさらに苦情を重ねる。

「首周りに痣《あざ》ができたぞ。声もおかしい。絶対、喉を傷めたに違いない」

「ああ……。そうだな……、悪かった。すぐに医者を、手配する……」

国王は顔を上げ、よろよろと立ち上がって暖炉の脇に垂れる呼び鈴の紐を引いた。即座に現れた侍従に、侍医を離宮に向かわせるよう命ずる。憮然と突っ立っているザイオンをおそるおそる窺う侍従に手を振って下がらせ、国王はふたたびソファに沈み込んだ。

「……すまなかった。どうかしてた……」

どうかしてるのは昔からだと思ったが、口には出さずにおく。ザイオンは舌打ちし、苛々《いらいら》と髪を掻き回した。殴る気満々で来てみれば相手がすでに瀕死《ひんし》の状態でぶっ倒れていたようなもので、振り上げた拳の落としどころが見つからない。

もう一度舌打ちをして、腰に手を当てる。

「今後、ルシエラには指一本触れるんじゃない。もしまたこんなことがあれば、即刻辞職する。二度とあんたの命令には従わないからな」

「ああ……、わかった……」

相変わらずどんよりと生気のない声で国王は答えた。すっかり毒気を抜かれ、顔をしかめたザイオンがさっさと退散しようと背を向けたとたん、国王は呻くように呟いた。

「何故……、あの娘が、あの指輪を持ってるんだ……」

問いかけとも自問ともつかぬ呟きは、恐ろしい疑惑をはらんで震えている。ザイオンは足を止め、肩ごしに振り向いた。

「指輪？」

アルフレートはハッと顔を上げた。自分が声に出していたことに、今気付いたかのように。そしてやっとザイオンを見た。

「あの娘が持っている指輪だ。母親の形見だと言ってた……」

「それがどうした」

「あれは……、俺がやったものだ……。あの、魔女——、ソランダに……！」

国王は呻き、頭を抱えてがたがた震えだした。

「俺が贈ったんだ……。あの女に……夢中だった頃……。結婚して、ほしいと……」

ザイオンはかすかに眉根を寄せ、国王を眺めた。うわ言のように国王は続ける。

「あの女は喜んで受け取った。一生大切にする、と……。会えないときは、これを俺だと思って大事にすると……。その舌の根も乾かぬうちに、あの女は、俺の父と……！」

アルフレートはぎりぎりと歯を軋ませ、翠の瞳をやにわにぎらつかせてザイオンを睨んだ。

「何故、あの娘がその指輪を持ってるんだ⁉」

「だから形見なんだろう、母親の」

「あの女は俺を裏切ったんだ！　捨てた男からもらったものなど、いつまでも持っているものか！　とっくに売り払って金に変えて……」

急に声のトーンが落ち、尻すぼみになる。アルフレートは両手に顔を埋めて呻いた。

「何故だ……！」

「——大事なもの、だからだろ」

そっけなく言うと、国王はザイオンを睨みつけた。

「おまえ……っ、何を知ってる⁉」

「さぁな。あの頃俺はほんのガキだった。大人の事情なんぞわかるわけがない。俺にそう怒鳴ったのはあんたじゃないか」

皮肉を返すとアルフレートは怒りと狼狽の入り交じる顔つきになった。ザイオンは薄笑いに唇をゆがめ、くるりと踵を返した。

「とにかく、これ以上ルシエラを傷つけたらただじゃおかないからな。玉座にふんぞりかえる気をなくしてやる」

戸口で足を止め、凄味をおびた視線を凍りつく国王に向ける。

「本気だぞ」

獰猛な笑みを浮かべると、ザイオンは扉を開け放った。息をひそめて様子を窺っていた侍従や衛兵たちには目もくれず、彼は傲然と王宮を出ていった。


ルシエラが医師の診察を受けていると、憮然とした顔でザイオンが戻ってきた。圧迫痕は内出血が収まれば消えるそうだが、しばらく喉に違和感が残るかもしれないという。

医師はルシエラの首に打ち身の薬を塗って包帯を巻き、後で喉の腫れを引く薬を届けさせる、しばらく安静にして大きな声を出さないように、と言い置いて帰っていった。

「……湿布薬や喉の薬くらい、材料があれば自分で作れるのに」

囁き声でぽそりと洩らすと、傍らに座ったザイオンが額にキスして優しく肩を撫でた。

「医者が出すものよりよっぽど効きそうだな。材料を取り寄せよう」

ルシエラは頷いて男の胸にもたれた。

「王宮で捕まっているんじゃないかと心配したわ」

「アルフレートを殴るのはやめておいた」

「お医者様も、陛下が寄越してくださったそうですね」

「どういう風の吹き回しだか……。様子がおかしかったな。拍子抜けした、というか、面食らったよ。まるで向こうが首を絞められたみたいに真っ青になってぶるぶる震えてた」

「母のことを悪しざまに言われて、腹が立って言い返したら逆上して掴みかかって来たんですけど……、抵抗して暴れているうちに指輪を見られてしまって。そうしたらいきなり真っ青になったの」

ドレスの胸元を押さえたルシエラは、ふと気付いて指輪を引き出した。

「これ、ひょっとしてお兄様がお母様に贈ったものなのでは……!?」

「うん……、そうかもな」

曖昧な口調にピンときて、ザイオンを睨む。

「知ってたのね！」

「大声出すなよ。喉に障る。——まぁな、知ってたよ。ソランダが嬉しそうに見せてくれた。プロポーズされたって、そりゃもうはしゃいで」

ルシエラは溜息をつき、拗《す》ね顔で彼に抱きついた。

「もうっ……。ザイオンは隠し事ばっかり」

「俺のことじゃないんだから勘弁してくれ。人の秘密をべらべら喋るわけにもいかないだろう。大体アルフレートとのことは、ソランダに口止めされてたんだ」

思いなおして頷く。包帯越しにザイオンの手の温かさが心地よく伝わった。

「なんだか変な感じ。お母様が、本当はお父様じゃなくてお兄様のことが好きだったんだ、って考えると……」

「悲しい？」

少し考え、ルシエラはふるりとかぶりを振った。

「あんまり。お母様がお父様のこと好きじゃないのは、うすうす感じてたの。お父様も、お母様のことが好きではなかった気がする。わたしのことも。たまに会いに来ると、すごく残酷な目つきで、にたにたしながらわたしを眺めたわ。正直、気味が悪くて……、ぞっとした」

「ソランダはルーチェのことは可愛がってたぞ」

「ええ、お母様にはとても愛されていたと思うわ。だからわたし、いつも悲しそうなお母様が可哀相でならなかったの。わたしにはお母様がいたけど、お母様には……」

言葉を切り、ルシエラは顔を上げてにっこりした。

「ザイオンがいたわね」

彼は目を瞠り、面映ゆそうに頬を染めた。

「ザイオンと会ってるときだけは、お母様、とても楽しそうだったもの」

「姉弟みたいなもんだからな。ちょくちょく会いに行ければよかったんだが、面会が制限されてて……。その頃は俺も一介の騎士にすぎなかったし」

前国王はソランダを王妃に迎えながらほとんど人前に出さず、城の奥に閉じ込めていた。公式行事のときだけ派手に着飾らせて隣に侍らせ、普段は見向きもしない。結婚後半年と経たずに愛妾《あいしょう》を置いた。

「お父様は、どうしてお母様と結婚したのかしら。息子の恋人を取り上げたんだから、よほど好きだったはずよね……？」

ふと気づき、ルシエラはぞっとした。

「……まさか、取り上げることいいい自体が目的だった……？」

ザイオンは答えなかったが、沈黙は肯定と同義だろう。窺うと彼はひどく憂鬱そうな顔をしていた。

「ルーチェ。それ、アルフレートには絶対言うな」

「え……」

「奴は……、父親のことを崇拝していた。ちょっと異常なくらい」

しばらくふたりは黙り込んでいた。そのうち晩餐の支度が調ったと侍従が呼びにきた。喉を傷めたルシエラのために、子牛肉をとろとろになるまでやわらかく煮込んだポタージュが用意されていた。

その日は早めに身繕いを済ませて就寝した。ザイオンはルシエラを懐に抱いてあやすように優しく背中を撫でてくれた。

「……実はな、出陣の日取りが決まったんだ」

低い呟きに、ハッと身体がこわばる。

「いつ……？」

「明後日だ」

わかっていたことだ。彼は戦いの指揮を執るために王宮に来たのだ。自ら兵を率い、ヴォート軍を打ち払う。そのために、自分が彼を連れ出した——。

「……ご武運を、お祈りしています……」

胸に顔をうずめて呟くと、ザイオンは「ああ」と頷いて額にくちづけた。眉を垂れる顔を覗き込み、悪戯っぽく笑う。

「おまえの手紙をお守り代わりに持っていくよ」

「手紙……？」

「俺宛ての手紙、牢番に託しただろう？　薬草の本と一緒に」

ルシエラはぽかんとし、思い出してカーッと赤くなった。そういえば本のなかに挟んだ手紙が、いくら探しても見当たらなかった。ザイオンが何も言わないので、どこかで紛失したのだと、残念なようなホッとしたような気分だったのだが……。

「あ、あれ……、読んだの……!?」

「当然。暗記するくらい読み返した。読むたび涙腺がゆるむな」

「あ、あれはその、もう会えないと、思って……」

「うん。だからあれはおまえの本音ってわけだよな。俺のことが好きでたまらなくて、俺と愛し合えたのがすごく幸せで嬉しいと――」

「や、やめてっ……」

くるりと背中を向け、両手で顔を覆う。後ろから抱き込んで、にやにやと男が尋ねた。

「なんだよ、嘘なのか？」

「嘘じゃないけどっ……」

「だったらお守りだ。真実の恋文だからな」

「でもあれ、遺書のつもりで書いたから……、縁起悪くない……？」

「そんなわけあるか。あれを読むとおまえに逢いたくてたまらなくなる。つまり絶対生きて帰らなきゃならないわけだ。最高のお守りだろ」

ルシエラは向き直り、逞しい体躯《たいく》にしがみついて何度も頷いた。

「帰ってきてね？　絶対、無事に帰ってきてね……！」

「もちろん、帰ってくるさ。けっしてルーチェをひとりにしない」

たまらなくなって彼の口に唇を押し付ける。ザイオンはルシエラの好むやり方で唇を甘く吸い上げ、舌を絡めて扱いた。心地よさにじわりと瞳が潤む。

ちゅぷっと舌を鳴らして唇が離れ、ルシエラは反射的に身体をすり寄せた。

「や……」

「今夜は休め」

優しい声に顔を赤らめながら、彼の夜着の襟元を広げ、鎖骨に唇を這わせる。くすぐったそうにザイオンが苦笑した。

「こら。悪い子にはお仕置きするぞ」

「して」

ルシエラはいっそう身をすり寄せてねだった。彼が明後日には戦場に向かうと知ったせいか、肌の感触や体温を直に感じたくて仕方がない。ザイオンは溜息をつき、しきりに胸板を撫《な》で回《まわ》すルシエラの頭をそっと抱き寄せた。

「……そんなにしたいのか？」

耳元で囁かれる甘い揶揄に涙ぐんで頷く。少し強めに耳朶を噛まれ、びくりと肩をすくめた。

「仕方ないな」

忍び笑う声にもぞくぞくして、つきんと雌蕊《めしべ》に淫らな痛みが走る。ザイオンはルシエラの向きを変え、さっきと同じように背後から抱き寄せた。やわやわと乳房を揉みながら耳殻を舌先でちろちろとなぶる。

「怪我してるのにしたがるなんて、いけない子だ」

「ぁん……ッ」

愉悦の予感に産毛が逆立つような感覚に襲われる。快感がさざなみとなって広がり、ルシエラは熱い吐息を乱しながらリネンをぎゅっと握りしめた。

夜着の裾をめくり、がっしりした手が腰骨を優しく撫でる。それだけでぞくぞくと性感が走って、媚《こ》びるような溜息が洩れた。まろやかな臀部《でんぶ》や平らな腹を、武骨な手が生まれたての雛《ひな》を撫でるようにやわやわとたどっていく。

ルシエラは上になったほうの脚を少し開いて男の手を茂みの奥へと誘った。するりと入り込んだ指が蜜溜まりにとぷんと沈み、低い笑い声に赤くなる。

「こんなに濡らして……。もうすっかり女だな」

「……可愛い子どものルーチェがよかった?」

ちょっと拗ねて呟くと、ザイオンはくすりと笑った。

「それは、おとなになったルーチェがいずれ俺に授けてくれる。そうだろ?」

ハッとルシエラは目を瞠った。すでに幾度となく奥処《おく》に精を注がれている。もしかしたらすでに身ごもっているかもしれない。

（ザイオンの赤ちゃん……！）

想像しただけで甘く胸が疼いた。欲しい。すごく欲しいわ……！

「んッ……」

花芽を指先でくりくりされて、びくっと顎を反らす。少し固い指先でくすぐるように根元から撫で上げられると、心地よさにもぞもぞと腰が揺れてしまう。

「んっ、んっ、あッ……、はぁ……ん」

丁寧に鞘を剥かれ、媚蕾を指先で摘んで扱かれるとびりびりと痛いほどの刺激に悦楽の涙がこぼれた。はっはっと喘ぎながら腰を揺らしていると背後でザイオンが含み笑った。

「これが好きだな、ルーチェ」

「んん、好き……。気持ちぃ……の……っ」

「少し大きくなったんじゃないか？」

揶揄されても羞恥以上の悦《よろこ》びに快感が深まる。ルシエラはお尻を彼の下腹部にすり寄せてうっとりと呟いた。

「ザイオン、も……」

尻朶のあわいに感じる彼の雄が熱をおび、固くふくれ上がってゆく感触がたまらない。くっくと笑ってザイオンはルシエラの肩を軽く噛んだ。

「や……、もっと噛んで」

「ん？」

「跡……つけて。消えるまでに戻ってきてほしいから……」

「ルーチェ……」

「キスの痕じゃ、間に合わない……でしょう……？」

ザイオンは押し黙り、ルシエラの身体を優しく抱きしめた。

「……そうだな。でも、なるべく早く帰ってくる」

「ん……」

彼はルシエラの肩に歯を当て、加減しつつかなり強く噛んだ。皮膚が破れるほどではないが、赤い痕が刻まれる。たいした痛みではなかった。彼と離れ離れになるつらさに比べれば、ずっと……。

「大丈夫だ、ルーチェ。俺は帰ってくる」

なだめるようなくちづけを受け入れながら頷いた。ルシエラの舌を吸いねぶり、彼の指が媚肉に分け入ってくる。より深く銜え込もうと腰をくねらせ、付け根まで呑み込んで甘い吐息を洩らした。

抽挿が始まるとしとどに蜜があふれ、ぴちゃぴちゃと淫らな音を立てた。すぐに指が二本に増え、柔襞をほぐすように広げられる。腿を持ち上げられ、張り詰めた雄茎が後ろから秘裂に差し込まれた。

「――あ。待って」

アルフレートに罵られたことがふいに思い浮かび、慌てて男を押しとどめる。

「どうした」

「あ……、その……。こ、こういう体位は……だめ、だって……」

「だめって、いやなのか？」

「いやじゃ……ないけど……、正常位以外は、いけないんですって。あ……、悪魔の、やり方……だって……」

きょとんとした男がいきなり笑いだす。

「そんなたわごと、暇な坊主どもの妄想だ。気にすることはない」

「でも、地獄に堕ちるって……」

「だったらとっくに罪人で地獄は満杯だ。俺たちの入れる余地はないな。そんなくだらないこと誰から聞いた」

「……お兄様」

小声で呟くと、ザイオンはフンと鼻を鳴らした。

「奴の夫婦生活はさぞかし不毛なことだろうよ。別に意外でもないけどな。――それよりルーチェはどうなんだ。本当にいやなら違うやり方にしてやるぞ」

誘惑の声音にぞくんとしてかぶりを振る。

「いいの。このまま、して……？」

ザイオンはルシエラの頬にキスすると、一旦引いた腰をふたたび重ねた。

くちゅ……とぬめった音をたてて先端が蜜口を犯す。ぐっと腿を引き寄せられ、熱い楔がずぷりと隘路を穿った。みっしりと締まった肉棒の質感に、じゅんっ……と痺れるような快感が広がった。

「はぁ……あ……」

執拗に男のかたちを教え込まれた蜜襞が、素直な歓喜に打ち震える。ルシエラは挿入直後の小さなピークをうっとりと味わった。太棹の容積を充分になじませ、ザイオンが動き始めた。ひくひく戦慄く媚壁を充実した熱杭でずんずん突き上げられ、ほっそりした身体が頼りなく揺れる。

じゅぷっ、ぬちゅっ。愛蜜が泡立てられる音の淫靡さにますます官能を煽《あお》られる。ルシエラは指の関節に歯を立て、喘ぎ声を噛《か》み殺《ころ》しながら腰を振った。

「……ルーチェのなか、熱くて、よく締まる……。気持ちいいな」

ザイオンが情欲に濡れた声で囁いた。ぬぷぬぷと肉洞を突き上げられる快感で、今にも意識が飛びそうだ。固く目をつぶって襲いかかる愉悦をこらえていると、震える肩を撫でて男が笑った。

「達きたいときに達っていいぞ？」

「ほん、と……？」

ホッとしてルシエラは身体をゆるめた。以前、勝手に達くなと命じられ——冗談なのだろうとは思ったけれど——、なんとなく限界まで我慢しなければいけないような気がしていた。

「ああ。好きなだけ達するといい。俺が帰ってくるまでうっとりしていられるくらいにな」

揶揄まじりの含み笑いに頰を染めたが、愉悦の名残は彼に繋がれているようで嬉しいものだ。

ルシエラは後ろから責められるのがすごく弱い。どういうわけか正常位よりも感じ入る部分を刺激されやすいのだ。固い先端で狙い澄ましたようにぐりぐりされると、強すぎる快感にわけがわからなくなってすすり泣き、咽び悶えてしまう。

好きに達していいと許されて安堵したのか、ルシエラは続けざまに絶頂を迎えた。下腹部は快感に痺れたまま、花肉の痙攣がいつまでも収まらない。

戦慄く唇を愛おしげに撫でられ、性感の昂るままにルシエラは彼の指を口に含んだ。

「んん……、ッ」

ちゅくちゅくと指を吸いながら同時に蜜孔を逞しい淫楔でずぷぬぷと穿たれる。倒錯した官能に瞳が潤み、睫毛が熱く濡れた。ルシエラの媚態《びたい》に煽られたか、ザイオンの息づかいも次第に荒くなった。

「悪い子め……、そんなにお仕置きしてほしいか」

「んぅ」

指に舌を絡めながらこくこく頷く。ふりふりとお尻を振ってねだると刺突の勢いが激しくなった。

「んっ、んっ、んっ」

痺れるような快美感に涙が噴きこぼれる。媚肉に絞られた欲望がどくりと爆ぜ、ほとばしる熱液で蜜襞がぐっしょりと濡れた。唾液にまみれた指が乳房に食い込む。ザイオンは荒い息を吐きながら重ねて精を注ぎ込み、豊かな胸をぐにぐにと揉み絞った。

はぁっ、とルシエラは熟れた吐息を洩らした。蜜壷に居すわる雄茎は固くそそり立ったままで、彼がまだ満足していないことに悦びを覚える。ザイオンはルシエラにのしかかり、しばし唇を熱っぽく吸いねぶった。

「ルーチェ……」

「ザイオン、好き……っ」

舌を絡めて甘く激しく唇を貪りあう。やがて彼はふたたび動き始め、繰り返される恍惚にルシエラの意識が完全にとろけてしまうまで幾度となく愉悦を強いたのだった。

第六章　真実は茨《いばら》のごとく

二日後、ザイオンは国軍を率いて王宮を出立した。軍装に身を固めたザイオンは王国元帥にふさわしく、堂々たる威容は輝かしくも頼もしい。

しかし彼が戦いに行くのだと思えば、恋人の凛々しい騎士姿に対するときめきなどたちまち萎えてしまう。喉の不調よりも胸がいっぱいで声が出ない。

ルシエラは玉座の隣に用意された席に座っていた。離宮で抱擁とキスを交わして見送った後、感情が昂《たかぶ》るままに泣いていると、いきなり王宮の侍従がやってきて出陣式に同席するようにという国王の命令を伝えたのだ。拒否するわけにはいかず、慌ただしく服装を整えた。

侍従は王族女性であることを表わす銀のティアラを差し出した。これも国王の命令だそうだ。

髪結い師の手腕のおかげで、宝石を散りばめたヘアネットで束ねた付け毛も自然に見える。そこに銀のティアラを挿し込み、輿《こし》に乗ってルシエラは王の元へ連れていかれた。

国王はルシエラを見ても無言で頷いただけですぐに目を逸らしてしまった。なんだか急に面やつれして、表情も冴《さ》えない。

出陣の挨拶のためにやってきたザイオンは、ルシエラがいるのを見てぎょっとした。彼は疑わしげにアルフレートをじろじろ見たが、彼は君主らしく厳《いか》めしい無表情を装っている。嫌がらせの意図はないと判断したザイオンは、気を取り直して口上を述べた。アルフレートは頷き、国王名代として全権を与える委任状を手渡した。

ザイオンは気がかりそうにルシエラを見たが、声をかけるわけにもいかない。『気をつけろ』と目線で言われたのがわかって小さく頷いた。彼は表情を引き締め、軍人らしくきびきびと一礼して出ていった。二度も背中を見送るはめになったのはせつないが、もう一度顔を見られて嬉しかった。

こちらの思惑どおりに行ったとしても平定には三カ月はかかるだろうとザイオンは言っていた。ヴォート人とて犠牲を払って奪い取った土地だ。あっさり手放すはずがない。

彼らは飢えているのだとザイオンは言っていた。ヴォートの侵攻は本《もと》を正せばカエターン貴族の過剰な贅沢にある、とも。

こちらにも非はあるとしても、愛するザイオンには無事に帰ってきてほしい。できることならどちらの人間も傷ついてほしくないと願うのは傲慢なのだろうか……。

出陣後数日は、気力が萎えて何も手につかなかった。無為に日を過ごしても不安が増すばかりだと思いなおし、気を紛らすためにも身体を動かすことにする。

季節的にも外に出るにはちょうどよい。ルシエラは離宮の一角に薬草園を作り始めた。

かつて母が丹精していた薬草園を使えたらよかったのだが、場所がずいぶん離れているし、母の死後焼き払われて今では完全に石畳の下だ。

離宮の厨房を預かることになったサビーヌも厨房の側で料理用ハーブが採れれば便利だと、賛成してくれた。

今では離宮はザクロス家の別邸のようになっていて、留守役とルシエラの警護を兼ねた騎士が常駐している。土を耕すなどの力仕事は彼らがやってくれた。その中にはルシエラがザクロス城で手当てをしたダヴィットもいた。

種や苗を取り寄せて、料理用、治療用、芳香のあるものなどにざっくり分けて植えた。元からあったアイビーなども利用した。ただ、すぐには使えないので、乾燥させたハーブも王宮内の薬局や、街の薬種問屋から取り寄せた。

ザクロス城でダヴィットの治療に使った軟膏が大変よく効き、ぜひにとせがまれてまた作ることにした。戦場のザイオンにも伝令に頼んでたくさん届けてもらった。

「いただいたレシピどおりに作ったのに、どうも効き目が前のと違うんですよ。もちろん効くことは効きますが、姫が手作りされたものより効果が薄いというか……何故でしょう」

首を傾げるダヴィットに、オルガは胸を張った。

「当然よ。姫様が作るからこそよく効くの」

「そうですね！　ルシエラ様は魔女の血筋の御方でした」

どきっとしたが、少年の面影を残すダヴィットは無邪気ににっこりした。ザクロス領では魔女はそれほど恐れられてはいないのだ。

畑仕事をしたり薬を作ったりで、だいぶ不安を紛らすことができた。定期的に入ってくる報告では、カエターン軍は順調にヴォート軍を押し戻しているそうだ。

少し残念だったのは、妊娠していないとはっきりしたことだった。月のものが遅れていたのでもしかして……と期待していたのだが、普段より半月ばかり後になって生理が来た。

結婚式を挙げてからゆっくり励めばいいじゃないですかとオルガに慰められ、ちょっと赤くなりながらルシエラは頷いた。

今この瞬間にもザイオンやカエターンの騎士たちが敵に突撃しているかもしれないというのに、王宮は平和だった。少なくとも、表面上は穏やかな時間が流れている。

メインの宮殿から離れた離宮にいるせいかもしれないが、ザイオンたちに申し訳ないほど平穏な毎日だ。

ただひとつ、ちょっとしたさざなみを起こすのは国王の訪問だった。ルシエラを蛇蝎《だかつ》の如く忌み嫌っていたはずのアルフレートは、どういう心境の変化なのか時折離宮にやってくるようになった。

本気で首を絞められたのだから最初はすごく怖かったし緊張もした。オルガだけでは心細くてダヴィットにも同席してもらった。国王は先日の手ひどい仕打ちを率直に詫び、具合はどうか、不自由はないかなど妙にぼそぼそした口調で尋ねた。

大丈夫ですと用心しながら答えると、そうかと少しがっかりしたように呟いてあっさり引き上げていった。三人は拍子抜けして顔を見合わせた。

「なんでしょうね、あれ」

ダヴィットが不審そうに眉をひそめる。オルガは両手をパンと打ち合わせ、目を輝かせた。

「殿様がガツンと言ってくださった効果に違いないわ！　さすがぁ！」

「ですね！」

ザイオンを敬愛するダヴィットも大きく頷く。そうかしら……と首を傾げつつルシエラはあえて反論しなかった。ザイオンが怒鳴り込んだときにはすでに様子がおかしかったそうだけど……。

アルフレートは数日おきに宮廷料理人が作ったお菓子を持ってやってきた。最初はドラジェや砂糖漬けのショウガなど。それからゴーフル、ドライフルーツを入れたパイ、いろいろなタルト菓子やジャム……。

ルシエラ以上に国王に不信感を抱いているオルガは、毒でも仕込まれているのではないかと警戒し、国王がヒポクラス（香辛料入りのワイン）を持参すると、「せっかくですから陛下とご一緒に召し上がっては」などと澄まし顔で勧めた。

アルフレートは怒りもせず、グラスを用意させるとしかつめらしい顔で先に飲んだ。それを見てようやくオルガは国王に悪意はないと納得したのだった。

ほとんど喋らないので訪問の目的は未だ定かではない。最初はほんの数分で帰ったが、そのうち半時くらい滞在するようになった。相変わらず口数は少なく、戦況についてほんのさわり程度話すくらいだ。

王宮への報告とは別に、ザイオンはルシエラに手紙を書き送っていた。伝令の者に状況を確かめると、彼は戦況についてかなり率直に書いているようだ。それなりに苦労はしても、拠点の奪還は着々と進んでいる。

一時は破竹の勢いだったヴォート軍の侵攻はぴたりと止まり、じりじりと押し戻されている。後退速度も次第に上がりつつある、と国王は恬淡《てんたん》と告げた。

彼が安堵し、喜んでいるのは確かなのだが、ルシエラに対して遠慮というか気まずさがなかなか振り払えないようだ。これまでの経緯を思えば当然ではある。

季節は進んで春もたけなわとなり、王宮の庭園には色とりどりの花が開花した。ルシエラの薬草園も苗が育ち、種が芽吹いてどんどん賑《にぎ》やかになってゆく。そんななか、またひとり珍客が離宮に現れた。アルフレートの息子、四歳になるユリアン王子だ。

王子は『魔女の娘が毒草園を作っている』と母王妃の召使たちが噂しているのを耳にして、

子どもらしい好奇心と怖いもの見たさから勇気を振り絞って忍んできたのである。そんな噂が流れているのは悲しいが、王子自身は素直で可愛い少年だ。

内気で人見知りな王子は最初、植え込みに隠れて出てこなかった。ルシエラたちがかまわず庭の手入れをしていると、おずおずと近づいてきて、興味津々に作業を見守った。

どれが毒草なの？　と訊かれ、毒草なんてないわ、と答えると、王子はホッとしたのかガッカリしたのかよくわからない顔になった。ルシエラはまだ小さな苗の名称と効能をひとつひとつ王子に教えた。

それから王子はたびたび遊びにくるようになった。男の子らしく虫やカエルを追いかけて庭を走り回る姿は微笑ましい。王宮では両親に顧みられず、家庭教師や召使に囲まれて不自由はなくとも窮屈な思いをしているようだ。

王子は誰にも内緒でこっそり遊びに来ていたのだが、ある日ばったり父親と鉢合わせしてしまった。国王も数日置きに訪れているのだから、いつか出くわすのは必定だ。

王子は青くなってすくみ上がった。きつく咎められるものと思い込み、涙目になっていると、困惑顔で息子を見下ろしていたアルフレートがぼそりと尋ねた。

「ここにはよく来るのか？」

「は、はい……」

悲壮な顔で正直に答える。そうかと国王は頷き、少しためらってからぽすんと息子の頭に手を置いた。

「……母上には知られぬようにしろ」

そう言って国王は王宮に戻っていった。ぽかんと見送っていた王子は、我に返って笑顔で飛び跳ねた。父親から非公式とはいえ許可が出たのだ。

それからも、この親子は離宮でたびたび顔を合わせることになった。国王はいつも軽く頷くだけで息子に話しかけることはなかった。なんとなく扱いあぐねているようでもある。息子のほうは父に甘えたいようなのだが、怖がっているのか遠慮しているのか、お互いよそよそしいというよりぎくしゃくしている。

（お兄様って、実は人づきあいが苦手なのかしら……）

息子に対してすらこうなのだ。いや、息子だからこそ、率直に当惑を表わしているのかもしれない。貴族たち相手なら、国王らしく尊大に構えていれば相手のほうで勝手にへりくだり、機嫌を取ってくれる。自分は喋らなくても周囲で適当に会話を回してくれる。

幼い息子相手にそうはいかない。四歳の王子は大人の機嫌を取ることを期待されてはいないし、甘えることがまだ無条件に許される年頃だ。しかし子どもの世話などしたことがなく、その必要もなかったアルフレートにはどうしていいのか皆目見当がつかないのだった。

それでもルシエラがさりげなくおやつの席に招いたり、王子が遊んでいる庭を国王と並んで散策したりしているうちに、父子の間から次第に不自然さがぬぐわれていった。

やがて春が初夏に代わり、汗ばむくらいに陽射しが強くなって夏の訪れを感じ始めた頃。待ちに待った知らせが届いた。最終決戦においてカエターン軍が圧勝したのである。

戦況が劣勢になると、総大将であるヴォートの王子はいち早く逃げ出した。全速力で港に向かい、待機させておいた船に乗り込んで故国へ向けて出航してしまったのだ。〈鋼の元帥〉率いる軍勢に蹴散らされ、もともと低下していた士気を完全に失った兵士たちは我先に逃亡を始めた。

踏みとどまった兵士も勢いに乗るカエターン軍によって叩きのめされた。懸命に檄《げき》を飛ばしていた副将をはじめ司令官クラスの上級騎士たちが次々に捕虜となり、残ったヴォート軍は全面降伏した。

そしてついにザイオンが王宮に帰還した。出立から四カ月、季節は夏を迎えていた。国王と並んで凱旋《がいせん》を迎えたルシエラは、ザイオンの姿を見いだしたとたん彼以外目に入らなくなった。

下馬した彼が悠然と近づいてくる。磨き上げられた鎧《よろい》や、軍衣の刺繍《ししゅう》が陽光を弾《はじ》いてキラキラと輝いている。

兜を小脇に抱えたザイオンはまっすぐにルシエラを見つめていた。彼は優しく、そして力強く微笑んだ。いくらか日焼けして、男らしく秀麗な美貌はますます精悍《せいかん》さを増している。

ザイオンは軍衣の裾を優雅にひるがえし、国王の前に跪いた。

「国王陛下のお望みどおり、ヴォートの輩を海の彼方《かなた》の母国へ追い返してまいりました」

「ご苦労だった」

いつもむすっとしているアルフレートも、このときばかりは喜色に顔をほころばせている。

「今宵《こよい》は盛大に祝賀の宴を催す。まずは軍装を解き、充分に身体を休めるといい」

ザイオンはいっそう頭を低くして謝意を表わすと立ち上がった。そして想いのこもった視線をルシエラに向けると、部下を従えて颯爽《さっそう》と去っていった。ルシエラは居ても立ってもいられなくなり、挨拶もそこそこに御前を辞すと一目散に離宮へ取って返した。

そわそわしながら小一時間も待《ま》っただろうか。ようやくザイオンが離宮へ戻ってきた。すでに着替えを済ませ、腰に長剣を吊るしただけの騎士の平服だ。最初は周囲の手前慎みを保とうとしたのだが、蒼い瞳に見つめられてそっと頬に指先が触れた瞬間、もうたまらなくなって彼に抱きついた。

「ザイオン……！　ザイオン、ザイオン……っ」

ひたすら名前を呼んで泣きじゃくる。

「待たせて悪かった。だけどほら、無事に帰ってきたぞ？」

ルシエラは彼の懐に頬をすり寄せて何度も頷いた。夢にまで見た、広く厚い胸板の感触。ぬくもり。彼の香り。すべてが懐かしい。

ほろほろと涙をこぼすルシエラの髪をザイオンは優しく撫でた。

「逢いたかった、ルーチェ」

万感の想いを込めて彼は囁き、涙に濡れた頬を両手で包んで唇を重ねた。ルシエラはいっそう涙をあふれさせると彼の背に腕を回して固く抱きしめた。もう二度と離れたくなかった。


祝賀会にはルシエラも出席した。宮廷人の大勢集まる席など普通なら丁重にお断りするところだが、今は片時もザイオンの側を離れたくなかった。今回の主役は戦勝元帥のザイオンだから、ひっそりと控えている〈魔女の娘〉になどわざわざ目を留める者はいない。

国王を除けばルシエラにはっきりと視線を向けたのは王妃のユディトくらいだ。まだ二十歳そこそこの王妃は見るというより睨むように刺々しい視線をルシエラに向け、小馬鹿にしたように冷笑すると、後は一切無視してザイオンの功績を褒めちぎった。

後日改めて王妃主催の戦勝祝賀舞踏会を開くつもりだと公言して周囲の取り巻きたちを沸かせ、ほんの一瞬ザイオンは苦虫を噛《か》み潰《つぶ》したような顔をした。

彼は王妃が大嫌いだが、祝いの席ということもあって終始慇懃《いんぎん》な態度を保った。それでは物足りないのか若い王妃は不満げだった。アルフレートがユディトを王妃に迎えたことが、ザイオンが元帥を辞して宮廷を去ったそもそもの原因であることなど、都合よく忘れているらしい。

ユディト王妃は権高な美女で、王宮内で権勢を振るう宰相の娘でもあり、気位が高く傲慢だ。気まぐれで残酷、並外れた贅沢好きという噂も、しばらく離宮で暮らすうちに耳に入っている。

ユリアン王子は、顔立ちこそ母親によく似ているが、性格的には完全に父親寄りだ。

国王の信任をよいことに、宰相と王妃が国政を恣《ほしいまま》にしているという陰口も聞く。確かにアルフレートは政治にあまり熱意を持っていないというか、どこか投げやりだ。そういう態度も、ザイオンが国王を嫌う一因だった。

祝賀会には宰相も出席していた。背はそれほどではないが貫禄があり、実際より大柄に見える。ふくらんだ涙袋が垂れ目を強調している。この男が涙を流す様はちょっと想像できないが。

ザイオンの功績を手放しで褒めたたえながら、その腫れぼったい目つきは陰険で棘《とげ》がある。

ザイオンは王妃同様宰相にもそつなく応対していたが、蒼い瞳は氷のように冷ややかだ。

宰相はルシエラをちらりと一瞥《いちべつ》しただけだったが、その一瞬だけでぞっとしてしまった。まるで蝮《まむし》に睨まれたかのように鳥肌が立ち、思わずザイオンの陰に隠れた。

国王が宰相に後を任せて退席すると、義務は果たしたとばかりに続いて彼もルシエラを連れて宴席を離れた。

離宮に戻り、身繕いを済ませてくつろいだ恰好になると、ふたりきりで改めて祝杯を挙げた。美しいカットグラスの酒杯をそっと合わせる。

「すまん。疲れただろう」

甘めのワインを一口含み、いたわりの声にルシエラは微笑んでかぶりを振った。

「一緒にいたかったから……」

素直に口にすると彼は目を細め、ルシエラを抱き寄せた。

「仕事は終わった。これからはずっと一緒だ」

唇が重なり、その懐かしい感触にルシエラはうっとりした。ザイオンはルシエラの手からグラスを取り上げてテーブルに置き、長椅子で折り重なって熱っぽく唇を吸いねぶった。くちゅくちゅと唾液が鳴り、弾力ある舌が擦りあわされる心地よさに瞳が潤む。

露骨に性感を煽る意図を持った動きに、羞恥と同時に昂奮を掻き立てられ、鼻腔《びこう》から甘えるような息が洩れた。

「ん……、はぁ……ぁむ……、んッ……んぅ」

誘いだした舌を優しく食み、ちゅるっと淫靡な音を立てて唾液を吸う。四カ月ぶりの交合に期待が高まり、早くも媚壁が蠢き始めた。衣服越しに猛りを押し付けられただけでどっと愛蜜があふれる。

腰を浮かせてすりすりと恥骨で男の股間を刺激する。自分がすごくいやらしいことをしているのはわかっていたが、一刻も早く彼の熱を迎え入れたくて恥じらう余裕などない。

「そう焦るなよ」

苦笑しながらザイオンもぐりぐりと怒張を押し付ける。それはすでに凶暴なほどにみちみちと張り詰め、ルシエラの羞恥心を灼《や》き尽くした。

ザイオンは膝立ちになって脚衣《ショース》と下穿《ブレー》きをくつろげ、猛る熱杭を掴みだした。手を離しても自然に腹に付きそうなくらい隆々と反り返った太棹に、ルシエラはこくりと喉を鳴らした。

自ら夜着の裾を捲《まく》り、膝を剥き出しにする。おずおずと脚を広げると、薔薇色の貝肉がくぱりと開いた。蜜口から熱い雫が滴り、とろとろと会陰を伝い落ちていく。ルシエラは羞恥と期待の入り交じった熱い吐息をこぼした。

キスを交わしただけなのに、ルシエラの秘処は前戯の必要もないほどすっかり潤っていた。恥ずかしさを感じる理性はまだ少し残っていたが、一刻も早く彼が欲しくてたまらない。

逞しい灼熱の楔を今すぐねじ込み、内奥深くまで打ち込んでほしい。そして彼の存在を、無事に帰ってきたのだということを、身体中で実感したかった。

その期待にザイオンは無言で答えた。膝裏に手を入れてさらに大きく脚を広げさせると、完全にぱくりと口を開けた淫唇のあわいに、根元まで一気に屹立を突き入れた。勢いでじゅぷっと蜜しぶきが飛び散る。

「あぁ――――ッ……！」

歓喜の嬌声がルシエラの唇を突き、喜悦の涙がどっとあふれた。ひくひくと媚肉が戦慄き、下腹部に熱が籠もる。

「ルーチェ……」

挿入であっさり達してしまった過敏な蜜壺を、ザイオンはいつになく性急に穿ち始めた。じゅぷぬぷと激しく抽挿されるたびに蜜がしぶき、結合部が淫猥に泡立つ。

「んッ、んッ、あッ、あぁっ……」

　青みがかった銀髪を振り乱してルシエラは喘いだ。四カ月のあいだに髪は伸び、うなじが隠れるほどになっていた。男の動きに合わせてルシエラは夢中で腰をくねらせた。

　嬉しくて、気持ちよくて、天にも昇る心地だ。これまでは恥じらいからできるだけ喘ぎ声を抑えていたが、そんな気を遣う余裕など今はない。

「はぁん、あん、あっ、ふぁあ」

　ばちゅばちゅと腰を打ちつけられるたびに目の前で星が踊る。媚壁の痙攣が収まらないうちにふたたび達してしまい、背をしならせて悶えた。

「う……ッく……、あぁ……ん……」

　恍惚にとろんと潤むルシエラの瞳を覗き込み、ザイオンはむしゃぶりつくように唇をふさいだ。荒々しいくちづけにも、ただ悦びと昂奮だけが込み上げた。ルシエラは彼をきつく抱きしめ、自ら舌を差し出して彼の唇を無心に吸った。

「……ルーチェを抱く夢を、何度も見た……」

　ずくずくと腰を突き上げながらザイオンは囁いた。甘い低音にぞわりと肌が震える。はぁっ、とルシエラは熱い吐息を洩らした。

「ほん、と……？」

「ああ。まるで青臭いガキみたいにな……」

くっくっと男が笑い、ルシエラは顔を赤らめた。

「浮気しなかった……？」

「するわけないだろ。願掛けしてたんだからな。絶対に勝って、無傷でルーチェの元に帰るって。禁欲のおかげで願いが叶った。その代わり……、もう限界だ」

ごりごりと先端で子宮口を小突き上げられ、ルシエラは甘い悲鳴を上げてのけぞった。

「んッ……！　ぁ……、して……。いっぱい……して……っ」

「言われるまでもない」

笑みを含んだ囁きに、夜着の下で触れられないままピンと乳首がそばだつ。薄手の生地は汗で肌に貼りつき、淫らな様相が男の目に晒された。指先で尖りを摘まれ、きゅっとひねられると淫らな疼きにびくんと腰が跳ねた。

「……ここは後でじっくり責めてやるから、期待してろ」

熱っぽい囁きにこくこくと頷き、せがむように男の腰を脚で挟む。ザイオンはふたたび抽挿を始めた。

あふれた蜜がかき混ぜられ、泡立つ音が淫らな昂奮を煽る。じゅぽじゅぽと媚肉を穿ちながらザイオンは欲情にかすれた声で呟いた。

「やっぱり一度出さないと、落ち着いて可愛がってやれないか……」

彼はルシエラの脚を抱え直し、深くのしかかって激しく腰を打ちつけた。ぱんぱんと濡れた打擲音《ちょうちゃくおん》がリズミカルに響く。

「ひ！　あ！　あ！　んぁッ、や……ッ、あ――」

ルシエラはこらえきれず甲高い嬌声を上げて悶えた。歓喜の涙がぽろぽろこぼれる。く、と呻いてザイオンが腰を押し付けた。

どくりと欲望が弾け、熱い奔流が押し寄せる。ルシエラの花襞は愉悦に打ち震え、注がれた精を貪欲に飲み干した。

「はぁ……あ……ん」

恍惚にひたるルシエラの顔を優しく撫で、ザイオンはついばむようなキスを幾度も重ねた。挿入されたままの雄茎はほんの少しだけ容積を縮めはしたが、なおも固く締まって猛々《たけだけ》しい。ルシエラはその充実した感触をうっとりと味わった。

ザイオンは続けざまにルシエラを絶頂させ、身体を密着させたまま抱き上げてベッドに運んだ。互いに衣服を脱がせあって全裸になると、今度は騎乗位で濃密に愛を交わした。

律儀に四カ月禁欲していたザイオンの欲望は果てしがなかった。彼はかなり我慢強いほうだが、そのぶん一旦堰を切るとなかなか止まらない。ルシエラのほうもずっと不安を押し殺して彼の帰還を待っていたわけで、控えめな性質でも飢餓感は相当なものだった。

貪るような交歓は夜通し続いた。胎にたっぷりと子種を注がれ、身体中がじんわりと甘く痺れてふわふわと夢見心地になるまで愛し抜かれた。

ようやくザイオンが満足した頃には、ルシエラは消耗しきって、しばらく腰が立たなくなりそうだった。それでも幸せな満足感で胸がいっぱいだ。温かな男の腕のなかでルシエラは安堵とともにそっと目を閉じた。


約束どおりヴォート人を追い払ったのだからもういいだろう、と翌日からザイオンは帰国の算段を始めた。報告書の作成や引き継ぎがあるので、すぐというわけにはいかないが、八月中には式を挙げたいという。

あの美しい湖の島の聖堂で結婚式——。想像しただけでルシエラは胸が熱くなった。

とはいえ未完成の薬草園が少しばかり心残りだ。ザイオンがいないあいだの手遊びと不安を紛らすために始めたことだが、毎日丹精していれば愛着も湧く。

長いこと人の住まなかった離宮は、今ではユリアン王子の恰好の遊び場だ。王子が遊びに来ていると知ってザイオンは驚いていたが、もともと彼は子どもには優しい。長身で目つきの鋭いザイオンを最初怖がっていたユリアンもすぐに懐《なつ》いた。

彼が幼い王子を肩車して庭を駆け回ったりしてやるのをルシエラがにこにこ眺めていると、

しばらく離宮に姿を見せなかった国王がふらりと現れた。鉢合わせたふたりのおとなはぎょっとして顔を見合わせたが、無邪気な四歳児ははしゃいで手を振った。

「あっ、ちちうえ！　みて！　げんすいがかたぐるましてくれたの！　たかいです！　たのしいです！」

「あ……、ああ、よかったな……」

気を取り直して国王は頷いた。ザイオンもまた我に返り、堅苦しい顔つきになって慎重に王子を地面に下ろした。ハラハラしていたルシエラはほっと胸をなで下ろした。

王子は不満そうに唇を尖らせた。

「もうおしまい？」

「殿下はそろそろお昼寝の時間でしょう」

「ねむくないもん！」

「寝ないと大きくなれませんよ」

「おひるねしたら、げんすいくらいおおきくなれる？」

無邪気な問いにザイオンは微笑んだ。

「なれますよ。きちんと寝て、好き嫌いなく食べて、しっかり運動すればね」

「わかった！　おひるねする！」

王子は頷き、父王にきちんとおじぎをすると元気よく走っていった。毒気を抜かれた風情で息子を見送っていた国王は、ふっと苦笑した。

「……そう悪くないだろう？　俺とユディトの子にしては」

自虐的な台詞を吐く国王を、ザイオンは珍しいものでも見るように眺めた。

「このまま素直に育てば、期待できるんじゃないですか」

ぶっきらぼうでも温かみのある声音に、国王の頬がわずかにゆるむ。顔を合わせるたびに角付き合わせていたふたりだが、今そのあいだに流れる雰囲気は穏やかだ。

留守のあいだに国王の姿勢が大きく変化していたことにとまどっていたザイオンも、やっと受け入れる気持ちになったらしい。

だからといって国王がルシエラの首を絞めたことを水に流すつもりはなく、全面的に信用しているわけではない。今も彼は立ち位置を微妙に変え、ふたりが直接向かい合わないように遮っている。

それに気付いているのかいないのか、国王は愁わしげに眉根を寄せた。

「……元帥職の件なのだが」

「俺は辞めますよ」

あっさりきっぱり答えると国王は渋い顔になった。

五年前、ザイオンが辞して以来カエターンの元帥職は空いたままだ。今回の復帰はあくまで一時的なもので、戦争が終わればザイオンはただの諸侯《バロン》に戻るつもりだった。軍事面はこれまでどおり将軍たちに任せればいい。

ところが、脅迫まがいに彼を領地から引きずり出して利用するという意図を隠そうともしなかった国王が態度を一変させ、元帥として引き続き軍を統率してほしいと言い出した。

これにはザイオンが一番面食らった。目的を果たした以上もう用はないと邪魔者扱いされると決めてかかっていたら、真逆の要請をされたのだ。それも露骨に彼を疎んじていたはずの国王本人から。

躊躇《ちゅうちょ》なく断ると、予想に反して国王は激昂するどころか何とかして引き止めようと下手に出た。あまりにびっくりしたザイオンは、うっかり『少し考えさせてほしい』と言ってしまった。

結局は断ったのだが、やはり諦めきれないらしい。説得のため自分から離宮に足を運ぶくらいだ。一方的にザイオンを王宮に呼びつけ、絶対にザクロス領へなど出向くものかと頑固に言い張っていた人物とはとても思えない。

(ずいぶん変わったと、ルーチェから聞いてはいたが……)

それにしてもこの変貌ぶりは予想以上だ。アルフレートが指輪の一件で、かつて自分が下した判断に恐ろしい疑問を持ち始めたことは察していたが、それにしてもこんなに下手に出られると調子が狂う。

なまじ今までが過剰なほど高圧的だったせいか、深刻な顔でぼそぼそ懇願されると、撥ねつけては悪いような気がしてしまう。ソランダ絡みで決別するまでは、若い青年王子と少年小姓は気が合って仲もよかったのだ。

　腕組みしたザイオンが、はぁと溜息をつくと、国王は焦ったように言った。

「そうだ、この離宮はおまえにやろう。ここをザクロス家の王宮内住居として正式に認める。王都の屋敷はすでに手放してしまったのだろう？　ここを使えばいい。手狭なら増築して構わないし、費用はこちらで持つ」

「そんなことより、ルシエラの立場をはっきりさせていただきたいんですがね」

「もちろんだ！　魔女容疑は撤回して王妹としての身分を保障する。すぐに勅書を出す」

「俺が要求したのは王族としての待遇ではなく、自由の身にしろということなんですが」

「わかっている。何でも自分の思いどおりに決めてよい。住む場所も、結婚相手も」

　ザイオンが肩ごしに振り向くと、ルシエラはポッと頬を染めた。

「……わたしはザイオンと結婚して、一緒に住みたいと思います」

　ザイオンはにっこりして国王に視線を戻した。

「だそうです」

「許す──いや賛成する！　そうだ、この離宮で新婚生活を送るといい！　結婚祝いに改装して、家具ももっといいものを……」

「いい。とりあえず足りてるんで」

　眉間にしわを寄せてザイオンは遮った。言葉遣いがふたたび敬語でなくなっていたが、国王は気付いた様子もない。

それからも、あれこれと好条件を提示して必死でザイオンを引き止めようとした。やむなくザイオンは「もう少し考えてみる」と約束して、やっとのことで国王にお引き取り願った。

「本当になんなんだ、あれは。すっ転んで頭を打ったのか？　それとも雷が頭を直撃したか」

憮然と溜息をつくザイオンに、ルシエラが引き攣った笑みを浮かべる。

「あなたがいないあいだ、ずっとあんな感じだったのよ」

「……ま、わからなくもないが」

彼は顎を撫で、独りごちた。首を傾げるルシエラの肩を抱き、ふぅと嘆息する。

「自分の誤った思い込みで好きな女が死んだとなれば、な……」

「……お母様の、こと……？」

ああ、と頷くと、ルシエラは深緑の瞳に決意を浮かべた。

「もっと詳しく教えてもらえない？」

彼は少し考え、かぶりを振った。

「ザクロスに戻ってから話そう。俺より説明に適任の人間がいる」

「え……、誰……？」

面食らって尋ねたが、ザイオンはにやりとしただけだった。

その後も国王に三拝九拝され、渋々ザイオンは元帥の地位に留まることにした。兄と和解したルシエラの口添えだけでなく、ヴォート討伐軍にも同行した最古参の家臣ヤーキムの勧めもあった。

白髪白髯の矍鑠《かくしやく》とした老騎士は、カエターンの元帥を務めることは我らザクロス人の存在感を示すのに役立ちます、と熱心に主を説得した。

「十年前、殿が御年十九歳で元帥を拝命したときには、このヤーキム、実に感慨深うございました。この手で襁褓《おしめ》を替えて差し上げた可愛い若の晴れ姿に、老いたる目からこぼれ落ちる涙が止まらず……」

「そんな昔の話はやめろー！」

赤くなってザイオンは怒鳴った。一緒に話を聞いていたルシエラは、乳児のザイオンを想像してうっとりした。さぞかし可愛かったことだろう。

（わたしも早くザイオンの赤ちゃんが欲しい……！）

頬を染めてニコニコしているルシエラを横目で眺め、ザイオンはきまり悪そうに咳払《せきばら》いした。ヤーキムは泣きまねをやめて真顔に戻った。

「殿。陛下が弱気になっておられる今こそチャンスですぞ。カエターンの元帥をザクロス家の世襲職とする、という勅許状をいただくのです」

「おまえなぁ……」

澄ました顔でそそのかす老臣を、ザイオンは呆れて見返した。

「殿の高潔なご気性は、領主として主君として大変好ましいものとかねがね敬服いたしております。しかしながら我らがザクロス領を守り発展させていくには、力だけでは心許ない。領外にも及ぶ権力がある程度あれば、無駄な戦いを避けることもできましょう。詰まるところ馬鹿と権力は使いようです」

「刃物じゃなかったか……？」

「ですから諸刃《もろは》の剣なのですよ。権力というものはね」

「ふん……。馬鹿に権力を持たせたら最悪だな」

「そのとおりです」

人生経験豊富な騎士は老獪な微笑を浮かべた。その様を、ルシエラの後ろに控えたオルガがぽーっと見つめている。ザイオンは渋い顔で溜息をついた。

「古狸め。……わかったよ。だが、こんな魔窟にいつまでも留まる気はないからな！　息が詰まる」

「時々様子を見に来ればいいでしょう。見慣れるとありがたみが薄れますしね。この際、殿ご自身で風通しをよくしておくのも大変結構ではないかと愚考いたしますが」

「まったく……、じいには敵《かな》わんな」

一転して好々爺然《こうこうや》と微笑むヤーキムに、ザイオンは肩をすくめた。

かくしてザイオンが元帥留任の受諾を告げると、国王は大層喜んだ。ただし、とザイオンは留任にあたって条件をつけた。

今回の事後処理が済み次第、一旦帰国する。領地で結婚式を挙げ、生活が落ち着いたらまた王宮へ来る。以後は一年に一カ月だけ宮廷に滞在するが、有事の際はこの限りではない。

結婚式のために帰国するのはよしとして、年に一カ月しか王宮に来ないことにアルフレートは難色を示した。せめて三カ月くらいは留まってもらえないかと食い下がり、結局、双方の言い分の真ん中をとって二カ月滞在ということで手打ちとなった。

合意のしるしとして国王から握手を求められ、ザイオンは当惑した。

ソランダとの破局以来、アルフレートは一貫してよそよそしい態度を取り続けた。ザイオンのほうも、叔母の真意も知らないで、という憤りと、彼女自身から固く口止めされて真実を明かせない鬱屈とで、かつては兄のように慕ったアルフレートを厭い避けるようになった。

ソランダが冤罪で処刑を宣告されても冷たく傍観するだけのアルフレートを、ザイオンは完全に見限った。それでもさらに五年、元帥として留まったのは、ソランダに『彼《アルフレート》を守って』と頼み込まれていたからだ。それも、アルフレートが即位と同時に宰相の娘を妃に迎えたことで我慢の限界を超えた。宰相はソランダを陥れた張本人だ！

この五年、ザイオンはアルフレートに対して怒りと軽蔑しか感じなかった。だが、出立直前に見た、打ちのめされ、恐れおののく姿――。あれを目撃したことで急速に怒りが鎮まり、初めて彼に憐れみを覚えた。

ソランダに対するアルフレートの憤怒と憎悪は、逆上してルシエラの首を絞めたとき頂点に達し、そして指輪を目にして一気に萎えしぼんだのであろう。

かつて彼がすべての想いを込めて恋人に贈った指輪。愛の証として彼女が受け取ってくれた指輪。彼を利用し捨てたはずの女が、そんな男から贈られた指輪を後生大事に持っていて、娘に遺していた。

アルフレートはよく言えば純真で一本気、悪く言えばひどく単純な男だが、その意味がわからぬほどの馬鹿ではない。彼は悪夢から覚めた。最悪極まりない目覚め方で。

直面した現実は悪夢よりもさらに過酷だった。彼は自分自身を疑った。信じられなくなった。

ザイオンは差し出されたアルフレートの手をそっと握り返した。今はもう怒りも軽蔑も感じない。ただ、ひどく彼が気の毒だ。

「……ザイオン」

ぐっ、と握った手に力がこもる。アルフレートは青ざめこわばった顔で、食いしばった歯の隙間から押し出すように囁いた。

「訊きたいことが、ある」

緊張してザイオンは国王を見返した。

「……もしや、ソランダは」

「陛下」

かすれた声を遮り、おもねるような、それでいて居丈高な声が響く。宰相ヴォンドラーク卿が後ろ手を組み、獲物を狙う蛇のような目つきでふたりを眺めていた。後ろには宰相の腰巾着とザイオンに揶揄されたレギーユ伯が相変わらず陰気な顔で控えている。

宰相は、にぃと口の端を吊り上げて気取ったおじぎをすると、そっくり返ってのしのしと近づいてきた。

「陛下。ヴォート貴族たちの身代金について、概算が出ましたのでご確認願います」

「あ、ああ……」

わざとらしいほどへりくだった態度で頭を垂れる宰相に、アルフレートは気を呑まれたように頷いた。ザイオンは力のゆるんだ国王の手から、自分の手をそっと引き抜いた。

「──では、私はこれで」

そっけなく一礼すると、ザイオンは返事も聞かずに踵を返した。宰相がいやな目つきで見ているのを感じ、不快さに肌が粟立つ。あの男が側に貼りついている限り、国王との完全な和解は難しいと改めて実感した。

アルフレートは単に誤解していただけだ。黒幕は間違いなくあの宰相──。証拠はないが、ザイオンは確信している。あの男は政治の実権を握るべく先王の御世《みよ》から画策していた。そのえげつない策謀により、宮廷は伏魔殿と化した。

（それ以前に、先代陛下の異様な気質がそもそもの根源か……）

宮殿の廊下を大股に歩きながら、ザイオンは眉間にしわを寄せた。

小姓として仕えていた頃から、アルフレートの父親に対する崇拝ぶりには違和感を覚えていた。ほんの子どもだったザイオンから見ても、先王が立派な父親とは到底思えなかったのだ。

君主としても名君とは言い難い。むしろ真逆である。王弟殿下のほうがずっと賢明だと、その頃存命だった父が家臣と喋っていたのを覚えている。

（先王弟殿下は気さくで穏やかな方だったな……）

兄王よりもずっと有能だと言われながら、いつも兄を立て、けっして出しゃばらなかった。駆け出しの小姓だったザイオンにも親しみを込めて微笑みかけ、立派な騎士になってアルフレートを支えておくれと真摯に頼んだ。

しかし、当のアルフレートは叔父を嫌っていた。理由は知らない。一度アルフレートに尋ねて、凄まじい剣幕《けんまく》で『うるさい』と怒鳴り返されて以来、訊くのはやめた。先王弟も甥《おい》に嫌われているのを知っていて、いつも距離を置いてそっと見守っていた。

その先王弟が謀叛を企てたなんて、今でも信じられない。密告によって憲兵隊が急襲し、先王弟とその支持者たちはすべてその場で殺された。一味とされた人間が全員死んでしまったため、真相は藪《やぶ》のなかだ。

ただ、謀反人とされた者は宰相にとって都合の悪い人物ばかりで、その後宰相の権勢が増大したことは確かである。

憲兵隊を率いていたのはまだ王子だったアルフレートだ。彼は自ら叔父を誅殺《ちゅうさつ》してやったと自慢げにザイオンに告げた。そのときのぞっとするような顔つきは今でも忘れられない。

（……ひょっとしたら、あの頃からすでに何かが狂い始めていたのかもしれないな）

謀叛を未然に防いだことで父王に褒められ、美しい恋人もできて、アルフレートは幸せの絶頂だった。だが、その幸福はあっというまに暗転した。ソランダを父に奪われ、アルフレートの心は憎悪に凍りついた。その頃はソランダが父を誘惑したのだと頭から信じ込んでいた。

叔母がそんなことをするはずがないと反発するザイオンに、アルフレートは激昂して叫んだ。あの女は父上に跨がって浅ましく腰を振っていたんだぞ、と。

まだ子どもだったザイオンには意味がわからなかったが、その後の叔母の打ち明け話から推察するに、彼女はたちの悪い媚薬《びやく》を盛られ、意識が朦朧とした状態で貞操を奪われたらしい。先王はその現場を故意に息子に見せつけたのだ。

（胸糞《むなくそ》悪い……っ）

舌打ちをして、ふと閃《ひらめ》く。スパイの女官から、ザイオンとルシエラの房事を聞いて彼が異様に激昂したのは、それを思い出したせいかもしれない。

たったひとつの指輪によって思い込みが崩れ、すべてが瓦解していく。アルフレートはその嵐の真《ま》っ只中《ただなか》で立ち尽くし、茫然自失《ぼうぜんじしつ》しているのだ。

（そろそろ真実を告げるべきか……。いや、まずはルーチェに打ち明けてからだ。話していいかどうか、了解を取らないといけないし――）

考え込みながらしかめっ面で歩いていたザイオンは、前方から着飾った貴婦人の一群がやってくることに気付いた。王妃と取り巻きの貴婦人たちだ。素早く周囲に目を走らせたが、あいにく逃げ場も隠れる場所もない。

脇に退いて頭を垂れ、やり過ごそうとしたが、王妃は嬉々《きき》として声をかけてきた。

「まぁ、元帥。いいところでお会いしたわ」

「王妃様」

ザイオンはかなりそっけなく一礼したが、ユディト王妃は気にしなかった。たぶん忘れっぽい女性なのだろう。かつてザイオンが彼女とアルフレートの結婚に公然と反対表明していたことなどとっくに記憶の彼方らしい。

「心はお決めになって？　もちろん、カエターンの元帥として末永く王家を守ってくださいますわよねぇ？」

「は……。国王陛下にその旨お伝えしてきたところです」

守るのはカエターン王国であって『王家』ではないと内心舌打ちしつつ、慇懃に答える。

「まぁ、素敵！　これで安心だわ」

王妃ははしゃいで叫び、取り巻きの貴婦人たちも同調して歓声を上げた。

「さっそくお祝いの舞踏会を開かなくては。そうそう、戦勝祝賀の舞踏会もまだだったわね。戦勝のお祝いと元帥留任のお祝いを兼ねて、盛大な舞踏会を催しましょう。——どうかしら、皆様がた？」

王妃が視線を向けると、「素晴らしいですわ、王妃様！」と取り巻きたちはいっそう甲高くおもねる歓声を上げた。王妃はにっこりとザイオンに向き直り、わざとらしく付け加えた。

「そうそう、結婚のお祝いもありましたわね。お相手はわたくしの義妹にあたる方……。わたくしたちは義きょうだいになるわけですわね。ますます心強いわ」

ザイオンは鳥肌が立ちそうになるのをこらえて頭を下げた。

「光栄です、王妃様」

「では近いうちに」

取り巻きを引き連れて王妃が立ち去るのを頭を低くして見送ると、ザイオンは憤然と踵を返した。

「くそ。宰相と王妃に頭を下げるのだけは、やはり我慢ならん！」

それだけで、これから先の宮廷生活に早くもうんざりする。

「……真実を知れば、政治嫌いのアルフレートもさすがに動く気になるだろうが」

彼が政治に関心を失ったのも、つまるところソランダとの破局が原因だ。『浮気』相手が自分の父親だったため、政務に励むことでは現実逃避しようがなかった。結局彼もまた父と同じように政《まつりごと》を宰相に丸投げし、狩猟などの趣味に没頭することで痛みを忘れようとした。

人間不信になり、諫言を受け入れることができなくなった。ザイオンを始め心ある者は次々に宮廷を去り、あるいは宰相に陥れられて追放された。

だが、アルフレートは目覚めようとしている。かつて逃避した痛みは年月を経たぶん後悔が倍加し、より苦く重いものになっているだろう。あえてそれを受け入れようともがき苦しむ男を見捨てては騎士として、いや、人として面目が立たない。

『殿ご自身で風通しをよくしておくのも大変結構ではないかと愚考いたしますが』

ヤーキムのまじめくさった顔が思い浮かぶ。

「……古狸め」

どこか楽しげに、彼は苦笑したのだった。


一週間後、王宮の大広間にて王妃主催の戦勝祝賀舞踏会が開かれることとなった。

ザイオンとしては有難迷惑で出たくなどなかったのだが、いけすかない女でも王妃である。元帥として今しばらく国王に仕えることを選択してしまった以上、無視するわけにはいかない。

ルシエラを舞踏会に出してやれるよい機会だ、と前向きに捉えることにした。母とともに王宮の奥でひっそりと育ち、わずか八歳で古城に幽閉されたルシエラは、王女でありながら華やかな場に出たことがほとんどない。

公式の場に出たのは、ザイオンが出陣するときと帰ってきたときくらいだ。むろん舞踏会などまったくの未経験。

ダンスができないから……、と尻込みするルシエラにステップを教え、一緒に練習した。さほど複雑なものではないからすぐに覚えられる。一生懸命に、だが楽しそうにステップを踏む様子が可愛らしい。

ルシエラの笑顔のためなら嫌いな人物に頭を下げるくらいかまわないか、と彼はひそかに目尻を垂れた。

すでにルシエラにかけられた〈魔女〉容疑は国王の勅令で撤回されている。国王との不和も解消し、今では正式に王妹――カエターンの王女として扱われている。

全員が納得したわけではないが、鮮やかな手腕でヴォート軍を討伐した元帥の婚約者でもあり、おおっぴらに悪く言う者はいない。

結婚後は基本的にザクロス領で生活することになる。夫にくっついて宮廷に上がったとしても、最長で二カ月離宮に滞在するだけ。その間近づかないようにすればいい。もうすぐいなくなると思えばこそ、宮廷人たちは腫れ物に触るように寛容な態度を示した。

舞踏会の翌々日には宮廷を去る予定だ。舞踏会用のドレスを新たに仕立てる一方で、荷造りなども並行して進めた。

忙《せわ》しなくも充実し、自然と気分も高揚する日々を送るルシエラだったが、気になることもいくつかあった。ひとつはザイオンの帰還以来どこかへ姿を消していたダヴィットがやけに深刻な顔で戻ってきたこと……。

ふたりで部屋にこもって長いこと話し込んでいたから、何かあったのだろうかと気を揉んだ。やがてダヴィットはすっきりした顔で出てきたかと思うと、挨拶もそこそこに張り切った様子でふたたび出かけていった。何か悩み事でも相談に来たのかと尋ねると、ザイオンは思わせぶりににやりとした。

もうひとつは、兄やユリアンにちょっとした傷薬や胃腸薬などを渡しておこうと薬を作っていて、足りなくなった軟膏用のラードをもらいに厨房へ行った際、下働きとおぼしき女性と喋っていたサビーナが妙に慌てていたことだ。

サビーナは追い出すかのように女性に水汲《みずく》みを命じ、また彼女が頭巾を目深にかぶっていたこともあって、顔はわからなかった。

見覚えがないと思って尋ねると、ただの臨時雇いですよと少し引き攣った顔で笑った。離宮に滞在する騎士の数が増え、調理の人手が足りなくなったという。

なんとなく違和感を抱いたが、説明を聞いてそれもそうだと思い、追求はしなかった。誰かの噂話でもしていて、気まずくなったのかもしれない。

どちらも不安を抱くほどのことでもなく、仕上がってきた舞踏会の衣裳を目にしたとたん意識から跳んでしまった。

騎士物語に出てくる華やかな宴に憧れつつ、一生出られないんだわと諦めていたので嬉しさもひとしおだ。しかも、幼い頃から憧れだったザイオンの婚約者として一緒に出席できる。

予定が目白押しで気もそぞろなルシエラを微笑ましく見守りつつ、ザイオンは部下の騎士たちに命じてとある準備をひそかに整えていた。

舞踏会の前日、彼は国王に目通りを願い出、人払いを求めた。

アルフレートは彼を私室に招いた。彼がかつて王子だった頃に使っていた翼棟だ。

「……懐かしいな」

部屋を見回して呟くと、アルフレートは少し照れた顔になった。

「最近はこっちで休んでる。いろいろと……ひとりで考えたくてね」

「王妃は？」

「元の部屋だ。せいせいと羽を伸ばしているだろう」

アルフレートは自虐的に吐き捨てた。

「あれとの結婚は……失敗だった。あの頃の俺は、とにかく自暴自棄というか……、諫《いさ》められれば反発ばかりしていた。いけないとわかっているのに悪いほうを選んでいた。……おまえ、ユディトだけはやめろ、絶対にだめだって言ってただろう？」

「俺のせいだと？」

顔をしかめるザイオンに、アルフレートは苦笑して手を振った。

「そうじゃない。ただ……、自分がとことん愚かな人間だったと思い知ったのさ。自棄《やけ》になって本当の味方を遠ざけ、俺を利用したいだけのご機嫌取りとおべっか使いで周囲を固めて閉じこもって……。そんなの居心地悪いだけだと気付いたときには、すでにべとべとの蜘蛛《くも》の糸でがんじがらめになってた。身動きできない鬱憤でますます不機嫌になって、見るもの聞くものすべてが不愉快で、やみくもに当たり散らしてた。……可哀相なルシエラ。俺はなんの罪もない幼い妹に八つ当たりして鬱憤晴らしをするような、最低の人間だった……」

アルフレートは顔を覆って呻き、恐怖に取り憑《と》《つ》かれた目つきでザイオンを窺った。

「教えてくれ。俺は……この手でソランダを……死に、追いやったのか……？」

ザイオンは答えず、ただじっと彼を見返した。アルフレートは真っ青になって、どさりと革張りのソファに沈み込んだ。

「……そうなんだな。やはりそうなのか。俺は無実のソランダを死なせ、本当の悪人を側に侍らせていたのか。いや、それどころか、そいつの手で都合よく踊らされていた……！」

ぶるぶると震える国王を、ザイオンは痛ましげに眺めた。少し間を置いて彼は低く呟いた。

「証拠は、ない。当人に自白させるほかないが、ただ訊いたところで白状するわけがない。取り調べるにしてもなんらかのきっかけが必要だ。奴は今や宮廷一の権力者。理由もなく捕らえても誰も納得しないし、国王が乱心したと逆手に取られる恐れもある。先王陛下の実例があるからな。たやすく納得するだろう」

ぞっとしたようにアルフレートがザイオンを見る。

「俺を幽閉し、完全に実権を握るつもりだ、と……？」

「あからさまに反発すれば、そういう手段に出るかもしれないということだ。あなたが目を覚ましたことに、宰相はもう気付いているだろう」

「ああ……。腹立ち紛れに奴に命じてしまった。十年前の事件を再調査しろ、と……」

ザイオンは顔をしかめた。

「まずいことをしたな」

「すまん……」

「いや、それがきっかけで動き出したと考えれば、悪くない」

怪訝《けげん》そうなアルフレートに、腕組みをしたザイオンはにやりと笑いかけた。

「ひとつ、頼みがあるんだが」

「……？　なんだ」

「一回死んでくれないか？」

「――――は？」

目を丸くした国王の、ぽかんと開いた口から、たいそう間抜けな声が出た。

第七章　喜びの痛み

舞踏会当日。王宮は華やかに着飾った貴婦人や美々しい礼装の騎士でいっぱいになった。集まった人々がいっせいにざわめく。ルシエラは胸を高鳴らせながらザイオンに手を預けて大広間に足を踏み入れた。ルシエラは自然にそれを主賓であるザイオンが登場したからだと思ったが、それに加えて傍らの自分の美しさに感嘆しているのだとはまるで気付かなかった。

真珠とエメラルドを連ね、瑞々《みずみず》しい紅薔薇を両脇に飾ったヘッドドレスで美しい青みがかった銀髪を結い上げ（今回も髪結いの活躍で付け毛とは全然わからない）、透けるヴェールを背に垂らした姿は可憐《かれん》な妖精のようだ。

台形に開いた胸元を飾るのは豪華な三連真珠のネックレス。真ん中には大粒のサファイアが下がり、涙型の真珠が三つ揺れている。蔓草《つるくさ》模様を織り出した深紅色の絹のオーバードレスの身頃にも贅沢に真珠があしらわれていた。

折り返しの長い引き袖の下からはスラッシュ部分に宝石をあしらった下袖が覗く。アンダードレスは光沢のある落ち着いた緑色の絹で、大粒の真珠とルビーの長い飾りベルトを垂らし、ベルトの先に取り付けられた小さなポーチも金糸銀糸の刺繍と宝石で飾られている。

これだけで一財産ともいえる豪奢なドレスは、これまでの冷遇の埋め合わせと謝罪をしたいと、国王がすべての費用を負担して作らせたものだ。

広間の一番奥、玉座を示す天蓋つきの椅子にかけている国王夫妻の御前で挨拶すると、アルフレートは満足そうな笑顔で頷いた。

「ドレスは気に入ってもらえたかな？」

「はい！　ありがとうございます」

にこにこする国王の隣でそつない笑みを浮かべながら、王妃は妬ましげにルシエラのドレスをじろじろ眺めていた。高価な真珠をこれほど使ったドレス、王妃である自分だって持っていないのに……と悔しそうだ。浅ましい邪念を押し隠して王妃はにっこりと微笑んだ。

「よくお似合いよ」

「ありがとうございます、王妃様。なんだかわたしにはもったいないようで……」

「そんなことはない。元帥ともよくお似合いだ」

「恐縮です」

国王の言葉に、しかつめらしい顔でザイオンは一礼した。白銀の衣裳が黒髪によく映え、貴婦人たちがうっとりと見とれている。

ごてごてと身を飾るのを好まない彼だが、今日は銀糸で刺繍された襟付きのチュニックから襞飾りを覗かせ、袖口にもレースがあしらわれている。腰に下げた剣もいつもの実用重視ではなく、銀の柄に宝石を散りばめた美しいサーベルだ。

挨拶を終えると用意された席に座った。玉座を頂点として半円形にずらりと椅子が並べられている。むろん出席者全員分ではなく、用意されているのは王族と高位貴族のみだ。ルシエラの席は王のすぐ隣だった。王妃の隣にはその父親である宰相がひとりで控えている。

前列に女性、後列にパートナーの男性が座るかたちで、出席者たちの国王への挨拶が終わるまでしばし待った。大部分の出席者は広間の壁際に置かれた椅子に座り、席にあぶれた者は立っている。

やがて王が立ち上がり、王妃の手を取って演奏家たちの前まで移動した。席順にその後に続いて列になる。宰相は最初から踊る気はなかったようで、いつものように後ろ手を組んだ恰好で眺めているだけだ。

男性の右手に女性が立ち、全員でおじぎをすると、手を繋いでブランル（輪になって踊るダンス）を踊った。

一曲終わると国王夫妻が列の最後尾に移動し、今度は王妹であるルシエラが先頭になってふたたびブランル。緊張したが、練習のかいあってきちんと踊れてホッとした。

国王夫妻が元の位置に戻るまで同じダンスが繰り返され、それが終わると今度はガヴォット（跳躍のあるダンス）を踊った。

これが一巡すると全員でまたおじぎをして儀礼的なダンスは終了だ。次いでペアで踊るクーラントを国王夫妻が一曲踊って席に戻った。ずっと立っていた全員が着席し、国王の合図で下位の出席者たちが進み出てそれぞれのパートナーと踊り始めた。

ルシエラは休憩を挟みながら国王やザイオンと何度かメヌエットを踊った。壁に貼られた鏡がシャンデリアの灯を反射して、まばゆいばかりに輝いている。

まるで夢のよう……。ふわふわと雲を踏む心地でルシエラは踊った。

その様子をねちっこい目で追っていた宰相が、貴族と組んで踊る王妃と素早く視線を交わした。国王は上気した顔でザイオンと踊っているルシエラを上機嫌に眺めていて気付かない。

やがて夜食の時間となり、食卓の用意された別室へ移った。全員がそれぞれの席に着くと、国王は立ち上がってこのたびの戦におけるザイオンの功績をたたえ、妹との婚約を祝した。そして乾杯のためにゴブレットに手を伸ばしてちょっとまごついた。

ルシエラはすぐに気付いた。王が使うゴブレットは特に豪華に作られた宝石つきの銀杯なのだが、それが何故かルシエラの前にあったのだ。用意した者が間違えたのだろうと、ルシエラは急いでそのゴブレットを王のほうへ押しやった。

アルフレートはにっこり笑ってゴブレットを手にすると、高々と掲げた。

「王国の末永い繁栄に――乾杯！」

立ち上がった貴族たちも晴れがましい顔でいっせいに『乾杯』と唱和する。ワインを飲み干した王がゴブレットをテーブルに戻すや否や、異変が起こった。喉を押さえてアルフレートが苦悶《くもん》し始めたのだ。

全員が唖然とするなか、王が床に倒れると王妃が耳をつんざく悲鳴を上げた。ルシエラに指を突きつけ、こめかみに青筋をたててわめきだす。

「この女が――」

「ルシエラ！　解毒剤を早く！」

言い終わらないうちに臨席のザイオンが怒鳴り、甲高い王妃の声がかき消された。勢いを殺《そ》がれた王妃がぽかんとする。ルシエラも負けないくらい呆気に取られた。

（解毒剤!?　何それ、そんなの持ってないわ……っ）

かまわずザイオンは大音声で叫んだ。軍を指揮する彼の声は非常によく通る。

「万能解毒薬《テリアカ》だ！　早く陛下に飲ませろ！」

彼はもどかしげにルシエラの飾りベルトを引っ張った。その先には小さなポーチが付いている。ドレスにはポケットがないので、その代わりだ。といってもほとんど飾りで、折り畳んだハンカチくらいしか入らないし、何も入れた覚えはない。

しかし握らされたポーチには確かに固い手触りがある。わけがわからないまま中身を取り出すと、それは掌に握り込めそうなほど小さな瓶だった。ザイオンを見ると、彼は真剣な面持ちで頷いた。

（これ……本物なの……⁉）

万能解毒薬《テリアカ》。その名のとおり、あらゆる毒を無効化する特効薬だ。古来、その製法はごく限られた魔女たちのあいだで継承されてきた。

かつて猖獗《しょうけつ》を極めた〈魔女狩り〉は、この製法を魔女から盗み、独占しようとした医者や聖職者が主導したとも言われている。

結局、製法を手に入れることはできず、魔女たちの大部分がどことも知れぬ〈女神の島《アシエラ》〉へ去ってしまった。

ルシエラが母から受け継いだ本にも万能解毒薬《テリアカ》の製法は載っているが、原材料も製法も中途半端にしか書かれていない。完全な製法は口伝なのである。

わずか八歳で師である母と死に別れたルシエラは、魔女としてはほんの駆け出し。薬効を高める能力《ちから》があるだけの〈魔女の娘〉にすぎない。

「早く！　手遅れになる前に」

急かすザイオンの表情は真剣そのもので、確信に満ちている。状況が把握できなくても、今は信じるしかない。ルシエラは唇を引き結び、床でのたうち回る兄の側にかがみ込んだ。

コルクの蓋を外し、口許に瓶を持っていくと、娘と同じく呆気にとられていた宰相が我に返って怒声を上げた。

「飲ませるな！　それもきっと毒薬だっ」

「俺が責任を持つ。一刻を争う事態だ。ルシエラ、早く！」

「は、はい！」

ルシエラは頷き、思いきって瓶の中身を兄の口に注いだ。嚥下《えんか》を助けようとザイオンが頭を持ち上げる。噎せながらもアルフレートは注がれた液体を必死に呑み込んだ。

慎重に、すべての薬液を口中に流し込む。苦しげに喘ぎ、噎せていた王の呼吸が次第に静まり始めた。

床にへたり込み、背中をザイオンに支えられて、アルフレートはごほっと大きく噎《む》せた。そして口許を手の甲でぬぐうと、脂汗の浮いた蒼白な顔に凄絶な笑みを浮かべた。

「た……、助かったぞ……、ルシエラ」

おおっと周囲から歓声が上がる。安堵で脱力し、ルシエラはぺたりと床に尻餅をついた。空になった瓶をぎゅっと握りしめて呆然とするルシエラを押し退け、王妃が夫に取りすがった。

「陛下！　ああ、よかった——」

国王は力任せに妃を突き飛ばし、怒りに燃える瞳で睨み付けた。

「この毒婦め！　俺を殺そうと企んだな⁉」

「な、何を……」

「真の魔女はルシエラでもソランダでもない！　ユディト！　おまえと父親の宰相だっ」

「陛下、何を仰います。どうして私たちが陛下を害するなど……」

「決まってる。邪魔になった俺を廃して幼いユリアンを王位に就け、好き放題に操るためだ」

ユディト王妃は真っ青になったが、宰相はふてぶてしく笑ってみせた。

「どうかしておられますな。何を証拠に」

「衛兵！　この者どもを捕らえろ！」

王の怒鳴り声に衛兵が駆けつける。細身の斧槍《ハルベルト》を突きつけられると、さすがの宰相も青ざめた。

宮廷一の実力者とはいえ、国王の命令を無視させられるほどの権威があるわけではない。衛兵の主人はあくまで国王だ。今まで顎で使ってきて忘れていたようだが、そうできたのは至高の権力者である国王がそれを許していたからなのだ。

引っ立てられながらも宰相はまだ虚勢を張っていたが、王妃のほうは取り乱して泣きわめいていた。

甘やかされ、なんでも思いどおりにしてきたユディトもまた、すっかり勘違いして思い上がっていた。国王の命令ひとつで自分の立場などたやすく揺らいでしまうことをすっかり忘れていたのだ。最大にして最強の後《うし》ろ楯《だて》だった父も、ひとまとめに捕らえられてどうしようもない。

「陛下！　誤解です！　わたくしはただお父様の言うとおり……」

「だまれユディト！」

青筋をたてて宰相が怒鳴る。それだけで、居合わせた人々はこれがまったくの冤罪だとは思

えなくなった。とまどっていた人々から一転して疑惑の目を向けられるとユディトはますます焦り、言い逃れようと余計なことをわめき散らしては父親に怒鳴りつけられた。

十五歳で王妃になり、翌年王子を産んで万全の地位を得た（と思い込んだ）ユディトは取り澄ましていても所詮はわがまま放題に育った甘ったれの小娘にすぎなかったのだ。父親の庇護の下、病的に肥大した自尊心の塊は、壊れるのも異様に早かった。

ふたりが広間から消えると、アルフレートはザイオンの肩を借りて自室へ戻り、彼に王権代行の白紙委任状を与えて調査を一任した。彼はさっそく部下に指示を出して宰相および王妃の使っているすべての部屋を徹底的に捜索させた。

ルシエラはハラハラしながら兄の容態を見守った。あの『万能解毒薬《テリアカ》』は本当に効いているのだろうか。自分で作ったものではないから、材料に何が使われているのかもわからない。

枕に寄り掛かって目を閉じたアルフレートは、顔色はまだ青ざめているものの、呼吸は規則正しく穏やかだ。

しばらくすると彼は喉の渇きを訴えた。ルシエラは枕元に用意された水差しからグラスに水を注いだ。井戸から汲《く》んだばかりのものをザイオンが運ばせたから安全だとは思うが、念のため自分で一口含んで確認してから兄に飲ませた。

アルフレートは美味《おい》しそうに水を飲み、大きく溜息をついて枕にもたれた。

「……一回死んでくれと言われたときには驚いたが……、本当にこれでおしまいかと思った」

「え……？」

きょとんとするルシエラに、アルフレートは弱々しく微笑んだ。

「ゴブレットに毒が仕込まれているのは気付いてたんだ。というか……、食事の際に毒を盛られるだろうと」

どこに入っているかはわからなくても、宰相たちがあの夜食の席で命を狙ってくることは予想していた。ゴブレットの位置がルシエラと入れ替わっていたことで確信した。これを飲んで倒れたところを見計らい、ルシエラを犯人として糾弾するつもりなのだ。

「わかってて飲んだんですか……!?」

「そうしろと、ザイオンに言われてたからな……。解毒剤を用意しておくから、迷わず飲み食いしろと」

「そんな……。もし効かなかったらどうするの!?」

「絶対に効くと言われた。彼女が作った薬だから……。もし効かなくても、それはそれでいいと思った。彼女には、俺を殺す権利がある……」

「彼女……？」

アルフレートはいくらか力の戻った顔で微笑んだ。

「この試練に耐えたら会わせてやると、ザイオンが約束してくれたんだ」

（誰のこと……？）

ルシエラがとまどっていると、国王直属の衛兵が守る扉が開いてザイオンが戻ってきた。後ろに看護役らしき女性を従えている。ルシエラはキッと彼を睨んだ。

「ザイオン！　わざとお兄様に毒を飲ませたって本当なの⁉」

「あ、ああ」

彼はルシエラの剣幕にちょっと気押された風情で頷いた。

「ひどいわ！　王に毒を盛るなんて大問題よ！」

「盛ったのは俺じゃないぞ」

「そうだけど！　知ってたなら未然に防ぐべきでしょう⁉」

憤慨するルシエラの手を、ベッドから腕を伸ばしたアルフレートがそっと叩く。

「いいんだよ。これは俺の、言ってみれば……罪滅ぼしだ」

「よくありません！　あの万能解毒薬《テリアカ》がなかったらどうなってたか……！　だいたい、あれ誰が作ったの⁉　万能解毒薬《テリアカ》の製法を知っている魔女はもういないはずじゃ……」

くすりと笑ってザイオンは脇へ退いた。後ろに控えていた女性に手を差し伸べる。

「作ったのは彼女だよ」

ルシエラの背後で、ごくりとアルフレートが大きく喉を鳴らした。進み出た女性を見て、ルシエラはハッとした。あれは……もしや離宮の厨房で見かけた女性ではないだろうか。あのときと同じように頭巾を目深にかぶり、うつむきかげんで顔がよくわからない。

彼女は両手を頭巾に添え、静かに後ろへずらした。あらわになった髪を見てルシエラは目を瞠った。それは自分とよく似た青みがかった銀髪だったのだ。

女性が伏せていた顔を上げ、穏やかに微笑んだ。とたんにルシエラは混乱し、わけがわからなくなって、頭がぼーっとした。その顔は……、優しく、少し寂しげな、その美しい顔は。

「………お母様？」

にこ、と女性が笑った。

「大きくなったわね、ルシエラ」

ふらふらとルシエラは彼女に近づいた。信じられない。でも、確かに母の顔だ。記憶にあるのとほとんど変わっていない……母の顔だ……！

先細りの繊細な指が、そっとルシエラの頬に触れる。瞬間、どっと涙があふれた。

「お母様……！」

抱きついて、子どものように泣きじゃくる。母の手が優しく背中を撫でた。温かな手だ。生きている。母は確かに生きて、ここにいる……！

「ソランダ……」

かすれた声が聞こえ、ルシエラは我に返って目許をぬぐった。振り向くとアルフレートが、せっかく戻ってきた顔色をふたたび蒼白にしてわなわなと震えていた。ルシエラは急いで母から離れた。その肩をザイオンがそっと抱き寄せる。

ソランダはベッドに歩み寄り、枕元に腰を下ろしてアルフレートを見つめた。その顔は優しく慈愛に満ちている。

「……ソランダ……なのか……？　本当に……」

「はい、アルフレート様。わたしです」

その声も、彼を見つめる瞳も穏やかだ。見開いたアルフレートの瞳から涙があふれ出た。伸ばした手が、彼女に触れられずに中空でぶるぶる震える。

「ソランダ……、ソランダ……。許してくれ……、俺を……、ああ……どうか……許してくれ……！」

ソランダは微笑み、アルフレートの戦慄く身体に腕を回して抱きしめた。

「……怒ってなどいませんわ」

涙声で彼女は囁いた。アルフレートはおそるおそる彼女の肩に手を置いた。炎に触れたようにびくっとした手に、次第に力がこもる。

「ソランダ……！」

アルフレートは呻き、ぎゅっと彼女を抱きしめた。それを見つめるルシエラの瞳からも涙があふれ、次々に頬を滴り落ちた。すすり泣くルシエラを、ザイオンが優しく抱擁する。

「よかった……」

逞しい胸にもたれ、ルシエラは呟いた。涙でかすむ視界のなか、アルフレートが幼子のように泣いていた。

「……本当に、よかった」

ザイオンの唇が濡れた目許に優しく触れる。

幸福感に包まれ、ルシエラは二十年ぶりに抱き合うふたりをあたたかく見つめていた。


翌日。アルフレートの体調がほぼ回復したという報告を受け、ルシエラはザイオンとともに国王の寝室を訪れた。

アルフレートは顔色もすっかりよくなり、くつろいだ恰好で長椅子のクッションにもたれている。その側には美しいドレスに身を包んだソランダが慎ましやかに控えていた。

挨拶もそこそこにルシエラは尋ねた。

「いったいどういうことなの？　お母様、今までどこでどうしていらしたの？」

「そう焦らないで」

ソランダが眉を垂れて苦笑する。

「俺も聞きたい。あの一件が宰相の企みだということはわかったが……、心変わりしたのでないのなら、何故俺を捨てて父の妃となったのか……。納得のいく説明が欲しい」

アルフレートの言葉に、ソランダは眉根を寄せて吐息を洩らした。

「……できれば話したくはないのだけれど……、そうもいかないでしょうね」

ソランダは組み合わせた手をきゅっと握りしめた。憂鬱そうな母の表情を気にしながら、ルシエラは問うた。

「お母様が生きていらしたのは、どういうわけなの……？　わたし、お母様が自殺した……って聞いたわ。毒を、呑んで……」

母は眉を寄せてちらりとザイオンに視線を向けた。ザイオンはばつが悪そうに咳払いした。

「あー、つまりだな。あれは自殺じゃなく、俺が毒を呑ませたんだ」

唖然とするルシエラに言い訳するように、ザイオンは慌てて両手を振った。

「や、殺そうとしたんじゃないぞ！　助けようとして……」

「どういうこと⁉　助けようとして毒を盛るなんて──」

眉を逆立てるルシエラを、ソランダがそっと制した。

「本当よ、ルシエラ。ザイオンはわたしを牢から救い出そうとしたの」

「お母様……」

「あのときわたしはもうすっかり諦めて、火刑になることを受け入れていたわ。ザイオンはなんとか逃がそうと必死に説得したんだけど、わたしは頑なに拒否して……。諦めるというより、意地になっていたのかもしれないわね」

このままでは本当に無実の罪で火あぶりになってしまう。切羽詰まったザイオンは差し入れの食事のなかに一《いち》か八《ばち》か毒を仕込んだ。

「本当に死ぬのではなく、仮死状態になる薬よ。そして身内としてわたしの『亡骸』を引き取り、ひそかに蘇生《そせい》させようとしたの」

計画は半分うまく行き、半分失敗した。何も知らずに毒を口にしたソランダは仮死状態に陥り、侍医によって死亡を宣告された。遺骸は願い出たザイオンに引き取られ、当時王都にあったザクロス家の屋敷に運び込まれた。そこで、以前ソランダが作った万能解毒薬《テリアカ》を用いて蘇生を試みたのだ。

ところが、息は吹き返したものの、ソランダの意識は完全には戻らず、生きた死人のような状態になってしまった。

「すまん。俺のミスだ」

ザイオンが渋い顔で頭を下げるとソランダは微笑んでかぶりを振った。

「そうじゃないわ。たぶん……、目覚めることを自分で拒否したのよ。絶望して……、夢のなかに逃げ込んで、閉じこもっていたかったのね……」

ソランダはルシエラに視線を向け、すまなげに眉を垂れた。

「ごめんなさい。小さなあなたをひとりにしてしまって……。母親失格ね」

ふるふると、ルシエラは懸命にかぶりを振った。

「今までどこにいたの……？」

「ザクロス城よ」

「えっ⁉」

「わたしが『幽霊』なの。あの指輪、盗《と》ったのはわたしよ」

城の奥にかくまわれたソランダの存在は、ごく限られた者しか知らなかった。ふだんは居室でぼんやり過ごしているが、たまにふらふらと出歩くことがあって、その姿を目撃した事情を知らない者たちが『幽霊』と思い込んだのだ。

ルシエラがザクロス城にいるあいだ、ふたりを引き合わせるべきかどうかザイオンはずっと悩んでいた。

ソランダが普通の状態なら迷わず会わせたが、この状態で会わせてもかえってルシエラを悲しませるだけなのではないか……。彼が始終不機嫌そうに見えたのは、アルフレートに腹を立てる以外にそれもあったらしい。

だが、〈魔女〉の血筋であるソランダは、教えられずとも娘の存在を感じたらしい。半覚醒状態で陰からじっと見つめたり、夜中にふらふらと部屋に忍び込んだりした。ルシエラが目を覚ましたら騒動になっていただろう。

ルシエラが手に握っていた指輪を見て、ソランダは朦朧とした意識のままそれを持ち去った。

指輪を嵌めて眺めたり触れたりするうちに、だんだんと意識がはっきりしてきた。

やがて完全に正気を取り戻し、娘の願いを聞き入れるよう強くザイオンに求めたのだ。

「そうだったの……」

ルシエラはしみじみと嘆息した。ターニャから話を聞き、母の幽霊なら……と親しみを覚えたが、幽霊ではなく実物だったのだ。

「ソランダ……。俺と別れた本当の理由を教えてくれないか」

黙って話に耳を傾けていたアルフレートが、意を決して尋ねる。ソランダはためらい、口ごもった。

「それを知れば、あなたはとても傷つくと思うわ」

「やはり、父に脅されていたのか……?」

ソランダは唇を噛み、こくりと頷いた。

「話してくれ。たとえどんなにつらい話でも、俺は知らなくてはならない。おまえが俺のために払ってくれた犠牲に報いるためにも」

ぎゅっと手を握り、アルフレートは真剣に訴えた。ソランダは眉根を寄せて頷いた。

「わかったわ。……あなたに求婚されて、わたしはとても嬉しかった。幸せだった。でも……、ある日、王がわたしのもとを訪れてとんでもない話を始めたの。……アルフレートは、自分の子ではない、と」

「な、に……?」

まさかそんな話になるとは思いも寄らず、アルフレートは唖然とした。彼は救いを求めるようにザイオンを見たが、その険しい表情を見て青ざめた。ザイオンはまったく驚いていない。知っていたのだ。

「……俺は……父上の子ではないのか……？　では、誰の子だ？　俺の本当の父親は……」

ソランダは静かな声で、きっぱりと告げた。

「先の王弟殿下です」

「なんだと……⁉」

彼女が語った話はアルフレートにとってまさしく悪夢だった。

「先王陛下は若い頃にかかった病気が原因で、子どもができない体質だった。それをひた隠しにしていたの。周囲に知られ、王弟殿下を推挙する動きが活発になることを恐れたのね」

先王は弟のほうが為政者としての資質に優れ、人望もあることをよく知っており、それをたいそう妬《ねた》んでいた。弟が自分の地位を狙っているのでは……と疑う一方で、その優しい気質もよく理解していた。

そこで王はひとつの陰湿な計画を立てた。弟にあえて事実を打ち明け、自分の妃と子作りするよう頼んだのだ。

「もちろん王弟殿下は断ったわ。殿下は独身であらせられたけど、とても倫理的な方だった。兄の命令とはいえ、その妻と関係を持つなんて、とても受け入れられなかった」

先王は固辞する弟を執拗に説得した。王妃はヴォートの公爵令嬢で、王室ゆかりの姫君だった。子どもができない王妃の立場はつらいものになる。不妊の原因はたいてい女性のせいにされるし、ただでさえ両国の関係は不安定だ。

子どもができないことは離婚の理由にもなりうる。事実、家臣のあいだからはそのような声がちらほら上がり始めていた。原因が自分にあると知っている王は、新たな王妃を娶《めと》っても同じことのくりかえしだとよくわかっていた。

王弟は、おとなしく内気な王妃に常日頃から優しく接していた。恋愛感情を抱いてはいなかったが、ほんの少女の頃に嫁いできた人見知りの激しい姫君を、義姉というより妹のように思っていたのだ。

そんな弟の優しい心根を先王は利用した。王妃の立場を磐石《ばんじゃく》なものにしてやりたいと、言葉巧みに説得したのだ。ついに王弟は折れ、王妃の同意を条件に兄の要望を受け入れた。

同様に先王は妃を説得した。王妃も最初は驚き、拒否したが、子どもが欲しいと強く願い続けており、また優しい義弟に好意を寄せ、頼りに思っていたこともあって、罪悪感を覚えながらも同意した。

ふたりは王の手引きで密会を重ねた。王妃はほどなく身ごもり待望の王子を出産した。むろん王の子として、である。

「――それが、俺……なのか……」

呆然とするアルフレートにソランダは痛ましげなまなざしを向けた。

「そこからが、先王陛下の『復讐《ふくしゅう》』の始まりだった……。陛下はアルフレート様が物心つく前から弟に対する悪意を吹き込んだ。自分を崇拝し、弟を嫌い憎むように仕向けたの」

同時に王妃のことも陰険にいじめぬいた。自ら強いておきながら、王妃を不貞な女だと責め続けた。もともと傷つきやすく性格的に脆《もろ》かった王妃は耐えきれずに自殺してしまった。先王はそれも弟のせいにした。

「……母は、叔父に関係を強要され……、罪の意識から自殺したのだと……」

アルフレートは虚《うつ》ろな目で呟いた。まっさらな頭に吹き込まれた禍々《まがまが》しい悪意に満ちた言葉どおり、叔父を極悪人だと信じ込んでいたのだ。彼は自分の両手を見下ろして歯ぎしりした。

「俺は、実の父をこの手で殺したのか……！」

「謀叛の件は捏造《ねつぞう》です。用済みとなった弟の排除を目論む先王陛下と、宮廷内の権力を独占しようとする宰相の野望が一致した結果、あのような事件に……」

ハッとしてアルフレートは尋ねた。

「宰相は知っていたのか？　俺の……」

「いいえ。先王陛下は診断を下した侍医に固く口止めしていましたから、事情を知る者は当時四人だけ……。その侍医も口をつぐんだまま鬼籍に入られました。今ではここにいるわたしたちだけです」

宰相は自分の権力欲から、先王の弟に対する憎悪を利用した。国王が不妊であることを知らない彼は、王妃を離婚させ、自分の妹を後釜に据えようと画策していた。

王妃が病死して――公式には病死とされていた――、妹を王に取り入らせ、計画はうまく行きそうだった。しかし国王は息子の恋人を横取りして自分の妃にするという暴挙に出た。

「先代陛下は仰っていました。アルフレートにくれてやるのは王位だけだ。他はすべて取り上げる。けっして幸せにはしてやらない……と」

黙って聞いていたルシエラは、胸が悪くなって口許を押さえた。なんというゆがんだ復讐だろう。実子を持てなくなったのは気の毒だが、自分で巻き込んでおきながらそんな仕打ちをするなんて……。

「先王陛下はすべてをわたしにぶちまけ、自分と結婚するよう命じたわ。さもなくば今の話をアルフレートにも聞かせてやる、と」

出生の秘密を知り、自分が実の父を――それも完全に無実の人間を手にかけたと知れば、アルフレートはどうなると思う？　そう脅されてはソランダには拒否できなかった。

アルフレートは思い込みが激しく、一本気な性格だ。父の悪意により事実でないことを信じ込まされていても、根本的には善良な人間であることをソランダは知っていた。叔父を善人の仮面をかぶった極悪人で母の仇《かたき》だと思い込んでいるからこそ憎んでいるのだ。

そのすべてが偽りだと知ったときのアルフレートの混乱や後悔、絶望。それを思えば知らせることなど絶対にできない。

「……そのときは、それが最善の方法だと思ったの。あなたを守れる最良の手段だと。わたしの裏切りであなたは傷つくでしょう。わたしを憎むでしょう。でも、いずれはその傷も癒える。わたしを忘れ、他の女性を愛するようになるかもしれない。そのときまた先王陛下が邪魔しようとしたら、なんとしてもわたしが阻止する。そのためには『王妃』の地位にいたほうがいい。……そう思ったの」

「ソランダ……、おまえは、そこまで……」

声を詰まらせるアルフレートに、ソランダは微笑んだ。

「あなたには幸せになってほしかった。誰より大切な人だから……、誰よりも幸せに。あなたの秘密はわたしが守る」

「だからといって……っ」

「……そうね。わたしは少し思い上がっていたかもしれないわ。あなたの怒りと憎悪は予想を超えるものだった。きっとどこかで甘えていたのね。いずれわかってもらえるって……。ルシエラを授かったことも大きな救いだった」

母に微笑みかけられ、じっと聞き入っていたルシエラはとまどった。

「あなたがいなければきっと耐えられなかった。早々に音を上げていたわ。……愛する人に信じてもらえないというのは、想像以上につらいものだった」

ソランダを追い落として身内を王妃にしようと企んだ宰相は、ソランダが〈魔女〉の血筋だということを利用して先王の呪詛事件を仕組んだ。体調を崩す薬をわざと飲ませ、〈魔女〉の呪いだと騒ぎ立てた。

そしてソランダの部屋に呪いの人形を仕込み、大騒ぎの末に発見してみせて、迷信深かった先王に〈魔女〉の呪いを信じ込ませた。ソランダを脅迫し、無理やり我が物とした先王にとって、それはいかにもありそうなことだったのだ。

「さすがのわたしも、心が折れてしまったみたい。先王陛下の仕打ちに今さら驚きはしなかったけど、アルフレート様までわたしが悪い魔女で陛下を呪い殺そうとしたと信じて疑わなかったのは、ひどく堪《こた》えたわ……。何もかもどうでもよくなってしまった。死んで楽になりたい一心で……。ルシエラのことは、きっとザイオンが良いようにしてくれるだろうと」

話を振られたザイオンは憮然と肩をすくめた。

「そういう状態だから、やむなく死んだことにして牢から運び出したんだ」

「ザイオンは、お兄様の出生について知ってたのね？」

「ソランダが先王の妃になると言い出したときに、無理に聞き出したんだ。どうにも納得できなくて。しかし、先王陛下の企みだったとは知らなかった。その……、一夜の過ちみたいなものかと。先の王妃様が自殺だったというのも初耳だ」

ザイオンが知っていたのは、アルフレートが先王弟の子であり、その手で実父を殺したということ。それだけで充分に衝撃的だったが。

「ザイオンに話したのは、いざというときアルフレート様を守ってほしかったから……。何かのきっかけでアルフレート様が事実を知ってしまったら、支えてほしかったからなの」

「叔母の言いつけだから腹立ちをこらえて仕えたが、宰相の娘を王妃にすると言い出されては限界だったよ」

「ああ……。そうだな。そうだよな……。当然だ」

アルフレートはがっくりと両手に顔を埋めた。

「俺は……、心のどこかで気付いていたんだ。あれは宰相の企みだと……。だが、認めればソランダを許すことになる。俺はソランダを許したくなかった。憎み続けたかった。いや、憎み続けなければならなかった。憎しみが俺の支えだったんだ……」

それはきっと愛の裏返し――。そうルシエラは思った。愛したのと同じだけ彼は憎んだ。彼の心の中にはつねにソランダがいたのだ。

「……ソランダが死んで……、俺は身代わりのようにルシエラを憎むようになった。俺には憎む相手が必要だった。愛することも信じることもできなくなった俺には、憎しみしか……」

そう呟いて、ハッと彼は顔を上げた。

「父は子ができない体質だったと言ったな？　だったらルシエラは誰の子だ……？」

そう言われてルシエラも気付いた。今までずっと自分の父親は先代国王だと思っていたが、それがありえないとしたら……？

ソランダが穏やかに微笑む。アルフレートはまじまじと彼女を見つめ、震える声で囁いた。

「まさか……、俺の娘……なのか……？」

こくりとソランダは頷いた。アルフレートは驚愕《きようがく》に目を見開き、ルシエラも呆気にとられる。

（お兄様が、本当のお父様……!?）

年齢的に無理はない。親子ほど年が離れていて、それもアルフレートが自分を嫌う一因なのだと思っていた。

しばしアルフレートは呆然とルシエラを見つめた。その顔が急激に青ざめ、ガタガタと震えだす。わなわなと手を震わせながら彼はかすれ声で呟いた。

「お、俺は……、実の父を殺したばかりか、実の娘まで手にかけるところだったのか……!?」

彼の目が血走り、唇が真っ青になる。アルフレートは二度、ルシエラを殺そうとした。ほとんど言い掛かりのような罪で処刑を命じ、難癖をつけたことから始まった口論で激昂して首を絞めた。

彼は長椅子から立ち上がり、おぼつかない足どりでふらふらと後退ったかと思うと壁にぶつかり、床にへたり込んで頭を抱えた。

「お、ぉ、ぉ――……っ」

瀕死の獣じみた唸り声が洩れる。側に駆け寄ったソランダが抱きしめようとすると彼は激しく身をよじった。

「ふ、触れてはいかん、ソランダ！　俺は、おまえが抱きしめる価値などない……最低の人間だ……っ」

かまわずソランダは彼を抱きしめた。

「いいえ！　わたしが最初に間違えたの。何もかもあなたに打ち明ければよかった。その上で、側で支えればよかったのよ。なのにわたしは、あなたが傷つくことばかり恐れて……、守ろうとするばかりで……、考えが及ばなかった」

苦悶に打ちひしがれたアルフレートは、たった数分で、毒を飲んだときよりさらに生気を失った。げっそりとやつれた顔を彼は力なく上げた。

「ザイオン……。俺はとてもこのまま王位に就いてはいられない。ユリアンに譲位する。あれは……いい子だ……」

ザイオンは憮然と彼を見返した。

「で、また逃げるわけか？」

にべもない台詞にルシエラはびっくりした。アルフレートも惚けたようにぼんやり見返している。

「あんたは逃げてばっかりだな。恨みに逃げ、怒りに逃げ、憎しみに逃げた。今度は自己憐憫《れんびん》に逃げ込むつもりか？」

痛烈な皮肉にアルフレートの眉がつり上がる。ルシエラは焦ってザイオンの袖口を引っ張っだが、彼はまるで動じない。

「あんたが逃げ出したらユリアンはどうなる？　宮廷を牛耳っていた宰相が失墜した今、後釜を狙う輩が続出するだろう。いくら出来のいい息子でも、たった四歳で狡猾《こうかつ》な大人相手に立ち回るのは荷が重すぎるんじゃないか」

「だからおまえが……」

「俺は元帥として国軍を預かってるだけだ。政治的なことは自分の領地だけで手一杯。俺に任せたら全部ザクロスに都合のいいようにしちまうぞ」

ニッと彼は猛々しく笑った。あながち冗談ではないことが伝わり、ルシエラは身震いした。

唖然と彼を見返していたアルフレートの顔に弱々しい笑みが浮かんだ。

「……確かに、おまえに任せたらカエターンの王統がいつのまにかザクロス家に変わっていそうだな」

「それでよければ引き受けるぞ？　ユリアンは俺になついてるし、素直だから教育のしがいもある。そうだ、俺とルシエラのあいだにできた娘を王妃にしてさらに影響力を強め、ゆるゆると宮廷を乗っ取るとするか」

そらぞらしくうそぶくザイオンにルシエラは仰天した。

「何を言ってるの⁉　そんなのあなたらしくないわ！」

真剣に諫めようとするルシエラにザイオンは苦笑した。

「冗談だよ。おまえとユリアンは異母きょうだいなんだろう？　だったら俺たちの娘はユリアンにとって姪《めい》になる。結婚はできない」

「あ……、そうね……」

「ま、聖堂の許可を取れば不可能ではないし、だめなら年齢の釣り合うザクロス家ゆかりの娘を捜せば――」

「ザイオン！」

本気で憤慨するルシエラの姿に、ようやくアルフレートは気を取り直して苦笑した。

「いや……、それは困るな。ザクロス候にはあくまでカエターンの封臣でいてもらわねば」

「だったら主君として戴《いただ》くにふさわしい行動をとってもらおうか」

さもなくば従わないという脅しにも取れる言いぐさだったが、アルフレートは殊勝に頷いた。

「わかった。なるべく早くユリアンに後を譲れるよう、宮廷の刷新を図る」

ソランダの手を借りて立ち上がると、アルフレートはその手を固く握ってじっと彼女を見つめた。

「ソランダ。俺の非道をどうか許してほしい。必ず一生かけて償う」

その手をしっかりと握り返し、ソランダは微笑んだ。

「怒っていないと言ったはずよ？」

そして彼女は優しくアルフレートの唇にキスした。たまらずに彼はひしとソランダを抱きしめた。見守っていたルシエラも熱くなった瞳をそっと押さえる。アルフレートはソランダの手を引いてルシエラに歩み寄った。

　急いで立ち上がると、アルフレートは緊張と恐れに照れが加わったような表情でルシエラを見つめた。

「許してくれ、ルシエラ。俺がしたことは、知らなかったにしても許されることではない。だが……、どうか償いの機会を与えてくれないか？　このような男が実の父で、さぞ残念だろうとは思うが……」

　ルシエラは微笑んでかぶりを振った。

「もういいんです。ただ……、ひとつだけ約束してもらえますか」

「なんだ？」

「ザイオンと喧嘩しないでくださいね」

　後ろでザイオンが憮然と鼻を鳴らす。

「突っかかってきたのはいつもそいつのほうなんだが」

「ザイオン。国王陛下をそいつ呼ばわりするのはやめなさい」

　ソランダがたしなめる。アルフレートは苦笑してかぶりを振った。

「いや、いい。彼には一生涯、敬語なしで俺を挑発する権利を与える。そんな権利などなくてもするだろうけどな」

「わかってるじゃないか」

にやりとするザイオンにルシエラは溜息をついた。

「もう……。喧嘩しないでって頼んだのに」

「ああ、しないよ。どんなに挑発されても乗らないと誓う。それを俺の戒めとする」

アルフレートは真摯に頷いた。そして、ためらいながら腕を広げた。

「その……、もし、いやでなかったら……」

ルシエラは笑って彼の腕に飛び込んだ。

「いやなわけないわ。――お父様」

想いを込めた呼びかけにアルフレートの顔がゆがむ。彼は壊れ物のようにおそるおそるルシエラの身体に手を回した。

「……ルシエラ。俺の……娘……」

涙声で囁いてアルフレートがルシエラを抱きしめる。ソランダは目許を押さえてにっこり笑った。初めて抱き合う父娘を横目で眺め、ザイオンは安堵と嫉妬が入り交じった溜息を憮然と吐いたのだった。

終章

晴れ渡る真夏の空の下、蒼く澄んだ湖の真ん中に浮かぶ小さな島の聖堂で、ザイオンとルシエラは待望の結婚式を挙げた。

かぐわしい花々の咲き乱れる美しい島は、ザクロス家に仕える騎士たち、血縁、親類縁者、城下町の代表などでいっぱいだ。上陸できない人々は花で飾りたてた舟に分乗して島の周囲に集まっている。

結局ルシエラは王妹としてカエターン国軍元帥にしてザクロスの領主ザイオンに嫁ぐことになった。アルフレートはルシエラが自分の娘だと公表したがったが、ややこしいことになりそうだからとソランダが止めたのだ。

ルシエラも、それでいいと思っている。王家の姫として時間が許す限りの支度を整えてもらったのだから充分だ。何より本当の父と、生きていた母に心から祝福してもらえたのが嬉しい。

司祭から結婚の祝福を授かり、人々が待ち受ける聖堂の外へと続く扉が開かれるとザイオンはひょいとルシエラを抱き上げた。驚くルシエラに悪戯っぽく笑いかける。

「この階段を花婿に抱かれて降りた花嫁は幸運と幸福に恵まれるそうだ」

「花婿も、でしょう？」

くすくす笑うルシエラにザイオンがキスすると、階段下で待ち受ける人々がわーっと歓声を上げた。ふたりはにっこりと微笑み交わし、笑顔と花と拍手に包まれてゆっくりと階段を降りていった。


式の後はザクロス城で盛大な祝宴が開かれた。ザイオンとルシエラは頃合いを見計らって退席し、新たに整えられた夫婦の寝室へ引き取った。部屋は薔薇とリボンで華やかに飾りつけられている。

ルシエラは脱いだ婚礼衣裳を飾ってうっとり眺め、溜息をついた。

「ザイオンに抱っこされて階段を降りるところ、お母様たちにも見てもらいたかったわ」

「王宮で再現してやろうか？　ルーチェが喜ぶなら、多少の道化を演じるにやぶさかでない」

ニヤニヤしながらまじめくさった口調で言われ、ルシエラは笑いだした。

「だめ。わたしが噴き出してしまいそう」

ふたりとも結婚式に出席したがったが、捕らえた宰相と王妃の詮議や調査を人任せにするわけにはいかないとアルフレートが断念したので、ソランダも彼の側にいてあげたいと残ることにしたのだ。

宰相や王妃の縁故、多額の献金などで役職に就いた人間を解雇し、有能な人員を早急に揃えなければならない。まずは宰相と対立して宮廷を去った者たちから声をかけることにした。

婚礼衣裳は王宮で仕上げてもらい、両親に披露することができた。結婚式の後は領地でしばしのんびり骨休めをし、所用を済ませたらふたたび宮廷に上がる。

「アルフレートの奴、二カ月では物足りない、最初の年だけは半年くらいいてくれとか、しつこく言ってたな。なんだかんだと引き止められそうだ」

ザイオンが顔をしかめる。

「そんなにはいられないだろうけど、お母様から〈魔女〉修業を受けられることになったのは嬉しいわ。すごく楽しみ」

かつての大規模な迫害により、魔女たちのほとんどがカエターンを去ってしまった。残った魔女たちは孤立し、息をひそめて隠れ住んでいる。

「残った魔女たちの安全を保証して、表に出てこられるようにしたいわね」

「ここから始めればいい。ザクロス領の魔女は、わりに人づきあいがいいほうらしいぞ」

そうね、とルシエラは頷いた。

「わたしも早く〈魔女の娘〉を脱して一人前の〈魔女〉になりたいわ」

「その前に、俺の伴侶として一人前になってもらおうか」

甘い誘惑の声音にルシエラは頬を染めた。

「どうすればいいの？　やっぱり赤ちゃん産まないと、だめ……？」

「ゆくゆくはな。だが、そういうことじゃない」

にやっとしてザイオンはルシエラの夜着を剥《は》ぎ、薔薇の散り敷くベッドに横たえると自らも悠々と裸体を晒した。

「まずは互いを愉《たの》しませるのが一番——だろ？」

逞しい彼の裸身をルシエラはうっとりと見上げた。

「あなたとするの、好きよ？」

「俺もさ。ルーチェの抱き心地は最高だからな。どんな美酒より酔わせてくれる」

赤裸々な台詞に羞恥とそれを上回る悦びとが込み上げる。ルシエラは吸いよせられるように彼と唇を合わせた。

じっくりと吸いながら唇をねぶり食まれ、沸き上がる快感にぞくぞくして乳首がツンとそばだつ。ザイオンは含み笑い、キスを続けながら乳首を摘んで軽く引っ張り、くりくりと左右に紙縒った。

痛痒《いたがゆ》いような、むずむずした快感に腰がくねる。抗おうにも繰り返されるくちづけに息継ぎもままならない。生理的な涙で視界が曇り、媚蕾が疼いた。

「んぅ……、ん……ちゅ……、んん」

彼の頬に手を添え、夢中になって舌を絡める。ルシエラの舌をねろねろとなぶりながらザイオンが囁いた。

「ルーチェは乳首を弄られるのも好きなんだよな。どうしてほしい？」

「ぁ……、す……、吸っ、て……！」

望みどおり、少し強めにちゅうっと吸い上げられ、ルシエラは嬌声を上げた。

「んッ……！　も、もっと……っ」

ちゅぱちゅぱと舌を鳴らしてしゃぶられると、いけないことをしているみたいな背徳感でますます感じてしまう。触れられないまま淫芽は張り詰め、とろとろと甘い涙をこぼしている。

「……そのうち乳首だけで達けるようにしてやる」

官能的な男の声音にぞくぞくしながらルシエラは頼りなく首を振った。

「そ……な……、むり……っ」

「できるさ。ルーチェはすごく感じやすいし、素直だからな」

鮮紅色の先端にこりっと軽く歯を立てられただけで、びりびりするような性感が走った。

「ひんッ……！」

背をしならせて喘ぐ。涙で睫毛が重い。

「や……、はずかし……っ」

「感じやすいルーチェは可愛いぞ？　挿れたとたん、きゅうきゅう締めつけてくるからすごく気持ちいい」

「い、言わな……でッ……」

真っ赤になって身じろぐと、ザイオンはくくっと笑って白銀の茂みに手を差し入れ、無造作に秘裂を掻き回した。

「ほら、もうこんなにとろとろ」

「ひっ……！」

他愛もなく達してしまい、ルシエラは涙目で喘いだ。

「わたし……、へん……なの……？」

「変なものか。素直に感じてくれて嬉しいよ」

ザイオンは震える唇を甘く吸い、ぷっくりとふくらんだ花芽を指先で優しく愛撫した。付け根から先端へ、くすぐるように撫で上げては軽く押し込みながらくちくちと捏ね回す。あふれ出した蜜が男の指を根元まで濡らし、淫靡に会陰を滴り落ちていった。

いつしかルシエラはねだるように腰を擦り寄せていた。剥いた花芯を優しく弄られるのはすごく気持ちよくてうっとりするけれど、次第に下腹部がぞわぞわと疼く感覚が強まって落ち着かなくなる。

「ぁ……、ザイ、オン……」

甘えた声で囁き、不器用に腰を揺らして誘うと男は冷やかすように笑った。

「せっかちだな。もう少し待てないのか」

「だって、お腹の奥が……うずうずするの……」

「ふぅん？　どの辺だ？」

　ぬちゅりと指が媚孔に滑り込み、蜜襞を直接愛撫される刺激にルシエラは顎を反らした。快感に涙がぶわりと噴きこぼれる。

「あ……っ、そこっ……。そこ好き……っ、気持ちぃ……」

　へそに近い腹側の一点を擦られると、制御できずに身体が跳ねた。目の前にちかちかと星が瞬き、頭のなかが真っ白になる。恍惚に震える花筒からびゅくびゅくと甘い蜜がしぶいた。

　ザイオンは濡れた手でルシエラの腿を掴み、ぐいと押し広げた。戦慄く媚壁がくぱりと割られ、たっぷりと蜜を蓄えた薔薇色の花弁があらわになる。放心していたルシエラは顔を赤くして身じろいだ。

「や……、そんな見ないで……」

　閉じ合わせようとする脚を押し込まれ、ひっくり返ったカエルみたいな恰好で尻が浮き上がる。触れられればすごく気持ちのいい場所だが、まじまじと観賞されるようなものではない。

「やぁっ」

　暴れると溜まっていた蜜がつるつるとこぼれ落ち、ますます恥ずかしい事態になる。眉を垂れ、涙目で震える唇を押さえていると、ぬるりと熱いものが媚蕾を包んだ。

びくっと頭をもたげると、ザイオンが蜜口に吸いついていた。唇を吸うのと同様にルシエラの淫唇をしゃぶり、舌で花芯を舐め転がす。

ちら、と目を上げてこちらの反応を窺う様子にぞくりと下腹部が疼いた。ルシエラが見ているのを承知で、ぺろっと肉粒の先端を弾くように舐め、ぱくりと口に含む。

「ん！　んん……ッ」

やわらかくくねる舌での口淫には、指で弄られる以上に感じてしまう。襞をほぐすように舌を出し入れされると、奥までそれが届かないのがもどかしく、蜜壺がきゅんきゅん疼いて息が乱れた。

「ふぁ、あ……、あ……、ぅく」

きゅ、と戦慄く唇を噛みしめると、咎めるかのようにじゅっと花芽を吸われた。

「んぁッ……！」

「もっと可愛い声、聞かせろ」

ぷるぷるとかぶりを振るとさらに強く吸われ、舌を突き込まれる。

「ひゃっ、あっ、だめ！　ぁっ、あぁんっ」

こらえきれず泣き声まじりの嬌声を上げながらルシエラは男の肩を揺すった。

「だ、だめなの、それっ……。きもちぃ、から……ぁッ」

ぞくぞくと法悦が込み上げ、一気に絶頂の波に攫《さら》われた。くたりとするルシエラの腰を抱え直し、ザイオンは猛る熱杭を蜜口にあてがった。

未だ恍惚に戦慄き続ける媚壁にずぷりと太棹が押し入ってくる。指戯と口淫でほぐされ、とろとろに蕩《とろ》けた蜜襞はやわらかく怒張を呑み込んだ。

締まる肉棒のみっしりした質感にうっとりと恍惚に浸る。ルシエラの花筒は今やザイオンのかたちにすっかりなじみ、迎え入れた屹立をぴたりと包み込んだ。

「ん……、やっぱり悦いな」

心地よさそうにザイオンが溜息をつく。

ルシエラは嬉しくなって蜜襞で優しく雄茎を絞りながら腰を揺らした。入ってくるときにゆるめ、引かれるときに締めると彼の息づかいが官能の艶を増すことを経験から知った。

（ザイオン、気持ちよさそう……）

未だ余韻に震える花弁から新たな蜜がとろとろと滴る。密着させた腰を絶妙なリズムで揺らしあっていると、繋がった部分が溶け合い、彼が感じている快感までもが流れ込んでくる。

その感覚はルシエラの愉悦をより深いものにした。とろんと瞳を潤ませ、甘く喘ぎながら腰を振る。ザイオンが上体をかがめて囁いた。

「痛くないか？」

ルシエラは濡れた睫毛を瞬き、焦点のぼやけた瞳で微笑んだ。

「ん……。きもちぃ……」

手を伸ばし、引き締まった男の頬をそっと撫でる。唇が重なり、舌を絡め取られた。ちゅぷちゅぷと吸われ、優しく食まれる快感に涙が浮かび、熱い鼻息が洩れる。こうして女陰と口腔を同時になぶられるのはルシエラが特に好む行為だ。

澄んだ翠の瞳が欲情に潤み、とろりと濡れ光る媚態に昂奮を掻き立てられたか、ザイオンの息づかいも荒くなる。猛り勃つ淫楔をずっぷりと雌壺に突き入れ、腰を掬い取るように抱き起こして膝に載せた。

「ひ……ッ」

深く呑み込んだ剛直に子宮口をごりっと突き上げられ、見開いた瞳から涙が噴きこぼれる。衝撃と快感にふるふると震えるルシエラの背を、大きな掌がなだめるように撫でた。

はぁはぁ喘ぎながらルシエラは上気した厚い胸板に縋りつくようにもたれた。

「ぁ……、ふか、い……」

「熱くて溶けそうだ、ルーチェ」

囁いた男が優しく額にくちづける。背中を撫でていた手がうなじにかかり、あやすようにさすられると、すっかり過敏になった身体はぞくぞくと芯から戦慄いた。

切られた髪はうなじを覆うくらいまで伸びたが、相変わらずそこを撫でられるのは弱い。耳の後ろもひどく感じる場所で、指先でくるくるとくすぐられるとたまらずにぎゅっと彼に抱きついてしまう。

もちろんザイオンは知っていて、繋がった腰をゆったりと揺らしながら絡めた舌を擦り合わせ、同時にうなじと耳裏を指先で撫でくすぐった。

「ふぅ……ッ、ん……、ぁふ……」

ほろほろと悦楽の涙をこぼしながらルシエラは悶えた。舌をまさぐられる濡れた音がぺちゃぺちゃと耳元で響く。無我夢中で腰を振り、欲しい場所に固い先端を導いた。快感で下がってきた子宮口をずくずく突き上げられ、焦点の合わない視界に星が瞬く。

「んぅッ……！」

絶頂に達し、ルシエラは背をしならせてがくがくと震えた。剛直をきゅうきゅう絞り上げられ、くっとザイオンが息を噛む。

「……ったく、困った子だな、ルーチェ」

甘やかす口調で囁かれ、ルシエラはとろんと微笑んだ。

「おしおき……する……？」

「ああ、いっぱいしてやる」

くくっと笑い、ザイオンは横たえたルシエラの身体を器用にひっくり返した。挿入されたままの太棹が隘路でぐるりと回転し、思わぬ刺激に喘ぐ。

四《よ》つん這《ば》いの恰好で今度は背後から蜜孔を穿たれた。何度も達したルシエラは腕に力が入らず、リネンに突っ伏して白い尻だけを高く掲げた。

「ひ、あ、あ……」

蜜と汗で濡れた肌がぶつかりあい、ぱんぱんと淫猥な音を寝室に響かせる。力なくリネンをさまよった指が、ベッドに振りまかれた薔薇の花びらを握りしめた。

剛直を突き込まれるたびに目の前に火花が散る。半開きの唇からこぼれた唾液が、愉悦の涙とともにリネンに吸い込まれた。

息をつく暇もなく絶頂させられ、ルシエラの花襞はひくひく痙攣したまま甘い蜜を貪欲に滴らせる。戦慄く媚肉に絞られるたび、ザイオンの屹立はますます固く充実していった。

もう何度目かわからないピークで恍惚に喘いでいると、怒張しきった熱杭がぬぽりと引き抜かれた。ふさがれていた隘路が解放され、入り交じった蜜と潮が粗相したようにたらたらと腿を伝わる。頭が朦朧として、恥ずかしさを感じる余裕などとうに消え失《き》せ《う》ていた。

赤く充血した花弁からとろとろと愛蜜が滴り落ちる様を満足げに眺め、ザイオンは優しくルシエラの身体を横たえた。痙攣の収まらない媚肉にふたたびゆっくりと己を埋めてゆく。

充実した淫刀で濡れそぼった蜜鞘をじゅぷぬぷと突き上げられる快感に、ルシエラはうっとりと放心した。ザイオンの抽挿が次第に速く、単調になる。

やっとごほうびがもらえる……。否が応にも期待が高まり、一緒に達するべくルシエラは淫らに腰を振りたくった。

「ルーチェ……っ……、出す、ぞ……っ」

息を荒らげる男に、がくがくと頷く。次の瞬間、熱い奔流がルシエラの女壺に流れ込んだ。二度、三度と媚壁に熱液が叩きつけられ、戦慄く蜜襞に呑み込まれる。満足感と恍惚とでルシエラは陶然となった。

満ち足りた溜息をついた男がどさりと傍らに横たわる。抱き寄せられ、濡れた目許にチュッとくちづけられた。

「愛してる、ルーチェ」

幸せそうな囁きに、ルシエラは身体をすり寄せて頷いた。

「わたしも……。愛してるわ、ザイオン」

幼い恋は長い冬を耐え、美しく花開いた。やがては可愛い実がなるに違いない。

胎の奥に注がれた精がこぷりと揺れ、ルシエラは微笑んだ。きっと彼に似た〈魔女の娘〉が生まれてくる。そう遠くない、未来に。

元気に笑う娘を腕に抱いて、嬉しそうにあやすザイオン。幸福感に包まれながら眺めているわたし――。

思い描いた心温まる光景に微笑み、愛する夫の胸に抱かれて静かにルシエラは目を閉じた。

あとがき

こんにちは。このたびは『鋼の元帥と見捨てられた王女　銀の花嫁は蜜夜に溺れる』をお手に取ってくださり、ありがとうございます。お楽しみいただけましたでしょうか。

隣国に攻められて難儀している国王は有能な軍人であるヒーローを従わせるため、ヒロインに説得を命じ、できなければ処刑すると脅します。ところがヒロインはヒーローのことが好きになってしまい、なりふりかまわぬ命乞いができなくなってしまうのです。そこらへんの意地の張り合いというか、せめぎ合いを書くのが楽しかったです。好きになるとかえって言えなくなることってありますよね。

今回は森原八鹿先生に挿画をいただきました。ラフで拝見した焦り顔のザイオンにときめいてしまいました！　短い髪のルシエラもとっても可愛い。ありがとうございます。いつもお世話になっている編集様を始め、出版にご尽力いただきました皆様に感謝いたします。

なお、今作でこの名義めでたく十冊目となりました。また十一冊目でお目にかかれればさいわいです。ありがとうございました。

小出みき

Mitsuneko Label

蜜猫文庫をお買い上げいただきありがとうございます。
この作品を読んでのご意見・ご感想をお聞かせください。
あて先は下記の通りです。

〒102-0072　東京都千代田区飯田橋 2-7-3
(株)竹書房　蜜猫文庫編集部
小出みき先生 / 森原八鹿先生

鋼の元帥と見捨てられた王女
～銀の花嫁は蜜夜に溺れる～

2017 年 12 月 29 日　初版第 1 刷発行
2018 年 1 月 25 日　初版第 2 刷発行

著　者　小出みき　

発行者　後藤明信

発行所　株式会社竹書房
〒102-0072 東京都千代田区飯田橋 2-7-3
電話　03(3264)1576(代表)
03(3234)6245(編集部)

デザイン　antenna

印刷所　中央精版印刷株式会社

Printed in JAPAN
ISBN978-4-8019-1330-1　C0193